MARC LEVY

Wenn wir zusammen sind

Buch

Mathias und Antoine sind nicht nur beide um die dreißig und seit jeher beste Freunde, sondern sie sind auch alleinerziehende Väter. Um sich gegenseitig zu helfen und den Alltag besser bewältigen zu können, gründen sie eine ungewöhnliche WG. Damit das Zusammenleben reibungslos klappt, stellen Antoine und Mathias einige grundsätzliche Regeln auf, darunter die, dass keiner von ihnen einen Babysitter in Anspruch nehmen wird. Das oberste Gebot in diesem Männerhaushalt ist aber, dass keiner eine Frau mit ins Haus bringen darf. Doch es dauert nicht lange und Mathias trifft die Journalistin Audrey, in die er sich auf Anhieb verliebt. Diese Beziehung, die schon dadurch, dass Audrey in Paris und Mathias in London lebt, kompliziert genug wäre, wird durch die goldene Regel natürlich noch zusätzlich verkompliziert. So dauert es nicht lange, bis das Leben der beiden Männer gründlich ins Wanken gerät …

Autor

Marc Levy wurde 1961 in Frankreich geboren. Nach seinem Studium in Paris lebte er in San Francisco. Mit siebenunddreißig Jahren schrieb er für seinen Sohn seinen ersten Roman, *Solange du da bist*, der von Steven Spielberg verfilmt und auf Anhieb ein Welterfolg wurde. Seitdem wird Marc Levy in fünfundvierzig Sprachen übersetzt, und jeder Roman ist ein internationaler Bestseller. Marc Levy lebt zur Zeit mit seiner Familie in New York.

Weitere Informationen unter: http://www.slog.fr/marclevy

Von Marc Levy bereits erschienen

Solange du da bist, Am ersten Tag, Die erste Nacht, Sieben Tage für die Ewigkeit, Wo bist du?, Wer Schatten küsst, Bis ich dich wiedersehe, Die zwei Leben der Alice Pendelbury, Zurück zu dir, Mit jedem neuen Tag, Das Geheimnis des Schneemädchens, Er & Sie

MARC LEVY

Wenn wir zusammen sind

Roman

Deutsch von Eliane Hagedorn
und Bettina Runge

blanvalet

Die Originalausgabe erschien 2006 unter dem Titel
»Mes amis, mes amours« bei Robert Laffont, Paris.

FSC® www.fsc.org
MIX
Papier aus verantwortungsvollen Quellen
FSC® C014496

Verlagsgruppe Random House FSC® N001967

2. Auflage

Redaktion: Gerhard Seidl
Umschlaggestaltung und -abbildung: © www.buerosued.de
ED · Herstellung: Sam
Satz: Uhl + Massopust, Aalen
Druck und Bindung: GGP Media GmbH, Pößneck
Printed in Germany
ISBN 978-3-7341-0463-3
www.blanvalet.de

Für Louis,
für Emily.

Paris

»Kannst du dich noch an Caroline Leblond erinnern?«

»Klar, elfte Klasse, immer in der letzten Reihe. Dein erster Kuss. Schon ein Weilchen her…«

»Sie war eine Schönheit, diese Caroline Leblond.«

»Wie kommst du jetzt gerade auf sie?«

»Na, diese Frau dort drüben beim Karussell, ich finde, sie sieht ihr ähnlich.«

Aufmerksam musterte Antoine die junge Mutter, die, in ein Buch vertieft, auf einem Stuhl saß. Von Zeit zu Zeit blickte sie kurz zu ihrem kleinen Sohn, der, an die Mähne eines Holzpferds geklammert, vor Freude juchzte.

»Sie muss aber schon über fünfunddreißig sein.«

»Wir sind auch über fünfunddreißig«, gab Mathias zurück.

»Glaubst du, das ist sie? Du hast recht, sie hat eine gewisse Ähnlichkeit mit Caroline Leblond.«

»Mein Gott, war ich in sie verliebt!«

»Hast du ihr auch die Mathe-Hausaufgaben gemacht, damit sie dich küsst?«

»Widerlich, was du da sagst.«

»Wieso widerlich? Sie hat alle Jungen geküsst, die mindestens eine Drei in Mathe hatten.«

»Ich hab dir doch gerade erklärt, dass ich unsterblich in sie verliebt war.«

»Gut, dann kannst du das Kapitel jetzt abschließen.«

Antoine und Mathias, die nebeneinander auf einer Bank saßen, beobachteten jetzt einen Mann im blauen Anzug, der eine große rosafarbene Tasche neben einem Stuhl abstellte und seine kleine Tochter zum Karussell brachte.

»Ein Sechs-Monate-Fall.«

Mathias betrachtete den Beutel. Aus dem halb geöffneten Reißverschluss schauten eine Keksschachtel, ein Fläschchen und der Arm eines Plüschbären hervor.

»Drei Monate, nicht mehr. Wollen wir wetten?«

Mathias streckte die Hand aus, und Antoine schlug ein.

»Die Wette gilt!«

Das kleine Mädchen auf dem Holzpferd schien das Gleichgewicht zu verlieren, der Vater sprang auf, doch der Karussellführer hatte es schon wieder gerade gesetzt.

»Du hast verloren …«, meinte Mathias. Er trat zu dem Mann im blauen Anzug und setzte sich neben ihn. »Nicht ganz leicht am Anfang, was?«, fragte er mit vermeintlicher Anteilnahme.

Der Mann seufzte. »Das kann man wohl sagen.«

»Sie werden sehen, mit der Zeit wird alles noch komplizierter.« Mathias warf einen flüchtigen Blick auf das Fläschchen, das aus der Tasche hervorschaute. »Wie lange sind Sie schon getrennt?«

»Drei Monate …«

Mathias klopfte ihm ermutigend auf die Schulter und kehrte triumphierend zu Antoine zurück. Er machte ihm ein Zeichen, ihm zu folgen.

»Du schuldest mir zwanzig Euro!«

Die beiden Freunde entfernten sich auf einem der Wege des Jardin du Luxembourg.

»Reist du morgen nach London zurück?«, fragte Mathias.

»Heute Abend.«

»Dann gehen wir also nicht mehr zusammen essen?«

»Nur, wenn du mich im Zug begleitest.«

»Ich arbeite morgen!«

»Warum kommst du nicht einfach mit und suchst dir dort einen Job?«

»Jetzt fang nicht wieder davon an. Was soll ich denn in London machen?«

»Glücklich sein!«

Kapitel 1

London, wenige Tage später

Antoine saß an seinem Schreibtisch und verfasste die letzten Zeilen eines Briefs. Er las ihn noch einmal durch, faltete ihn sorgfältig und steckte ihn zufrieden in seine Tasche.

Die Jalousien der Fenster, die auf die Bute Street gingen, filterten das Licht eines schönen Herbsttags und warfen es in zarten Streifen auf das honigfarbene Parkett des Architekturbüros.

Er zog das Jackett über, das er an die Rückenlehne seines Stuhls gehängt hatte, und begab sich rasch zur Eingangshalle. Unterwegs blieb er stehen, beugte sich über die Schulter seines Büroleiters und begutachtete den Plan, an dem dieser gerade arbeitete. Er schob das Lineal beiseite und korrigierte einen Winkel der Schnittzeichnung. McKenzie dankte ihm durch ein Nicken, Antoine lächelte zum Abschied, steuerte auf den Empfang zu und warf einen Blick auf seine Uhr. An den Wänden hingen Fotos und Zeichnungen von Projekten, die das Büro seit seiner Gründung realisiert hatte.

»Sind Sie ab morgen in Schwangerschaftsurlaub?«, fragte er die Empfangsdame.

»Ja, es wird Zeit, dass das Kind auf die Welt kommt.«

»Mädchen oder Junge?«

Die junge Frau strich mit der Hand über ihren runden Bauch und schnitt eine Grimasse. »Fußballer!«

Antoine trat hinter den Empfangstresen und legte den Arm um sie.

»Kommen Sie bald zurück… nicht zu bald, aber trotzdem bald! Das heißt, kommen Sie, wann Sie wollen.«

Er entfernte sich mit einem Handzeichen und stieß die Glastür auf, die zu den Aufzügen führte.

Paris, am selben Tag

Die Glastür einer großen Pariser Buchhandlung öffnete sich, und ein sichtlich gestresster Kunde trat ein. Er trug einen Hut und einen Schal um den Hals und steuerte direkt auf die Regale mit den Schulbüchern zu. Hoch oben auf einer Leiter las eine Verkäuferin Titel und Anzahl der Bücher, und Mathias notierte alles in einem Heft. Ohne Umschweife und in wenig zuvorkommendem Tonfall fragte der Kunde, wo sich die gesammelten Werke von Victor Hugo aus der Edition La Pléiade befänden.

Mathias blickte von seinem Heft auf. »Welcher Band?«, fragte er.

»Der erste«, erwiderte der Mann in einem noch schärferen Ton.

Die junge Verkäuferin verrenkte sich und zog das Buch aus dem Regal. Sie beugte sich hinab, um es Mathias zu reichen. Der Mann mit dem Hut riss es ihr aus der Hand und steuerte auf die Kasse zu. Die Verkäuferin warf Mathias einen vielsagenden Blick zu. Der legte sein Heft beiseite und eilte hinter dem Kunden her.

»Guten Tag, bitte, danke, auf Wiedersehen!«, rief er und versperrte ihm den Weg zur Kasse.

Verdutzt versuchte der Kunde, ihm auszuweichen.

Mathias entriss ihm das Buch und kehrte zu seiner Arbeit zurück, wobei er noch mehrmals lauthals wiederholte: »Guten Tag, bitte, danke, auf Wiedersehen!« Mehrere Kunden, die der Szene beigewohnt hatten, schüttelten verständnislos den Kopf. Der Mann mit dem Hut verließ wütend den Laden, die Kassiererin zuckte mit den Schultern, die junge Verkäuferin hatte Mühe, ernst zu bleiben, und der Eigentümer der Buchhandlung bat Mathias, ihn vor Geschäftsschluss aufzusuchen.

London

Antoine lief die Bute Street entlang; er näherte sich dem Zebrastreifen, ein Taxi fuhr langsam heran und blieb auf seiner Höhe stehen. Antoine dankte dem Fahrer mit einer Handbewegung, lehnte jedoch ab und steuerte den Kreisverkehr vor der Französischen Schule an. Beim Läuten der Glocke füllte sich der Hof mit einer Kinderschar. Den Ranzen auf dem Rücken, kamen ihm Emily und Louis entgegen. Der kleine Junge warf sich seinem Vater in die Arme, Emily lächelte und wollte weitergehen.

»Holt dich Valentine nicht ab?«, fragte Antoine.

»Mama hat die Lehrerin angerufen, sie kommt später. Ich soll in Yvonnes Restaurant warten.«

»Dann lass uns alle drei zusammen dorthin gehen.«

Paris

Ein feiner Nieselregen fiel auf die feucht glänzenden Bürgersteige. Mathias schlug den Kragen seines Gabardinemantels hoch und trat auf den Zebrastreifen. Ein Taxi hupte und streifte ihn fast. Der Fahrer hielt die Hand aus dem Fenster, den Mittelfinger zu einer eindeutigen Geste hochgestellt.

Mathias überquerte die Straße und betrat ein kleines Lebensmittelgeschäft. Das grelle Licht der Neonlampen löste das dumpfe Grau des Pariser Himmels ab. Er fand ein Päckchen Kaffee, zögerte vor der Truhe mit tiefgefrorenen Fertiggerichten und entschied sich schließlich für vakuumverpackten Schinken. Mit seinem Korb ging er zur Kasse.

Der Kassierer gab ihm das Wechselgeld heraus, erwiderte aber nicht seinen Gruß.

Als er die Reinigung erreichte, war das Eisengitter schon heruntergelassen. Er ging nach Hause.

London

Am Tisch des noch leeren Restaurants malten Louis und Emily in ihren Heften und verzehrten dabei ihre Crème caramel, deren Geheimnis allein die Wirtin Yvonne kannte. Sie kam aus dem Keller, gefolgt von Antoine, der eine Kiste Wein, zwei Steigen Gemüse und drei Töpfe mit Sahne nach oben schleppte.

»Wie trägst du das schwere Zeug nur rauf?«, fragte Antoine.

»Ich tu's einfach«, erwiderte Yvonne und deutete auf die Theke, wo er alles abstellen sollte.

»Du müsstest endlich jemanden engagieren, der dir zur Hand geht.«

»Und wovon sollte ich diesen Jemand bezahlen? Ich komme schon allein kaum über die Runden.«

»Sonntag helfe ich dir zusammen mit Louis, um deinen Vorratskeller unten aufzuräumen; das ist ja eine richtige Rumpelkammer.«

»Lass meinen Vorratskeller, wie er ist, und geh lieber mit deinem Sohn zum Ponyreiten in den Hyde Park oder besichtige den Tower of London mit ihm; er träumt schon seit Monaten davon.«

»Er träumt vor allem davon, das Gruselkabinett zu sehen, das ist nicht dasselbe. Aber dafür ist er noch zu jung.«

»Oder du zu alt«, entgegnete Yvonne und sortierte die Bordeaux-Flaschen in die Regale ein.

Antoine steckte den Kopf durch die Küchentür und schielte hungrig nach den beiden großen Töpfen auf dem Herd.

Yvonne tippte ihm auf die Schulter. »Soll ich euch heute Abend einen Tisch für zwei reservieren?«, fragte sie.

»Vielleicht für drei«, erwiderte Antoine mit einem Blick auf Emily, die am Ende des Raums über ihr Heft gebeugt saß.

Doch kaum hatte er den Satz zu Ende gesprochen, als Emilys Mutter atemlos in das Bistro gestürzt kam. Sie eilte auf ihre Tochter zu, entschuldigte sich für ihre Verspätung, eine Besprechung im Konsulat habe sie zurückgehalten. Sie fragte, ob sie mit ihren Hausaufgaben fertig sei, was ihre Tochter stolz bejahte.

Antoine und Yvonne beobachteten die beiden von der Theke aus.

»Danke«, sagte Valentine an sie gewandt.

»Gerne«, antworteten Yvonne und Antoine wie aus einem Mund.

Emily räumte Heft und Stifte in ihre Schulmappe und nahm ihre Mutter bei der Hand. Vor der Türschwelle drehten sie sich noch einmal um und winkten den anderen zum Abschied zu.

Paris

Mathias stellte den Fotorahmen auf die Küchentheke. Er berührte das Glas mit der Fingerspitze, als wollte er über das Haar seiner Tochter streichen. Eine Hand von Emily hielt die ihrer Mutter umfasst, die andere winkte ihm zum Abschied. Das war vor drei Jahren im Jardin du Luxembourg gewesen. Einen Tag, bevor seine Frau Valentine mit der Kleinen nach London gezogen war.

Er stand vor seinem Bügelbrett und fuhr mit den Fingerspitzen kurz über das Eisen, um die Temperatur zu prüfen. Im gemächlichen Tempo von einem Hemd pro Viertelstunde bügelte er seine Wäsche. Dann wandte er sich einem kleinen, in Alufolie gewickelten Päckchen zu, das er vorsichtig und mit besonderer Sorgfalt mit dem Bügeleisen bearbeitete. Als er fertig war, stellte er das Eisen auf den Sockel und zog den Stecker heraus. Er entfernte die Folie, und ein dampfender Croque Monsieur kam zum Vorschein. Er ließ ihn auf einen Teller gleiten, steuerte auf das Sofa im Wohnzimmer zu und griff unterwegs nach seiner Zeitung.

Während man sich an diesem frühen Abend schon an der Bar drängte, war das Restaurant selbst noch lange nicht voll besetzt. Sophie, die junge Floristin, die gleich nebenan ihren kleinen Laden hatte, trat mit einem riesigen Blumenstrauß im Arm ein. Sie sah bezaubernd aus in ihrem weißen Kittel, als sie jetzt die Lilien in einer Vase auf der Theke arrangierte. Die Wirtin deutete mit einer diskreten Geste zu Antoine und Louis. Sophie trat an ihren Tisch. Sie küsste Louis und schlug Antoines Angebot aus, mit ihnen zu essen. Sie musste noch ihren Laden aufräumen und morgen in aller Herrgottsfrühe auf dem Blumenmarkt an der Columbia Road sein. Yvonne rief Louis zu, er könne sich ein Eis aus der Tiefkühltruhe aussuchen. Das ließ sich der Junge nicht zweimal sagen.

Antoine zog einen Brief aus der Jackentasche und reichte ihn Sophie unauffällig. Sie entfaltete ihn und fing sichtlich zufrieden an zu lesen. Sie zog einen Stuhl heran, nahm dicht neben Antoine Platz und gab ihm schließlich die erste Seite zurück.

»Kannst du mit ›Mon amour‹ anfangen?«

»Du willst, dass ich ›Mon amour‹ schreibe?«

»Ja, warum nicht?«

»Nur so.«

»Was stört dich daran?«, wollte Sophie wissen.

»Ich finde es etwas zu viel.«

»Zu viel was?«

»Na, zu dick aufgetragen!«

»Ich verstehe nicht. Ich liebe ihn wirklich, ich nenne ihn ›Mon amour‹!«, beharrte Sophie.

Antoine griff nach seinem Füller und schraubte die Kappe ab.

»Du bist die Liebende, du entscheidest! Aber trotzdem …«

»Trotzdem was?«

»Wenn er da wäre, würdest du ihn vielleicht etwas weniger lieben.«

»Du gehst mir auf den Wecker, Antoine. Warum sagst du immer so was?«

»Weil es so ist! Wenn einen die Leute jeden Tag sehen, dann bemerken sie einen weniger … und am Ende gar nicht mehr.«

Sophie warf ihm einen sichtlich verärgerten Blick zu.

Antoine griff erneut nach dem Blatt und gab nach. »Na gut, wir sagen also: ›Mon amour‹ …«

Er wedelte mit dem Blatt, damit die Tinte schneller trocknete, und reichte es ihr.

Sie küsste Antoine auf die Wange, stand auf und winkte Yvonne zu, die hinter der Bar beschäftigt war. Als sie schon die Tür geöffnet hatte, rief Antoine ihr nach.

»Tut mir leid wegen eben.«

Sophie lächelte und trat auf die Straße.

Antoines Handy summte. Er las Mathias' Nummer auf dem Display und nahm das Gespräch an. »Wo bist du?«, fragte er.

»Auf meinem Sofa.«

»Du hast eine ganz belegte Stimme, oder täusche ich mich?«

»Nein, nein«, erwiderte Mathias und drehte am Ohr einer Plüschgiraffe.

»Ich habe deine Tochter eben von der Schule abgeholt.«

»Ich weiß, sie hat es mir gerade erzählt. Ich muss sie übrigens noch mal zurückrufen.«

»Fehlt sie dir so sehr?«, fragte Antoine.

»Ja und noch viel mehr, sobald ich nach einem Telefonat mit ihr den Hörer aufgelegt habe«, entgegnete Mathias mit einem Anflug von Traurigkeit in der Stimme.

»Denk daran, was für eine Chance es ist, perfekt zweisprachig aufzuwachsen, und sei froh. Sie ist reizend und glücklich dazu.«

»Ich weiß das alles, doch ihr Vater ist es sehr viel weniger.«

»Hast du Probleme?«

»Ich glaube, mein Chef setzt mich vor die Tür.«

»Ein Grund mehr, dich hier in ihrer Nähe niederzulassen.«

»Und wovon soll ich leben?«

»Es gibt auch in London Buchhandlungen, und an Arbeit fehlt es nicht.«

»Sind sie nicht ein bisschen englisch, deine Buchhandlungen?«

»Mein Nachbar gibt seine auf. Sie liegt mitten im französischen Viertel, und er sucht einen Nachfolger.«

Antoine räumte ein, dass der Laden bescheidener sei als derjenige, in dem Mathias in Paris arbeitete, doch er wäre sein eigener Herr, was in England kein Verbrechen sei … Ein zauberhafter Laden, auch wenn er etwas aufgefrischt werden müsste.

»Meinst du, dass viel zu machen ist?«

»Lass das mal meine Sorge sein«, gab Antoine zurück.

»Und wie hoch ist die Pacht?«

»Der Eigentümer wollte vor allem verhindern, dass aus

seiner Buchhandlung eine Sandwich-Bar würde. Er würde sich mit einem kleinen Prozentsatz der Einnahmen begnügen.«

»Und wie definierst du ›klein‹ genau?«, wollte Mathias wissen.

»Klein! Klein wie die Entfernung zwischen deinem neuen Arbeitsplatz und der Schule deiner Tochter.«

»Ich könnte nie im Ausland leben.«

»Und warum? Glaubst du, das Leben in Paris wird schöner sein, wenn es endlich eine Straßenbahn gibt? Hier wächst der Rasen nicht nur zwischen den Schienen, es gibt überall Parks ... Und, stell dir vor, heute Morgen habe ich Eichhörnchen in meinem Garten gefüttert.«

»Deine Tage scheinen ja stressig zu sein!«

»Du wirst dich schnell an das Leben in London gewöhnen, hier ist eine ganz andere Energie, die Menschen sind freundlich, und das französische Viertel, ich kann dir sagen, man glaubt, in Paris zu sein ... aber ohne die Pariser!«

Und Antoine fing an, alle französischen Geschäfte rund um die Schule aufzuzählen.

»Du kannst sogar dein Sportmagazin *L'Équipe* kaufen und deinen Café Crème auf einer Terrasse trinken, ohne die Bute Street zu verlassen.«

»Jetzt übertreibst du aber!«

»Warum, meinst du, haben die Londoner die Straße *Frog Alley* getauft? Mathias, deine Tochter lebt hier und dein bester Freund auch. Außerdem erzählst du mir unentwegt, wie anstrengend Paris ist.«

Gestört vom Straßenlärm, trat Mathias ans Fenster. Ein Autofahrer wetterte gegen die Männer der Müllabfuhr.

»Moment, bleib am Apparat«, sagte Mathias und lehnte sich weit hinaus.

Er brüllte dem wütenden Fahrer zu, wenn er schon keine Rücksicht auf die Anwohner nehme, dann doch wenigstens Menschen gegenüber, die hart arbeiten müssten. Der Angesprochene aber stieß nur einen weiteren Schwall von Flüchen aus. Der Müllwagen machte Platz, und der Pkw fuhr mit quietschenden Reifen davon.

»Was war das?«, fragte Antoine.

»Nichts! Was hast du gerade über London gesagt?«

Kapitel 2

London, einige Monate später

Der Frühling stand vor der Tür. Und obwohl sich in diesen ersten Apriltagen die Sonne noch hinter den Wolken verbarg, ließen die Temperaturen keinen Zweifel mehr daran, dass die schöne Jahreszeit nahte. Das Viertel South Kensington erwachte zu neuem Leben. Die Auslagen der Obst- und Gemüsehändler waren reich bestückt mit frischer Ware, der Blumenladen von Sophie war immer gut besucht, und bald würde Yvonne die Terrasse ihres Restaurants öffnen. Antoine war mehr als ausgelastet. Am Nachmittag hatte er zwei Termine verschieben müssen, um die Malerarbeiten in einer reizenden kleinen Buchhandlung am Ende der Bute Street zu überwachen.

Die Regale des French Bookshop waren mit Plastikplanen abgedeckt, und die Maler gaben den Wänden den letzten Schliff. Antoine sah besorgt auf die Uhr und wandte sich an seinen Mitarbeiter.

»Sie werden niemals bis heute Abend fertig!«

Sophie kam herein. »Ich komme später mit meinen Blumen vorbei«, sagte sie. »Die Malerei liebt zwar Blumen, doch die mögen keine frische Farbe.«

»So wie es hier vorangeht, komm lieber erst morgen.«

Sophie trat näher. »Er wird sich wahnsinnig freuen, auch wenn noch eine Leiter und ein paar Farbtöpfe herumstehen. Das ist doch nicht schlimm.«

»Es wird erst schön sein, wenn alles fertig ist.«

»Du bist pedantisch. Gut, ich schließe meinen Laden und gehe euch zur Hand. Wann genau kommt er an?«

»Keine Ahnung. Du kennst ihn doch, er hat es sich viermal anders überlegt.«

Auf der Rückbank eines Taxis, einen Koffer am Boden, ein Paket auf dem Schoß, lauschte Mathias dem Fahrer, ohne auch nur ein Wort zu verstehen. Aus Höflichkeit antwortete er von Zeit zu Zeit aufs Geratewohl mit einem »Yes« oder »No« und versuchte, den Blick des Chauffeurs im Rückspiegel zu deuten. Beim Einsteigen hatte er das Ziel auf die Rückseite seines Bahntickets geschrieben und es diesem Mann übergeben, der ihm trotz des offenkundigen Kommunikationsproblems und des an der falschen Seite angebrachten Lenkrads durchaus vertrauenswürdig erschien.

Die Sonnenstrahlen durchbrachen die Wolken, trafen auf die Themse und verwandelten den Fluss in ein langes silbriges Band. Auf der Westminster Bridge sah er Big Ben und die Houses of Parliament am anderen Ufer. Auf dem Bürgersteig lehnte eine junge Frau am Brückengeländer, ein Mikro in der Hand, und sprach vor einer Kamera.

»Knapp vierhunderttausend unserer Landsleute sollen den Ärmelkanal überquert und sich in England niedergelassen haben.«

Das Taxi fuhr langsam an der Journalistin vorbei und dann weiter Richtung South Kensington.

Hinter seiner Theke verstaute ein alter englischer Herr verschiedene Papiere in eine lederne Aktenmappe, die vom langen Gebrauch rissig geworden war. Er blickte sich um und holte tief Luft, bevor er sich wieder seiner Aufgabe widmete. Er betätigte behutsam den Öffnungsmechanismus der alten Registrierkasse und lauschte auf den zarten Ton des Glöckchens, während sich die Lade mit dem Geld öffnete.

»Mein Gott, wird mir dieses Geräusch fehlen«, sagte er bei sich.

Seine Hand glitt unter die Schublade, schob eine Feder zur Seite und zog sie aus den Schienen. Er stellte sie neben sich auf einem Schemel ab und beugte sich hinab, um aus dem hintersten Teil ein kleines Büchlein mit verblichenem rotem Einband herauszuziehen. Auf dem Deckel stand der Name des Autors: P. G. Wodehouse. Der alte englische Herr, der auf den Namen John Glover hörte, befeuchtete die Lippen und drückte das Bändchen an sich. Mit einer Aufmerksamkeit, die an Zärtlichkeit grenzte, blätterte er kurz darin. Dann stellte er es deutlich sichtbar auf das einzige Regalbrett, das nicht abgedeckt war, und kehrte zu seiner Theke zurück. Er schloss seine Aktenmappe und wartete, die Arme vor der Brust verschränkt.

»Geht's Ihnen gut, Mister Glover?«, fragte Antoine mit einem Blick auf seine Uhr.

»Besser würde an Unschicklichkeit grenzen«, erwiderte der alte Buchhändler.

»Er müsste bald da sein.«

»In meinem Alter kann die Verzögerung einer unvermeidlich gewordenen Begegnung nur eine gute Nachricht sein«, meinte Glover in ruhigem Tonfall.

Ein Taxi hielt am Bordstein. Die Tür der Buchhandlung öffnete sich, und Mathias fiel seinem Freund in die Arme. Antoine hüstelte und lenkte seine Aufmerksamkeit mit einem eindringlichen Blick auf den alten Herrn, der zehn Meter entfernt am Ende des Raums wartete.

»Ach, jetzt verstehe ich, was du mit ›klein‹ meintest«, flüsterte Mathias, indem er sich umsah.

Der alte Buchhändler richtete sich auf und streckte Mathias die Hand entgegen.

»Monsieur Popinot[1], nehme ich an?«, sagte er in fast perfektem Französisch.

»Nennen Sie mich Mathias.«

»Ich bin sehr glücklich, Sie hier empfangen zu dürfen, Monsieur Popinot. Am Anfang wird es sicher etwas schwer sein, sich zu orientieren, der Laden ist zwar klein, doch die Seele dieser Buchhandlung ist groß.«

»Mister Glover, mein Name ist nicht Popinot.«

John Glover deutete auf die alte Aktenmappe und öffnete sie vor Mathias. »Im mittleren Fach finden Sie alle notariell beglaubigten Dokumente. Mit dem Reißverschluss müssen Sie etwas vorsichtig umgehen, seit seinem siebzigsten Geburtstag ist er etwas kapriziös geworden.«

Mathias nahm die Mappe dankend entgegen.

»Monsieur Popinot, darf ich Sie um einen Gefallen bitten, um einen ganz kleinen nur, der mir aber immense Freude machen würde.«

»Mit dem größten Vergnügen, Mister Glover«, erwiderte Mathias zögernd, »doch erlauben Sie mir die Bemerkung, dass mein Name nicht Popinot ist.«

---

1 Figur aus dem Roman *César Birotteau* von Honoré de Balzac.

»Wie Sie wollen«, sagte der Buchhändler in äußerst zuvorkommendem Tonfall. »Nun also, könnten Sie mich fragen, ob ich rein zufällig ein Exemplar von *Inimitable Jeeves* habe?«

Mathias drehte sich zu seinem Freund um und sah ihn fragend an. Der aber zuckte nur mit den Schultern. Mathias räusperte sich und blickte John Glover so ernst wie möglich in die Augen.

»Mister Glover, haben Sie rein zufällig ein Exemplar von *Inimitable Jeeves*?«

Der Buchhändler trat energisch an das nicht abgedeckte Regal, griff nach dem einzigen Band, der sich darin befand, und händigte ihn stolz an Mathias aus.

»Wie Sie feststellen werden, ist der auf dem Buchdeckel vermerkte Preis eine halbe Krone; da dieses Geld leider nicht mehr gültig ist und diese Transaktion damit nur auf Gentleman-Art abgewickelt werden kann, habe ich ausgerechnet, dass der Betrag fünfzig Pence entspricht, natürlich nur, wenn Sie damit einverstanden sind!«

Fassungslos ging Mathias auf das Angebot ein, Glover überreichte ihm das Bändchen, Antoine half seinem Freund mit den fünfzig Pence aus, und der Buchhändler beschloss, dass es Zeit war, dem neuen Pächter die Örtlichkeiten zu zeigen.

Obwohl die Buchhandlung kaum mehr als zweiundsechzig Quadratmeter maß – einschließlich der Grundfläche der Regale und des kleinen Hinterzimmers, versteht sich –, dauerte die Führung eine gute halbe Stunde. Während all dieser Zeit musste Antoine seinem besten Freund die Antworten auf die Fragen einflüstern, die Mr. Glover gelegentlich auf Englisch stellte, wenn er vom Französischen zu seiner Muttersprache überwechselte. Nachdem er ihm erklärt hatte, wie die Registrierkasse funktionierte und vor allem, wie man die Lade entriegelte, wenn die Feder den Dienst verweigerte, bat der alte Buchhändler Mathias – Tradition verpflichtet –, ihn zur Tür zu begleiten. Was dieser gerne tat.

Auf der Schwelle – und nicht ohne Emotionen, einmal ist keinmal – nahm Mr. Glover Mathias in die Arme und drückte ihn an sich. »Sie müssen wissen, ich habe mein ganzes Leben in diesem Geschäft verbracht«, sagte er.

»Ich werde mich gut darum kümmern, das verspreche ich Ihnen«, erwiderte Mathias ernst und feierlich.

Der alte Buchhändler sprach ganz dicht an seinem Ohr. »Ich wurde gerade fünfundzwanzig und konnte meinen Geburtstag nicht feiern, da mein Vater die bedauerliche Idee hatte, genau an diesem Tag zu sterben. Ich muss gestehen, dass mir sein Humor immer ein Rätsel gewesen ist. Am nächsten Tag musste ich seine Buchhandlung übernehmen, sie war damals noch eine englische. Das Buch, das Sie in Händen halten, war das erste, das ich verkauft habe. Wir hatten zwei Exemplare davon vorrätig. Ich habe dieses behalten und mir geschworen, mich erst am letzten Tag meiner Tätigkeit als Buchhändler davon zu trennen. Wie ich diesen Beruf geliebt habe! Sich inmitten von Büchern zu befinden, umgeben von den Menschen, die zwischen diesen Seiten leben … Geben Sie Acht auf sie.« Mr. Glover warf einen letzten Blick auf den roten verblichenen Buchdeckel, den Mathias in Händen hielt, und sagte, ein Lächeln auf den Lippen: »Ich bin sicher, dass Jeeves über Sie wacht.« Damit wandte er sich ab und ging.

»Was hat er gesagt?«, wollte Antoine wissen.

»Nichts«, erwiderte Mathias, »kannst du einen Augenblick auf den Laden aufpassen?«

Und bevor Antoine antworten konnte, stürzte Mathias zur Tür hinaus und rannte Mr. Glover nach. Am Ende der Bute Street hatte er den alten Buchhändler eingeholt.

»Was kann ich für Sie tun?«, fragte der.

»Warum haben Sie mich Popinot genannt?«

Glover sah Mathias voller Zuneigung an. »Sie sollten sich rasch angewöhnen, zu dieser Jahreszeit nie ohne Schirm das Haus zu verlassen. Das Wetter ist nicht so rau, wie man gemeinhin behauptet, doch es regnet in dieser Stadt manchmal ganz ohne Vorwarnung.«

Mr. Glover öffnete seinen Schirm und entfernte sich.

»Ich hätte Sie gerne näher kennengelernt, Mister Glover. Ich bin stolz, Ihre Nachfolge anzutreten«, rief Mathias.

Der Mann mit dem Regenschirm drehte sich um und lächelte ihm zu. »Für den Fall, dass Sie ein Problem haben sollten, finden Sie ganz hinten in der Registrierkasse die Telefonnummer des Hauses in Kent, in das ich mich zurückziehen werde.«

Die elegante Gestalt des alten Buchhändlers verschwand um die Straßenecke. Es fing an zu regnen, Mathias sah zum bewölkten Himmel auf. Er vernahm Schritte in seinem Rücken.

»Was wolltest du von ihm?«, fragte Antoine.

»Nichts«, erwiderte Mathias und nahm ihm seinen Regenschirm ab.

Mathias kehrte in die Buchhandlung zurück, Antoine in sein Büro, und die beiden Freunde trafen sich am späten Nachmittag vor der Schule wieder.

Am Fuß des großen Baums, der die Insel im Kreisverkehr beschattete, blickten Antoine und Mathias auf die Glocke, die das Ende des Unterrichts ankündigen würde.

»Valentine hat mich gebeten, Emily abzuholen, sie wurde im Konsulat aufgehalten«, sagte Antoine.

»Warum ruft meine Ex-Frau meinen besten Freund an und bittet ihn, meine Tochter zu begleiten?«

»Weil niemand wusste, wann du ankommst.«

»Verspätet sie sich oft, wenn sie Emily von der Schule abholt?«

»Darf ich dich daran erinnern, dass du damals, als ihr noch zusammengelebt habt, nie vor acht Uhr abends nach Hause gekommen bist?«

»Bist du mein bester Freund oder ihrer?«

»Wenn du solch kindischen Blödsinn redest, frage ich mich, ob ich nicht eher dich von der Schule abhole.«

Mathias hörte ihm schon gar nicht mehr zu. Vom Schulhof aus schenkte ihm ein kleines Mädchen das schönste Lächeln der Welt. Mit klopfendem Herzen stand er auf, und auf seinem Gesicht erstrahlte dasselbe Lächeln. Während Antoine die beiden betrachtete, dachte er sich, dass nur das Leben solch eine wunderbare Ähnlichkeit hervorbringen konnte.

»Bleibst du wirklich?«, fragte die Kleine ganz atemlos von all den Küssen.

»Habe ich dich jemals belogen?«

»Nein, aber einmal ist immer das erste Mal.«

»Bist du sicher, dass du nie lügst, wenn du nach deinem Alter gefragt wirst?«

Antoine und Louis hatten sie allein gelassen. Emily hatte beschlossen, ihren Vater im Viertel herumzuführen.

Als sie Hand in Hand Yvonnes Restaurant betraten, wartete Valentine schon an der Theke. Mathias näherte sich und küsste sie auf die Wange. Emily nahm an dem Tisch Platz, an dem sie gewöhnlich ihre Hausaufgaben machte.

»Bist du angespannt?«, fragte Mathias und nahm neben ihr auf einem Barhocker Platz.

»Nein«, erwiderte Valentine.

»Doch, ich sehe genau, dass du gereizt bist.«

»Vor deiner Frage war ich es nicht, doch ich kann es werden, wenn du willst.«

»Siehst du, du bist genervt!«

»Emily wünscht sich sehr, heute bei dir zu Hause zu übernachten.«

»Ich hatte noch keine Zeit, mir anzusehen, wie mein Zuhause ist. Meine Möbel kommen erst morgen an.«

»Du hast dir die Wohnung vor dem Umzug nicht einmal angesehen?«

»Alles ging viel zu schnell. Ich hatte vorher noch viel in Paris zu regeln. Warum lächelst du?«

»Einfach nur so.«

»Mir gefällt es, wenn du einfach nur so lächelst.«

Valentine zog die Augenbrauen hoch.

»Und auch, wenn deine Mundwinkel so zucken.«

»Es reicht«, sagte Valentine mit sanfter Stimme. »Brauchst du Hilfe, um dich einzurichten?«

»Nein, ich komme schon zurecht. Was hältst du davon, wenn wir morgen zusammen zu Mittag essen? Das heißt, wenn du Zeit hast.«

Valentine holte tief Luft und bestellte einen Erdbeersirup.

»Wenn du nicht angespannt bist, so bist du auf jeden

Fall gereizt. Hat es damit zu tun, dass ich mich in London niederlasse?«, bohrte Mathias weiter.

»Nein, überhaupt nicht«, erwiderte Valentine und strich Mathias über die Wange. »Ganz im Gegenteil.«

Mathias' Augen leuchteten auf.

»Warum ›ganz im Gegenteil‹?«, fragte er leise.

»Ich muss dir etwas sagen«, flüsterte Valentine. »Emily weiß noch nicht Bescheid.«

Ängstlich beugte sich Mathias zu ihr hinüber.

»Ich gehe nach Paris zurück, Mathias. Der Konsul hat mir das Angebot gemacht, eine der Abteilungen zu übernehmen. Zum dritten Mal bietet er mir jetzt einen wichtigen Posten an. Ich habe immer abgelehnt, weil ich Emily keinen Schulwechsel zumuten wollte. Ihr Leben ist hier, und Louis ist so etwas wie ein Bruder für sie geworden. Sie glaubt schon, ich hätte ihr den Vater vorenthalten wollen; sie soll mir jetzt nicht auch noch vorwerfen können, dass ich ihr ihre Freunde nehme. Wenn du nicht hierhergezogen wärst, hätte ich sicher erneut abgelehnt, doch nachdem du jetzt da bist, sieht alles ganz anders aus.«

»Du hast den Job angenommen?«

»Man kann eine Beförderung nicht viermal hintereinander ablehnen.«

»Es wäre das dritte Mal gewesen, wenn ich richtig zähle!«, meinte Mathias.

»Ich dachte, du würdest das verstehen«, sagte Valentine ruhig.

»Ich verstehe, dass du gehst, sobald ich komme.«

»Du wirst deinen Traum verwirklichen, du wirst bei deiner Tochter leben«, sagte Valentine und sah zu Emily hinüber, die eifrig in ihrem Heft malte. »Sie wird mir ganz schrecklich fehlen.«

»Und was, meinst du, wird deine Tochter dazu sagen?«

»Sie liebt dich über alles in der Welt, und gemeinsames Sorgerecht bedeutet nicht unbedingt eine Woche – eine Woche.«

»Du willst sagen, besser wären drei Jahre – drei Jahre.«

»Wir vertauschen ganz einfach die Rollen. Du schickst sie mir in den Ferien.«

Yvonne kam aus der Küche.

»Na, wie geht's euch beiden?«, fragte sie und stellte den Diabolo vor Valentine hin.

»Großartig«, antwortete Mathias.

Yvonne sah skeptisch vom einen zum anderen und kehrte zu ihren Töpfen zurück.

»Ihr werdet glücklich zusammen sein, oder?«, fragte Valentine und sog an ihrem Strohhalm.

Mathias zupfte an einem Holzsplitter, der sich von der Theke löste.

»Wenn du's mir vor einem Monat gesagt hättest, wären wir alle glücklich gewesen … und zwar in Paris!«

»Wird es gehen?«, fragte Valentine.

»Ja, großartig!«, knurrte Mathias und riss den Splitter ganz ab. »Ich fühle mich hier im Viertel schon wie zu Hause. Wann willst du mit deiner Tochter sprechen?«

»Heute Abend.«

»Na, großartig! Und wann fährst du?«

»Am Wochenende.«

»Großartig!«

Valentine legte Mathias einen Finger auf den Mund. »Alles wird gut, du wirst sehen.«

Antoine trat ein und bemerkte sofort die betretene Miene seines Freundes. »Wie geht's?«, fragte er.

»Großartig!«

»Ich lass euch allein«, sagte Valentine und rutschte von ihrem Hocker. »Ich habe noch viel zu tun. Kommst du, Emily?«

Die Kleine stand auf, küsste ihren Vater, dann Antoine und lief zu ihrer Mutter. Die Restauranttür schloss sich hinter den beiden.

Antoine und Mathias saßen an der Bar. Yvonne brach das Schweigen und stellte ein Glas Cognac auf die Theke.

»Hier, trink das, eine Stärkung, eine großartige.«

Mathias sah erst Antoine, dann Yvonne an.

»Seit wann wisst ihr es?«

Yvonne entschuldigte sich; sie habe in der Küche zu tun.

»Seit einigen Tagen!«, erwiderte Antoine. »Jetzt schau mich nicht so an, es war schließlich nicht an mir, es dir zu sagen … und es war auch nicht sicher …«

»Jetzt aber wohl!«, brummte Mathias und leerte das Glas in einem Zug.

»Soll ich dir dein neues Zuhause zeigen?«

»Ich glaube, da gibt es noch nicht viel zu besichtigen«, meinte Mathias.

»Ich habe ein Feldbett aufgestellt, dort kannst du schlafen, bis deine Möbel eingetroffen sind. Komm zum Abendessen, Louis wird sich freuen.«

»Ich behalte ihn hier«, schaltete sich Yvonne ein. »Ich habe ihn seit Monaten nicht gesehen, wir haben uns einiges zu erzählen. Beeil dich Antoine, dein Sohn wartet schon auf dich.«

Antoine zögerte, seinen Freund zurückzulassen, da Yvonne ihm aber bedeutungsvolle Blicke zuwarf, fügte er sich und flüsterte ihm ins Ohr, alles würde gut werden …

»Na großartig«, erwidere Mathias.

Als Antoine mit seinem Sohn die Bute Street entlangging, klopfte er an das Schaufenster von Sophies Laden. Sie kam sofort heraus.

»Hast du Lust, mit uns zu Abend zu essen?«, fragte Antoine.

»Das ist nett von dir, aber ich muss noch mehrere Sträuße fertig machen.«

»Brauchst du Hilfe?«

Der Rippenstoß, den Louis seinem Vater verpasste, entging der jungen Floristin nicht. Sie strich über sein Haar.

»Geht nach Hause, ihr beiden. Ich kenne einen, der sich lieber einen Zeichentrickfilm anschaut, als Blumenhändler zu spielen.«

Während sie Antoine auf beide Wangen küsste, steckte er ihr einen Brief zu.

»Ich habe alles so formuliert, wie du wolltest, du musst ihn nur noch mal abschreiben.«

»Danke, Antoine.«

»Stellst du uns diesen Typen, dem ich da schreibe, eines Tages mal vor?«

»Eines Tages, versprochen!«

Am Ende der Straße zog Louis seinen Vater am Ärmel.

»Hör zu, Papa, wenn es dich langweilt, alleine mit mir zu essen, dann kannst du es mir ruhig sagen!«

Und während sein Sohn den Schritt beschleunigte, um ihn abzuhängen, rief Antoine: »Ich habe ein Essen für uns vorgesehen, da wirst du staunen: Kroketten nach Art des Hauses und Schokoladensoufflé, und das alles von deinem Vater zubereitet.«

»Ja, ja …«, entgegnete Louis mürrisch und stieg in den Austin Healey.

»Du hast wirklich einen schwierigen Charakter, weißt du«, meinte Antoine und legte ihm den Sicherheitsgurt an.

»Den habe ich von dir!«

»Und ein bisschen auch von deiner Mutter, glaub ja nicht …«

»Mama hat mir gestern Abend eine Mail geschickt«, sagte Louis, als sie die Old Brompton Road entlangfuhren.

»Geht es ihr gut?«

»Nach dem, was sie schreibt, geht es den Leuten nicht wirklich gut. Sie ist jetzt in Darfur. Wo liegt das genau, Papa?«

»Auch in Afrika.«

Sophie sammelte die Blätter ein, die sie auf den alten Terrakottafliesen ihres Ladens zusammengefegt hatte. Sie stellte den Strauß aus blassen Rosen in der Vase im Schaufenster neu zusammen und ordnete die Bastfäden über dem Tresen. Sie zog ihren weißen Kittel aus und hängte ihn an den gusseisernen Kleiderhaken. Drei Papierbogen schauten aus der Tasche hervor. Sie nahm den von Antoine verfassten Brief, setzte sich auf den Hocker hinter der Kasse und begann, die ersten Zeilen abzuschreiben.

Die meisten Gäste im Restaurant waren schon beim Dessert. Mathias speiste allein an der Theke.

Yvonne machte sich einen Kaffee und setzte sich neben

ihn. »Hat's geschmeckt? Wenn du jetzt ›großartig‹ sagst, kassierst du eine Ohrfeige.«

»Kennst du einen gewissen Popinot?«

»Nie gehört, warum?«

»Nur so«, erwiderte Mathias und trommelte mit den Fingern auf der Theke. »Und Glover, hast du ihn gut gekannt?«

»Er ist eine Persönlichkeit hier im Viertel. Ein diskreter und eleganter Mann, ein Nonkonformist. Ein Liebhaber der französischen Literatur, ich weiß nicht, welches Virus ihn befallen hat.«

»Eine Frau vielleicht?«

»Ich habe ihn immer nur allein gesehen«, gab Yvonne zurück. »Du kennst mich ja, ich stelle nie Fragen.«

»Und wie stellst du es dann an, all die Antworten zu bekommen?«

»Ich höre mehr zu, als dass ich rede.« Yvonne legte eine Hand auf die von Mathias und drückte sie liebevoll. »Du wirst dich schon eingewöhnen, mach dir da mal keine Sorgen.«

»Ich finde dich sehr optimistisch. Sobald ich zwei Worte auf Englisch sage, biegt sich meine Tochter vor Lachen!«

»Ich kann dir versichern – niemand in diesem Viertel spricht Englisch!«

»Du wusstest also von Valentines Plänen?«, fragte Mathias und leerte sein Weinglas.

»Du bist doch wegen deiner Tochter gekommen! Oder dachtest du, Valentine zurückzuerobern, indem du dich hier niederlässt?«

»Man denkt nicht, wenn man liebt. Das hast du mir schon hundertmal gesagt.«

»Du bist wohl immer noch nicht geheilt, was?«

»Ich weiß nicht, Yvonne. Sie fehlt mir oft, das ist alles.«

»Und warum hast du sie dann betrogen?«

»Das ist lange her. Das war ein dummer Ausrutscher.«

»Schon gut, aber für solche Ausrutscher, wie du es nennst, zahlt man oft ein Leben lang. Nutze dieses Londoner Abenteuer, um einen Schlussstrich unter die Sache zu ziehen. Du bist attraktiv, und wenn ich dreißig Jahre jünger wäre, würde ich dir sicher Avancen machen. Falls das Glück vorbeikommt, lass es nicht entkommen.«

»Ich weiß nicht, ob dein Glück meine neue Adresse kennt …«

»Wie viele Begegnungen hast du in den letzten drei Jahren verpatzt, weil du mit einem Fuß in der Gegenwart und mit einem in der Vergangenheit gelebt hast?«

»Was weißt du schon davon?«

»Ich sage ja nicht, dass du meine Frage beantworten sollst, sondern nur, dass du darüber nachdenken solltest. Und was ich davon weiß, das sagte ich schon – ich bin dreißig Jahre älter. Willst du einen Kaffee?«

»Nein, es ist spät. Ich gehe schlafen.«

»Findest du den Weg?«, fragte Yvonne.

»Das Haus ist gleich neben dem von Antoine. Ich bin nicht zum ersten Mal hier.«

Mathias bestand darauf, seine Rechnung zu begleichen, nahm sein Gepäck, verabschiedete sich von Yvonne und trat hinaus auf die Straße.

Die Dunkelheit hatte sich über die Stadt gesenkt, ohne dass Sophie es bemerkt hätte. Sie faltete den Brief zusammen, öffnete das Schränkchen unter der Kasse und legte ihn in eine Korkschachtel auf den Stapel mit den anderen von Antoine verfassten Briefen. Den gerade abgeschriebenen warf sie in den großen schwarzen Plastiksack zu den Blättern und abgeschnittenen Stielen. Als sie den Laden verließ, stellte sie ihn zu den Mülleimern auf den Bürgersteig.

Vereinzelte Federwolken trieben am Himmel. Den Koffer in einer Hand, das Paket unter dem Arm, lief Mathias die Old Brompton Road entlang. Er hielt einen Augenblick an und fragte sich, ob er nicht schon zu weit gegangen war.

»Großartig«, knurrte er und setzte den Weg fort.

An der Kreuzung erkannte er das Schaufenster eines Immobilienmaklers und bog in den Clareville Grove ein. Häuser in allen möglichen Farben säumten das Sträßchen. Auf den Bürgersteigen wiegten sich Mandel- und Kirschbäume sanft im Wind. In London wachsen die Bäume, wie es ihnen gefällt, sodass sich ein Fußgänger hier und da genötigt sieht, auf die Fahrbahn zu treten, um einem eigenwilligen Zweig auszuweichen, der ihm den Weg versperrt.

Seine Schritte hallten in der nächtlichen Stille wider. Vor der Nummer 4 blieb er stehen.

Das Haus war Anfang des letzten Jahrhunderts in zwei ungleiche Hälften aufgeteilt worden, ohne deshalb etwas von seinem Charme einzubüßen. Die roten Backsteine der Fassade waren von üppigen Glyzinen bedeckt, die bis zum Dach hinaufkletterten. Am Ende der Außentreppe, zwei Eingangstüren nebeneinander, eine für jeden Nachbarn. Vier Fenster ließen das Tageslicht in die Räume, eines für den kleineren Teil, in dem noch vor einer Woche Mr. Glover gewohnt hatte, drei für den größeren, in dem Antoine lebte.

Antoine sah auf die Uhr und schaltete das Licht in der Küche aus. Ein alter Bauerntisch aus hellem Holz trennte sie vom Wohnzimmer, das mit zwei naturfarbenen Sofas und einem Couchtisch möbliert war.

Etwas weiter, hinter einer Glaswand, hatte er sich eine Büroecke eingerichtet, die er mit seinem Sohn teilte, wenn dieser seine Hausaufgaben machte und wo Louis oft heimlich am Computer seines Vaters spielte. Das ganze Erdgeschoss ging hinten auf einen Garten hinaus.

Antoine stieg die Treppe hinauf und betrat das Zimmer seines Sohns, der schon seit Langem schlief. Er zog die Decke über seine Schultern, drückte ihm einen zärtlichen Kuss auf die Stirn und schnupperte an seiner Halsbeuge, um ein wenig vom Duft der Kindheit in sich aufzunehmen. Er verließ den Raum auf Zehenspitzen und schloss leise die Tür.

Das Licht hinter Antoines Fenstern war eben erloschen, als Mathias die Stufen der Freitreppe hinaufstieg, seine Tür aufschloss und eintrat.

Das Erdgeschoss war völlig unmöbliert. Von der Decke hing an einem verdrehten Kabel eine nackte Glühbirne, die ein tristes Licht verbreitete. Er stellte sein Paket am Boden ab und besichtigte den ersten Stock. Zwei Schlafzimmer waren durch ein Bad getrennt. Er legte seinen Koffer auf dem Feldbett ab, das Antoine für ihn aufgestellt hatte. Auf einer Kiste, die als Nachttisch diente, fand er einen Zettel seines Freundes, der ihn in seinem neuen Heim willkommen hieß. Er trat ans Fenster und blickte auf seinen Gartenanteil, einen schmalen Streifen mit Rasen. Draußen setzte ein feiner Nieselregen ein. Mathias drehte Antoines

Nachricht zu einem kleinen Röllchen und ließ es zu Boden fallen.

Die Stufen der Treppe knarrten erneut unter seinen Schritten, er nahm das Paket im Eingang an sich, verließ die Wohnung und lief die Straße in umgekehrter Richtung zurück. Hinter ihm bewegte sich der Vorhang von Antoines Fenster.

In der Bute Street schloss Mathias die Tür seiner Buchhandlung auf, in der es immer noch nach Farbe roch. Er entfernte eine nach der anderen die Planen von allen Regalen. Der Laden war wirklich nicht groß, doch die Bücherwände reichten bis zu der hohen Decke. Mathias entdeckte die alte Leiter, die sich auf Kupferschienen verschieben ließ. Da er seit seiner Kindheit unter starkem und unheilbarem Schwindel litt, beschloss er, dass der Teil, an den er nicht ohne Leiter reichen konnte, nur Dekorationszwecken dienen sollte. Er trat erneut nach draußen und kniete sich auf den Bürgersteig, um sein Paket zu öffnen. Er betrachtete das Emailleschild darin und strich mit dem Finger über die Inschrift »La Librairie française«, die französische Buchhandlung. Der Holzsims über der Tür war wie geschaffen für das Schild. Er zog vier lange Schrauben aus seiner Tasche, genauso alt wie das Schild, und klappte sein Schweizer Messer auseinander. Eine Hand legte sich auf seine Schulter.

»Hier«, sagte Antoine und hielt ihm einen Schraubenzieher hin. »Du brauchst einen größeren.«

Und während Antoine das Schild hielt, drehte Mathias die Schrauben mit aller Kraft in das Holz.

»Mein Großvater besaß eine Buchhandlung in Izmir. An

dem Tag, als die Stadt brannte, war dieses Schild das Einzige, was er hat mitnehmen können. Als ich noch ein kleiner Junge war, holte er es gelegentlich aus der Schublade seiner Anrichte hervor, stellte es auf den Esstisch und erzählte mir, wie er meiner Großmutter begegnet war, wie er sich in sie verliebt hatte und wie er allen Kriegswirren zum Trotz nie aufgehört hat, sie zu lieben. Ich habe meine Großmutter nie kennengelernt, sie ist nicht aus dem Lager zurückgekehrt.«

Als das Schild angebracht war, setzten sich die beiden Freunde auf die Brüstung vor der Buchhandlung. Im blassen Lichtschein einer Laterne der Bute Street lauschte jeder dem Schweigen des anderen.

Kapitel 3

Das Erdgeschoss des Hauses war lichtdurchflutet. Antoine holte Milch aus dem Kühlschrank und kippte sie über Louis' Cornflakes.

»Nicht so viel, Papa, die werden doch ganz weich«, sagte Louis und schob den Arm seines Vaters weg.

»Kein Grund, den Rest auf den Tisch zu schütten!«, meinte Antoine und griff nach einem Schwamm, der auf dem Rand des Spülbeckens lag.

Es klopfte an der Haustür. Antoine lief durchs Wohnzimmer. Kaum hatte er die Tür halb geöffnet, drängte sich Mathias im Pyjama herein.

»Hast du einen Kaffee?«

»Guten Morgen!

»Guten Morgen«, erwiderte Mathias und setzte sich neben Louis.

Der Junge beugte sich tief über seinen Teller.

»Gut geschlafen?«, fragte Antoine.

»Meine linke Seite schon, doch die rechte hatte nicht genug Platz.«

Mathias nahm eine Toastscheibe aus dem Brotkorb und bestrich sie großzügig mit Butter und Marmelade.

»Was führt dich zu so früher Stunde hierher?«, fragte Antoine und stellte eine Tasse vor seinen Freund.

»Hast du mich ins Vereinigte Königreich oder ins Reich von Gulliver geholt?«

»Wieso, was ist?«

»Was ist? Das kann ich dir sagen: Ein Sonnenstrahl ist in meine Küche gedrungen, und da man sich dort nicht einmal im Stehen zu zweit aufhalten kann, nehme ich mein Frühstück bei dir ein. Hast du Honig?«

»Steht direkt vor dir!«

»Das heißt, ich habe, glaube ich, verstanden«, fuhr Mathias fort und biss in seinen Toast. »Hier werden die Kilometer zu Miles, die Grad Celsius zu Fahrenheit und ›klein‹ zu ›winzig‹.«

»Ich war zwei-, dreimal bei meinem Nachbarn zum Tee eingeladen und fand die Wohnung ganz gemütlich.«

»Sie ist nicht gemütlich, sie ist winzig!«

Louis stand vom Tisch auf und holte seinen Schulranzen. Kurz darauf kam er wieder die Treppe herunter.

»Ich bringe meinen Sohn zur Schule, wenn du nichts dagegen hast. Gehst du nicht in die Buchhandlung?«

»Ich warte auf den Umzugswagen.«

»Brauchst du Hilfe?«

»Nein, nein – zwei Stühle und einen Puff ausladen, das nimmt höchstens zwei Sekunden in Anspruch, und dann passt schon nichts mehr in meine Hütte.«

»Wie du willst«, gab Antoine knapp zurück. »Zieh die Tür beim Rausgehen zu.«

Mathias sprang auf und hielt Antoine, der schon bei Louis auf der Treppe war, am Ärmel fest. »Hast du vielleicht irgendwo Handtücher? Ich dusche hier. Bei mir kann man nur auf einem Bein stehen, das zweite hat keinen Platz.«

»Du gehst mir ganz schön auf den Wecker!«, erwiderte Antoine und verließ das Haus.

Louis nahm auf dem Beifahrersitz des Austin Healey Platz und legte von selbst den Sicherheitsgurt an.

»Er geht mir wirklich auf den Wecker«, brummte Antoine, als er im Rückwärtsgang die Straße entlangfuhr.

Ein Umzugswagen der Delahaye Moving parkte vor seinem Haus.

Zehn Minuten später rief Mathias seinen Freund zu Hilfe. Er hatte, wie angeordnet, die Tür hinter sich zugezogen, seine eigenen Schlüssel aber auf dem Esstisch liegen lassen. Die Möbelpacker warteten vor dem Haus, und er stand im Pyjama auf der Straße. Antoine, der Louis eben an der Schule abgesetzt hatte, musste also umkehren.

Der Verantwortliche der Firma Delahaye Moving hatte Mathias überreden können, seine Männer in Frieden ihre Arbeit tun zu lassen. Wenn er wild gestikulierend zwischen ihnen herumstünde, würde er sie nur aufhalten. Er versprach, dass alles fertig wäre, wenn er am Abend zurückkäme.

Antoine wartete, bis Mathias geduscht hatte, und als er endlich fertig war, fuhren sie zusammen in dem alten offenen Cabrio los.

»Ich setze dich ab und fahre gleich weiter, bin schon spät dran«, sagte Antoine, als er den Clareville Grove verließ.

»Fährst du ins Büro?«, fragte Mathias.

»Nein, ich muss zu einer Baustelle.«

»Du kannst dir den Umweg zur Buchhandlung sparen. Es riecht dort noch zu sehr nach Farbe. Ich begleite dich.«

»Okay, ich nehme dich mit, doch benimm dich anständig!«

»Wieso sagst du das?«

Der Austin Healey preschte die Old Brompton Road entlang.

»Nicht so schnell!«, rief Mathias.

Antoine sah ihn verärgert an.

»Fahr langsamer!«, beharrte Mathias.

Antoine machte sich eine rote Ampel zunutze, um die Aktenmappe aufzuheben, auf die Mathias den Fuß gesetzt hatte.

»Würdest du aufhören, an meiner Stelle zu bremsen!«, sagte er und richtete sich auf.

»Warum hast du mir das auf den Schoß gelegt?«, wollte Mathias wissen.

»Mach auf und sieh, was drin ist.«

Mathias zog ein Dokument heraus und blickte fragend drein.

»Schlag es auf!«

Als der Wagen wieder anfuhr, blähte sich der Plan auf und legte sich Mathias vors Gesicht, der während der restlichen Fahrt vergebens versuchte, ihn zu lesen. Etwas später parkte Antoine den Austin vor einem Portal aus Quadersteinen. Ein schmiedeeisernes Tor öffnete sich auf eine Sackgasse. Er nahm seinen Plan an sich und stieg aus.

Das unebene Pflaster war von *Mews* gesäumt, von ehemaligen Stallungen, die in kleine Cottages umgebaut wurden. Die bunten Fassaden waren von prächtigen Kletterrosen überwuchert. Die geschwungenen Dächer waren teils mit Holzschindeln, teils mit Schieferplatten gedeckt. Am Ende des Gässchens stand ein Gebäude, das alle anderen überragte und den Ort gleichsam beherrschte. Über wenige Stufen gelangten sie an eine große eichene Eingangstür. Antoine forderte seinen Freund auf, ihm zu folgen.

»Ich hoffe, hier gibt es keine Ratten«, meinte Mathias skeptisch.

»Komm rein!«

Sie traten in einen gewaltigen hellen Raum mit großen Fenstern, in dem mehrere Handwerker arbeiteten. In der Mitte war eine Treppe, die in den ersten Stock führte. Einen Plan in der Hand, trat ein hochgewachsener, hagerer Mann auf Antoine zu.

»Wir warten alle schon auf Sie!«

Mit einem schottischen Vater und einer Mutter aus der Normandie sprach McKenzie, knapp über dreißig, ein Französisch, das keinen Zweifel an seiner Herkunft ließ. Er deutete auf das Mezzanin, das Zwischengeschoss, und sah Antoine fragend an.

»Haben Sie sich entschieden?«

»Noch nicht«, erwiderte Antoine.

»Ich bekomme die sanitären Anlagen niemals rechtzeitig. Ich muss den Auftrag bis spätestens heute Abend einreichen.«

Mathias trat näher. »Entschuldige«, meinte er verärgert. »Du hast mich doch nicht quer durch London kutschiert, damit ich dich bei einem Toiletten-Problem berate.«

»Moment bitte!«, erwiderte Antoine und wandte sich dann seinem Büroleiter zu. »Ihre Lieferanten können mich mal, McKenzie.«

»Mich können Sie auch mal, Ihre Lieferanten«, wiederholte Mathias und gähnte.

Antoine bedachte Mathias mit einem vernichtenden Blick, der daraufhin in Lachen ausbrach.

»Gut, ich nehme deinen Wagen, und du bittest deinen Büroleiter, dich mitzunehmen. Ist das möglich, Mister McKenzie?«

Antoine hielt Mathias am Arm zurück. »Ich brauche deinen Rat, zwei oder vier?«

»Toiletten?«

»Das ist hier eine ehemalige Remise, in der Pferdekutschen untergestellt wurden. Unser Büro hat sie letztes Jahr gekauft. Ich weiß nicht, ob ich sie in zwei oder vier Wohnungen aufteilen soll.«

Mathias sah sich um, hob den Kopf zum Mezzanin, stemmte die Hände in die Hüften und drehte sich einmal um die eigene Achse.

»Eine einzige!«

»Gut, okay, nimm den Wagen!«

»Du fragst mich, ich antworte!«

Antoine ließ ihn einfach stehen und ging zu den Maurern, die gerade dabei waren, einen Kamin abzutragen.

Mathias ging die Treppe in den ersten Stock hinauf, konsultierte einen Plan, der an der Wand befestigt war, trat an die Balustrade des Mezzanins, breitete die Arme aus und schrie: »Eine einzige Wohnung, zwei Toiletten, und alle Welt ist zufrieden!«

Verwundert blickten die Arbeiter auf, Antoine hob verzweifelt die Hände.

»Mathias, ich arbeite!«, rief er.

»Ich arbeite auch!«

Antoine eilte zu ihm hinauf. »Was soll dieser Blödsinn?«, fragte er.

»Ich habe eine Idee! Unten richtest du uns einen riesigen Raum ein, und den ersten Stock teilen wir uns in zwei Bereiche … vertikal«, fügte Mathias hinzu und zog eine imaginäre Trennwand mit den Händen.

»Vertikal?«, fragte Antoine irritiert.

»Wie oft haben wir als Kinder davon gesprochen, unter einem Dach zu leben? Du bist Junggeselle, ich auch, das ist doch eine traumhafte Gelegenheit.« Mathias breitete die Arme aus und wiederholte: »Vertikal.«

»Wir sind aber keine Kinder mehr! Und wenn einer von uns mit einer Frau nach Hause kommt – wie teilen wir sie uns dann auf?«, flüsterte Antoine und lachte.

»Tja, wenn einer von uns mit einer Frau ankommt, dann muss er … draußen bleiben!«

»Soll das heißen – keine Frau im Haus?«

»Genau!«, gab Mathias zurück und breitete die Arme noch weiter aus. »Hier, schau«, fügte er hinzu und wedelte mit der Skizze. »Obwohl ich kein Architekt bin, kann ich mir vorstellen, was für ein traumhaftes Haus das für uns sein könnte.«

»Na gut, dann träum weiter, ich habe zu tun«, erwiderte Antoine und entriss ihm den Plan. Beim Hinuntergehen drehte er sich mit bedauernder Miene zu seinem Freund um. »Find dich endlich mit deiner Scheidung ab und lass mich in Ruhe arbeiten!«

Mathias stürzte an die Balustrade und rief Antoine nach: »Hast du dich jemals in einer Beziehung so gut verstanden wie wir beide in den letzten fünfzehn Jahren? Und sind unsere Kinder nicht glücklich, wenn wir die Ferien zusammen verbringen? Du weißt sehr gut, dass es mit uns beiden funktionieren könnte!«

Seit Beginn des Gesprächs hatten die Handwerker verwundert zugehört und ihre Arbeit ruhen lassen. Der eine fegte, der andere tat so, als wäre er in eine technische Anweisung vertieft, ein dritter reinigte sein Werkzeug.

Wütend ließ Antoine seinen Büroleiter stehen und trat hinaus auf das Gässchen. Mathias eilte die Treppe hinunter, beruhigte McKenzie mit einem freundschaftlichen Augenzwinkern und folgte Antoine zu dessen Wagen.

»Ich verstehe gar nicht, warum du dich so aufregst! Ich finde, das ist eine tolle Idee. Und du hast gut reden, schließlich wohnst du nicht in einem Wandschrank.«

»Steig ein, oder ich lasse dich hier stehen«, entgegnete Antoine und öffnete die Beifahrertür.

McKenzie rannte ihnen nach und winkte aufgeregt. Außer Atem fragte er, ob er mit ihnen zurück ins Büro fahren könnte, wo ihn Berge von Arbeit erwarteten. Mathias kletterte aus dem Wagen, um ihn einsteigen zu lassen. Trotz seiner Größe fand McKenzie irgendwie auf der Rückbank des Cabrios Platz, und der Austin Healey jagte durch die Straßen von London.

Die ganze Fahrt über sagte Antoine kein einziges Wort. Schließlich hielt er in der Bute Street vor der französischen Buchhandlung. Mathias klappte den Sitz vor, um McKenzie aus seinem engen Gefängnis zu befreien, der aber rührte sich nicht, verloren in seinen Gedanken.

»Das heißt«, murmelte McKenzie, »wenn Sie sich zusammentun, würde mir das bei meiner Bestellung entgegenkommen.«

»Bis heute Abend, Chéri!«, rief Mathias und entfernte sich vergnügt.

Antoine lief ihm nach. »Du hörst sofort auf mit diesem

Zirkus. Wir sind Nachbarn, das ist doch nicht schlecht, oder?«

»Aber jeder lebt für sich, das ist etwas ganz anderes!«, entgegnete Mathias.

»Was ist in dich gefahren?«, fragte Antoine besorgt.

»Das Problem ist nicht, Junggeselle zu sein, sondern allein zu leben.«

»Das hat das Junggesellendasein so an sich. Und außerdem sind wir nicht allein – wir leben mit unseren Kindern.«

»Allein!«

»Willst du das jetzt ständig wiederholen?«

»Ich sehne mich nach einem Haus mit Kindern, die lachen, ich möchte Leben, wenn ich von der Arbeit heimkomme, ich möchte keine finsteren Sonntage mehr, ich möchte Wochenenden mit Kindern, die lachen.«

»Du wiederholst dich.«

»Hast du Probleme damit, wenn sie wiederholt lachen?«, fragte Mathias.

»Leidest du wirklich so sehr unter deiner Einsamkeit?«, fragte Antoine.

»Geh arbeiten, sonst schläft McKenzie noch in deinem Wagen ein«, sagte Mathias und betrat seine Buchhandlung.

Antoine folgte ihm hinein und versperrte ihm den Weg. »Und was hätte ich davon, wenn wir unter einem Dach leben würden?«, fragte er.

Mathias bückte sich, um die Briefe aufzuheben, die der Postbote unter der Tür durchgeschoben hatte, und erwiderte: »Ich weiß nicht, du könntest mir endlich das Kochen beibringen.«

»Ich dachte es mir schon, du wirst dich nie ändern!«,

sagte Antoine und wollte den Laden schon wieder verlassen.

»Wir nehmen zusammen einen Babysitter – was riskieren wir, außer, dass wir unseren Spaß haben?«

»Ich bin gegen Babysitter!«, knurrte Antoine und steuerte auf seinen Wagen zu. »Ich habe schon seine Mutter verloren, ich will nicht, dass mich mein Sohn eines Tages verlässt, weil ich mich nicht genug um ihn gekümmert habe.«

Er nahm hinter seinem Steuer Platz und ließ den Motor an. Hinter ihm schnarchte McKenzie.

Die Arme vor der Brust verschränkt, stand Mathias auf seiner Türschwelle und rief: »Dein Büro ist gleich gegenüber!«

Antoine schüttelte McKenzie und öffnete seine Wagentür.

»Was tun Sie noch hier? Ich dachte, Sie hätten furchtbar viel Arbeit!«

Von ihrem Laden aus beobachtete Sophie die Szene. Sie nickte und kehrte in ihr Hinterzimmer zurück.

Kapitel 4

Mathias war zufrieden mit seinem Arbeitstag. Obwohl die Kunden zunächst überrascht gewesen waren, ihn statt Mr. Glover in der Buchhandlung anzutreffen, hatten sie ihn doch alle herzlich willkommen geheißen. Auch die Tageseinnahmen konnten sich sehen lassen. Und während er an Yvonnes Theke ein frühes Abendessen einnahm, sagte er sich, dass er ein durchaus einträgliches Geschäft übernommen hatte, das vielleicht, wenn es so weit wäre, genügend abwerfen würde, damit seine Tochter in Oxford studieren könnte, was er sich so sehr für sie erhoffte. Bei Einbruch der Dunkelheit ging er zu Fuß nach Hause.

Frédéric Delahaye übergab ihm seine Schlüssel, und der Lastwagen verschwand am Ende der Straße. Er hatte Wort gehalten. Die Möbelpacker hatten das Sofa und den Couchtisch im Erdgeschoss, die Betten und Nachtkästchen in den beiden kleinen Schlafzimmern abgestellt. Die Wandschränke waren eingeräumt, das Geschirr hatte seinen Platz in der Kochnische unter der Treppe gefunden. Dazu war einiges Geschick vonnöten gewesen, denn das Häuschen war wirklich nicht sehr groß, und jetzt war jeder Quadratzentimeter genutzt.

Bevor er auf sein Bett sank, richtete Mathias das

Schlafzimmer seiner Tochter ein, und zwar ganz ähnlich wie das, in dem sie in Paris in ihren Schulferien gewohnt hatte.

Auf der anderen Seite der Wand zog Antoine behutsam die Tür von Louis' Schlafzimmer zu. Die Gutenachtgeschichte hatte wieder Anlass zu tausend Fragen gegeben, die sein Sohn zu stellen pflegte, bevor das Licht ausgeknipst werden durfte. Auch wenn sich der Vater freute, sein Kind einschlafen zu sehen, fragte er sich, in welchem Augenblick der Junge den Faden verloren hatte – eine wesentliche Frage, denn genau an dieser Stelle musste er die Erzählung am nächsten Abend wieder aufnehmen.

Antoine setzte sich an den Esstisch, breitete den Plan der alten Remise aus und veränderte die Umrisse. Spät nachts, nachdem er die Küche aufgeräumt hatte, hinterließ er McKenzie eine Nachricht, um sich am nächsten Tag um zehn auf der Baustelle mit ihm zu verabreden.

Der Büroleiter war pünktlich. Antoine legte McKenzie erneut den Plan vor. »Vergessen wir kurz Ihre Lieferprobleme und sagen Sie mir, was Sie wirklich denken«, meinte Antoine.

Das Urteil war eindeutig. Dieses Gebäude in einen einzigen großen Wohnbereich zu verwandeln würde die Arbeiten um drei Monate verzögern. Man müsste andere Genehmigungen einholen und alle Kostenvoranschläge neu anfordern. Folglich müsste die Miete zur Amortisierung des ganzen Umbaus horrend sein.

»Und was verstehen Sie unter horrend?«, wollte Antoine wissen.

McKenzie flüsterte ihm eine Summe zu, die ihn zusammenzucken ließ.

Antoine riss das Pauspapier, auf dem er den Ursprungsplan verändert hatte, herunter und warf es in einen Papierkorb.

»Soll ich Sie ins Büro zurückfahren?«, fragte er.

»Ich habe hier noch einiges zu tun; ich komme gegen Mittag. Also, was nun, zwei oder vier Wohnungen?«

»Vier«, antwortete Antoine knapp und ging.

Der Austin verschwand am Ende der Straße. Die Witterung war mild, und Antoine beschloss, den Hyde Park zu durchqueren. Am Ausgang des Parks übersah er zum dritten Mal, dass die Ampel auf Grün geschaltet hatte. Die Autoschlange hinter ihm wurde immer länger. Ein berittener Polizist näherte sich auf dem Parkweg, der parallel zur Straße verlief. Auf Höhe des Cabrios angelangt, betrachtete er Antoine, der noch immer gedankenverloren dasaß.

»Wunderschöner Tag, nicht wahr?«, rief ihm der Polizeibeamte zu.

»Einfach herrlich!«, erwiderte Antoine und blickte zum Himmel auf.

Der Polizist deutete auf die Ampel, die wieder auf Orange übersprang, und fragte Antoine: »Könnte es rein zufällig sein, dass Sie eine dieser Farben zu etwas inspiriert?«

Antoine sah in den Rückspiegel und stellte erschrocken fest, welchen Stau er bereits verursacht hatte. Er entschuldigte sich, legte rasch den ersten Gang ein und entschwand unter dem belustigten Blick des Polizisten, der vom Pferd steigen musste, um den Verkehrsstrom zu regeln.

»Welcher Teufel hat mich bloß geritten, als ich ihn überredet habe hierherzuziehen?«, knurrte Antoine, während er die Queens Gate entlangfuhr.

Er parkte vor Sophies Blumenladen. Die junge Floristin erinnert in ihrem weißen Kittel an eine Biologin, dachte er. Sie nützte das schöne Wetter, um ihr Schaufenster neu zu gestalten. Sträuße von Pfingstrosen, Lilien, weißen und roten Rosen, die in Eimern auf dem Bürgersteig standen, wetteiferten miteinander.

»Bist du verärgert?«, fragte sie, als sie ihn aussteigen sah.

»Hast du heute Morgen schon Kunden gehabt?«

»Ich habe dich etwas gefragt!«

»Nein, ich bin nicht verärgert«, gab Antoine brummig zurück.

Sophie drehte sich um und ging in ihren Laden. Antoine folgte ihr.

»Weißt du, Antoine«, sagte sie und trat hinter ihren Tresen, »wenn es dir auf die Nerven geht, diese Briefe für mich zu schreiben, dann finde ich schon eine andere Lösung.«

»Unsinn, das hat nichts damit zu tun. Wer mir Probleme bereitet, ist Mathias – er will einfach nicht mehr allein leben.«

»Aber er ist doch gar nicht allein, schließlich hat er Emily bei sich.«

»Er möchte, dass wir zusammen wohnen.«

»Mach keine Witze!«

»Er meint, das sei toll für die Kinder.«

Sophie wandte sich ab, um sich Antoines Blick zu entziehen, und trat ins Hinterzimmer. Sie hatte das schönste Lachen der Welt, das noch dazu ansteckend war.

»Tja, es ist ganz normal für eure Kinder, zwei Väter zu haben«, sagte sie und trocknete sich die Tränen.

»Jetzt komm mir bitte nicht mit Normalität! Noch vor drei Monaten hast du erwogen, dir ein Kind von einem Fremden machen zu lassen.«

Sophies Gesichtsausdruck veränderte sich von einem Augenblick zum nächsten. »Danke, dass du mich an diesen Moment tiefster Einsamkeit erinnerst.«

Antoine trat näher und ergriff ihre Hand. »Was ich nicht normal finde, ist, dass Mathias und du in einer Stadt von siebeneinhalb Millionen Einwohnern noch immer Singles seid.«

»Mathias ist eben erst in die Stadt gezogen … Und du – bist du vielleicht kein Single?«

»Um mich geht es hier nicht«, murmelte Antoine. »Mir war nicht klar, dass er sich derart allein fühlt.«

»Wir sind alle allein, Antoine – hier, in Paris oder anderswo. Man kann versuchen, der Einsamkeit zu entfliehen, wegzuziehen, alles tun, um andere Menschen kennenzulernen, doch das ändert überhaupt nichts. Diejenigen, die als Paar zusammenleben, wissen gar nicht, welches Glück sie haben. Sie haben die Abende allein vor einem Essenstablett vergessen, die Angst vor dem nahenden Wochenende, die Sonntage bangen Hoffens, dass endlich das Telefon klingelt. Wir sind Millionen, die so in allen Großstädten der Welt leben. Das einzig Gute ist, dass wir uns nicht anders als die anderen fühlen müssen.«

Antoine wollte seiner besten Freundin mit der Hand durchs Haar streichen.

Sie wich ihm aus und sagte: »Los, geh arbeiten, ich habe auch zu tun.«

»Kommst du heute Abend?«

»Ich hab keine Lust«, erwiderte Sophie.

»Ich gebe dieses Essen für Mathias. Valentine verlässt uns am Ende der Woche, du musst kommen, ich möchte nicht allein mit den beiden bei Tisch sein. Und außerdem koche ich für dich dein Lieblingsgericht.«

Sophie lächelte. »Hörnchennudeln mit Schinken?«

»Halb neun!«

»Essen die Kinder mit uns?«

»Ich zähle auf dich«, gab Antoine zurück und entfernte sich.

Mathias saß hinter dem Tresen in der Buchhandlung und ging seine Post durch. Einige Rechnungen, ein Prospekt und ein Brief von der Schule, in dem ihm das Datum des nächsten Elternsprechtags mitgeteilt wurde. Und schließlich ein Umschlag, der an Mr. Glover adressiert war. Mathias angelte den kleinen Zettel aus der Lade der Registrierkasse und kopierte die Adresse des ehemaligen Buchhändlers in Kent. Er nahm sich vor, den Brief in der Mittagspause einzuwerfen.

Er rief Yvonne an, um seinen Platz zu reservieren.

»Das kannst du dir sparen«, erwiderte sie, »der dritte Hocker an der Theke ist ab jetzt deiner.«

Das Glöckchen an der Eingangstür bimmelte. Eine attraktive junge Frau trat in die Buchhandlung. Mathias schob seine Post beiseite.

»Führen Sie französische Zeitungen?«, fragte sie.

Mathias deutete auf den Ständer neben der Tür. Die junge Frau nahm ein Exemplar aller Tageszeitungen und steuerte auf die Kasse zu.

»Haben Sie Heimweh?«, fragte Mathias.

»Noch nicht«, antwortete sie belustigt.

Sie suchte in ihrer Jackentasche nach Kleingeld und beglückwünschte ihn zu seiner Buchhandlung, die ihr außerordentlich gefiel.

Mathias dankte und nahm ihr die Zeitungen ab.

Die Frau sah sich um. Ein kleines Buch ganz oben im Regal zog ihre Aufmerksamkeit auf sich. Sie stellte sich auf die Zehenspitzen.

»Ist das Lagarde et Michard, *Literatur des 18. Jahrhunderts*, was ich da oben sehe?«

Mathias kam hinter dem Tresen hervor und nickte.

»Könnte ich den kaufen?«

»Ich habe ein zweites Exemplar in weit besserem Zustand; es steht direkt vor Ihnen«, sagte Mathias und zog es aus dem Regal.

Sie schlug es auf und reichte es Mathias gleich zurück. »Dieser Band hier behandelt aber das zwanzigste Jahrhundert!«

»Stimmt, aber er ist fast neu. Drei Jahrhunderte, das spürt man natürlich. Hier, sehen Sie selbst, kein Knick und nicht der geringste Fleck.«

Sie lachte und deutete erneut auf die oberste Regalreihe. »Geben Sie mir mein Buch?«

»Ich kann es Ihnen vorbeibringen lassen, wenn Sie möchten, es ist sehr schwer«, erwiderte Mathias.

Die Frau sah ihn verblüfft an und sagte: »Ich gehe zu der Französischen Schule am Ende der Straße. Ich nehme es lieber gleich mit.«

»Wie Sie möchten«, gab Mathias zurück.

Er zog die alte Holzleiter auf ihren Kupferschienen zu dem entsprechenden Regal, holte tief Luft, setzte den Fuß auf die erste Sprosse, schloss die Augen und bewegte sich, so gut er konnte, hinauf. Auf der richtigen Höhe angelangt, begann er, mit der Hand zu tasten. Da er nichts fand, öffnete er halb die Augen, entdeckte das Gesuchte, griff danach, sah sich aber außerstande, den Rückweg anzutreten. Sein Herz klopfte zum Zerspringen. Wie gelähmt, klammerte er sich an der Leiter fest.

»Alles in Ordnung?«

Ihre Stimme drang gedämpft an sein Ohr.

»Nein«, murmelte er.

»Brauchen Sie Hilfe?«

Sein »Ja« war so schwach, dass es kaum zu hören war. Sie kletterte zu ihm hinauf, nahm ihm vorsichtig das Buch ab und warf es auf den Boden. Dann umfasste sie seine Hände, führte und beruhigte ihn. Mit viel Geduld waren sie jetzt drei Sprossen weiter unten angelangt, sie schützte ihn mit ihrem Körper und redete ihm gut zu, dass der Boden nicht mehr sehr weit entfernt sei. Er flüsterte, er brauche noch etwas Zeit. Als Antoine unvermittelt in die Buchhandlung trat, war Mathias, umschlungen von der Frau, schon auf der untersten Stufe.

Sie ließ ihn los. Um einen Rest von Würde bemüht, hob Mathias das Buch auf, steckte es in eine Papiertüte und reichte es ihr. Er weigerte sich, dass sie bezahlte, es sei ihm ein Vergnügen, es ihr zu schenken. Sie bedankte sich und verließ die Buchhandlung unter den neugierigen Blicken von Antoine.

»Dürfte ich wissen, was du da treibst?«

»Meinen Beruf ausüben.«

Antoine musterte ihn perplex.

»Kann ich dir helfen?«, fragte Mathias.

»Wir sind zum Mittagessen verabredet.«

Mathias bemerkte die Zeitungen neben der Kasse. Er nahm sie an sich, bat Antoine, einen Augenblick auf ihn zu warten, und stürzte nach draußen. Er rannte die Bute Street hinauf, bog in die Harrington Road und holte die Frau beim Kreisverkehr vor dem Schulkomplex ein. Keuchend und völlig außer Atem, hielt er ihr die Zeitschriften hin, die sie bei ihm vergessen hatte.

»Das wäre doch nicht nötig gewesen«, meinte sie und bedankte sich.

»Ich habe mich lächerlich gemacht, nicht wahr?«

»Nein, nicht im Geringsten. Übrigens kann man etwas gegen das Schwindelgefühl tun«, fügte sie hinzu und trat durch das Tor.

Er blickte ihr einen kurzen Moment nach, während sie den Schulhof überquerte. Auf dem Rückweg zur Buchhandlung drehte er sich noch einmal um und sah sie auf den Eingang zusteuern.

Zwei Sekunden später drehte auch sie sich um und sah ihn hinter der Straßenecke verschwinden.

»Du hast wirklich einen ausgeprägten Geschäftssinn«, sagte Antoine zur Begrüßung.

»Stell dir vor, sie hat mich nach einem Lagarde et Michard gefragt. Sie ist zur Französischen Schule gegangen, sie muss dort also Lehrerin sein. Und jetzt wirf mir bitte nicht vor, dass ich mich für die Erziehung und Bildung unserer Kinder ins Zeug lege.«

»Lehrerin oder nicht – sie hat ihre Zeitungen nicht bezahlt.«

»Gehen wir jetzt essen?«, fragte Mathias und hielt seinem Freund die Tür auf.

Sophie trat ins Restaurant und setzte sich zu Antoine und Mathias. Yvonne servierte ihnen ungefragt einen Auflauf.

»Hier ist ja jeder Platz besetzt«, sagte Mathias. »Offensichtlich läuft das Geschäft.«

Antoine versetzte ihm unter dem Tisch einen Fußtritt. Yvonne ging wortlos in die Küche.

»Was habe ich schon wieder Falsches gesagt?«, fragte Mathias.

»Sie kann sich kaum über Wasser halten. Abends ist es hier ziemlich leer«, erwiderte Sophie und gab Antoine eine Portion auf seinen Teller.

»Die Einrichtung ist etwas altmodisch; hier müsste einiges verändert werden.«

»Bist du neuerdings Ausstattungsexperte?«, erkundigte sich Antoine.

»Ich sage das nur, um zu helfen. Du musst doch zugeben, dass die Einrichtung schon ziemlich alt ist.«

»Und wie alt bist du?«, gab Antoine kopfschüttelnd zurück.

»Ihr seid wirklich zwei Kindsköpfe.«

»Du könntest die Modernisierung doch in die Hand nehmen, oder?«, insistierte Mathias.

»Yvonne fehlen die Mittel dazu, und sie weigert sich, einen Kredit aufzunehmen – alte Schule, verstehst du?«, erwiderte Sophie. »Und sie hat nicht unrecht; wenn ich nur meinen endlich abbezahlt hätte!«

»Also geschieht gar nichts?«, beharrte Mathias.

Antoine seufzte. »Wenn du jetzt essen und mal fünf Minuten den Mund halten würdest?«

Zurück im Büro machte sich Antoine daran, die Arbeit nachzuholen, die sich in der Woche angesammelt hatte. Mathias' Ankunft in London hatte seinen Alltag irgendwie durcheinandergebracht. Der Nachmittag ging seinem Ende zu, die Sonne neigte sich schon hinter den großen Atelierfenstern, Antoine sah auf die Uhr. Es wurde Zeit, seinen Sohn von der Schule abzuholen, ein paar Einkäufe zu erledigen und das Abendessen zu bereiten.

Louis deckte den Tisch und ließ sich in der Büroecke nieder, um seine Hausaufgaben zu erledigen, während sich Antoine in der Küche zu schaffen machte und mit halbem Ohr der Fernsehreportage auf TV5 Europe im Wohnzimmer lauschte. Hätte er die Augen gehoben, so hätte er sicher die junge Frau erkannt, der er vor einigen Stunden in Mathias' Buchhandlung begegnet war.

Valentine, begleitet von ihrer Tochter, traf als Erste ein, Sophie klingelte wenige Minuten später, und Mathias kam, wie es sich für einen guten Nachbarn gehörte, als Letzter. Alle nahmen an dem großen Tisch Platz, bis auf Antoine, der bei seinen Kochtöpfen blieb. Sophie erhob sich, um ihm zu helfen, und Antoine reichte ihr zwei Teller.

»Die Koteletts mit grünen Bohnen für Emily, der Teller mit Püree für Louis. Deine Hörnchennudeln sind in zwei Minuten fertig, und der Hackbraten für Valentine ist im Anmarsch.«

»Und was gibt es für die Sieben?«, fragte Valentine belustigt.

»Dasselbe wie für Louis«, gab Antoine, konzentriert auf seine Kochkünste, zurück.

»Du hast schon vor, mit uns zu speisen, oder?«, erkundigte sich Sophie, ehe sie wieder zum Tisch ging.

»Ja, ja«, versprach Antoine.

Sophie beobachtete ihn eine Weile, doch er rief sie schon bald zur Ordnung, das Püree von Louis würde kalt. Er verließ seinen Herd nur, um die Teller von Mathias und Valentine zu bringen. Er stellte sie vor sie hin und wartete ihre Reaktion ab.

Valentine war entzückt.

»So etwas Gutes bekommst du nicht, wenn du wieder in Paris bist«, sagte er und verschwand erneut in der Küche.

Gleich darauf kam er mit Sophies Nudelgericht zurück, wartete, bis sie gekostet hatte, und eilte erneut an seinen Herd.

»Jetzt setz dich endlich«, flehte sie ihn an.

»Bin schon da«, erwiderte er, einen Schwamm in der Hand.

Antoines Kochkünste begeisterten die ganze Runde, doch sein eigener Teller blieb weiter unberührt. Vor lauter Auf- und Abdecken konnte er gar nicht an den lebhaften Gesprächen teilnehmen. Als die Kinder herzhaft zu gähnen begannen, brachte Sophie sie schnell ins Bett. Noch bevor sie ihn zudecken konnte, war Louis schon in den Armen seiner Patin eingeschlafen. Sie schlich auf Zehenspitzen zur Tür, konnte aber der Versuchung nicht widerstehen, ihm noch einen letzten Kuss auf die Wange zu drücken. Im Schlaf öffnete der Junge die Augen und murmelte ein Wort, das wie »Darfur« klang.

»Träum schön, mein Liebling«, flüsterte Sophie und ließ die Tür hinter sich angelehnt.

Zurück im Wohnzimmer sah sie, wie Antoine das Geschirr abtrocknete, während Valentine und Mathias in ein Gespräch vertieft waren.

Sophie zögerte, Platz zu nehmen, doch Antoine kam schon aus der Küche und stellte eine große Schale mit Mousse au Chocolat auf den Tisch.

»Gibst du mir irgendwann das Rezept?«, fragte Valentine.

»Irgendwann«, erwiderte Antoine und war schon wieder verschwunden.

Der Abend ging seinem Ende entgegen, und Antoine schlug vor, Emily oben schlafen zu lassen. Er würde die Kinder morgen zur Schule bringen. Valentine nahm das Angebot gerne an. Warum hätte sie die Kleine wecken sollen? Es war Mitternacht, also zu spät, als dass sie noch auf einen Überraschungsbesuch zu Yvonne gehen konnten, und so machten sich alle auf den Heimweg.

Antoine öffnete den Kühlschrank, nahm ein Stück Käse heraus, schnitt sich etwas Brot ab und setzte sich endlich zum Essen an den Tisch. Draußen auf der Treppe waren Schritte zu hören.

»Ich glaube, ich habe mein Handy vergessen«, sagte Sophie und trat ein.

»Ich habe es auf die Arbeitsplatte gelegt«, antwortete Antoine.

Sophie fand ihr Mobiltelefon und steckte es in die Handtasche. Sie starrte auf den Schwamm, der im Spülbecken lag, und zögerte einen Augenblick, bevor sie ihn in die Hand nahm.

»Was hast du?«, fragte Antoine. »Du siehst mich so komisch an.«

»Weißt du, wie oft du heute Abend zu diesem Ding hier

gegriffen hast?«, fragte sie mit tonloser Stimme und hielt den Schwamm hoch.

Antoine runzelte die Stirn.

»Du machst dir Gedanken um Mathias' Einsamkeit«, fuhr sie fort, »aber denkst du gelegentlich vielleicht auch mal an deine eigene?«

Sie warf ihm den Schwamm zu, der mitten auf dem Tisch landete, und verließ das Haus.

Sophie war schon seit einer Stunde gegangen, und Antoine lief immer noch in seinem Wohnzimmer hin und her. Er trat an die Wand, hinter der Mathias lebte. Er kratzte daran, doch kein Laut kam als Antwort. Sein bester Freund musste schon längst schlafen.

Eines Tages würde Emily ihrem Tagebuch anvertrauen, dass Sophies Einfluss auf ihren Vater entscheidend gewesen sei. Und Louis würde am Rande hinzufügen, dass er ganz genauso dachte.

Kapitel 5

Valentine wickelte sich das Laken um die Taille und fragte: »Hast du Zigaretten?«

»Ich rauche nicht mehr.«

»Ich schon«, sagte sie und wühlte in ihrer Handtasche, die sie am Fußende des Betts abgestellt hatte.

Sie trat ans Fenster, und die Flamme des Feuerzeugs erleuchtete ihr Gesicht.

Mathias ließ sie nicht aus den Augen. Er liebte die Bewegung ihrer Lippen, wenn sie rauchte, den Wirbel der Rauchspiralen.

»Wohin schaust du?«, fragte sie, die Stirn an die Scheibe gedrückt.

»Auf dich.«

»Habe ich mich verändert?«

»Nein.«

»Ich darf gar nicht daran denken, wie Emily mir fehlen wird.«

Er stand auf und trat zu ihr ans Fenster. Valentine legte die Hand auf Mathias' Wange und strich über seine Bartstoppeln.

»Bleib!«, murmelte er.

Sie zog an ihrer Zigarette, und der glühende Tabak knisterte.

»Bist du mir immer noch böse?«

»Hör auf!«

»Vergiss, was ich gerade gesagt habe.«

»Vergiss, was ich gesagt habe, lösch aus, was ich getan habe… Was ist das Leben für dich – eine Bleistiftzeichnung?«

»Mit Buntstiften wäre das gar nicht so schlecht, oder?«

»Werde endlich erwachsen!«

»Wenn ich erwachsen gewesen wäre, hättest du dich nie in mich verliebt.«

»Wenn du danach erwachsen geworden wärst, wären wir noch immer zusammen.«

»Bleib, Valentine, gib uns eine zweite Chance.«

»Das ist die Strafe für uns beide – ich kann manchmal noch deine Geliebte sein, aber nicht mehr deine Frau.«

Mathias griff nach der Zigarettenschachtel, zögerte, legte sie dann jedoch wieder beiseite.

»Bitte mach kein Licht«, flüsterte Valentine. Sie öffnete das Fenster und sog die Nachtluft tief ein. »Ich fahre morgen«, murmelte sie.

»Du hattest Sonntag gesagt. Wartet in Paris jemand auf dich?«

»Was ändert das?«

»Kenne ich ihn?«

»Hör auf, uns wehzutun, Mathias.«

»In diesem Fall tust nur du mir weh.«

»Jetzt verstehst du endlich, was ich empfunden habe, damals, als wir noch zusammen waren.«

»Was macht er?«

»Was tut das zur Sache?«

»Und wie ist er im Bett?«

Valentine gab keine Antwort. Sie warf die glühende Zigarette auf die Straße und schloss das Fenster.

»Verzeih«, murmelte Mathias.

»Ich ziehe mich jetzt an und gehe nach Hause.«

Unten trommelte jemand an die Tür, sie zuckten beide zusammen.

»Wer ist das?«, fragte Valentine.

Mathias sah auf den Wecker, der auf dem Nachtkästchen stand.

»Keine Ahnung, bleib hier. Ich sehe nach und bringe dir deine Sachen rauf.«

Er wickelte sich ein Handtuch um die Taille und verließ das Schlafzimmer. Das Trommeln an der Eingangstür wurde immer heftiger.

»Ich komme!«, rief er und eilte die Treppe hinunter.

Die Arme vor der Brust verschränkt, sah Antoine seinen Freund fest an.

»Hör mir gut zu – in einem Punkt gebe ich nicht nach: Kein Babysitter im Haus! Wir kümmern uns selbst um die Kinder.«

»Wovon sprichst du?«

»Willst du immer noch, dass wir unter einem Dach wohnen?«

»Ja, aber vielleicht nicht zu dieser Stunde?«

»Was soll das heißen ›nicht zu dieser Stunde‹? Schwebt dir so was wie Teilzeit vor?«

»Ich wollte nur sagen, dass wir später darüber reden könnten.«

»Nein, nein, jetzt gleich! Wir müssen Regeln aufstellen, an die wir uns dann halten.«

»Wir sprechen darüber, aber morgen!«

»Fang nicht wieder an!«

»Gut, Antoine, ich bin mit allen Regeln einverstanden, die du vorschlägst.«

»Du bist also mit allen von mir vorgeschlagenen Regeln einverstanden? Wenn ich zum Beispiel bestimme, dass du jeden Abend den Hund ausführst, bist du dann auch einverstanden?«

»Nein, ganz bestimmt nicht jeden Abend.«

»Da hast du's, du bist also doch nicht mit allem einverstanden.«

»Antoine … wir haben doch gar keinen Hund.«

»Jetzt bring mich nicht aus dem Konzept!«

Noch immer in das Laken gehüllt, trat Valentine ans Treppengeländer.

»Alles in Ordnung?«, fragte sie besorgt.

Antoine hob die Augen, beruhigte sie mit einem Nicken, und sie kehrte ins Schlafzimmer zurück.

»Ach, wie ich sehe, bist du wirklich sehr allein«, brummte Antoine und wandte sich zum Gehen.

Mathias schloss die Haustür. Kaum war er im Wohnraum, da klopfte Antoine erneut, und Mathias öffnete.

»Bleibt sie?«

»Nein, sie fährt morgen.«

»Na ja, jetzt, da du wieder auf den Geschmack gekommen bist, heul mir bloß nicht ein halbes Jahr vor, wie sehr sie dir fehlt.«

Antoine ging die Stufen hinunter, stieg sie auf seiner Seite wieder hinauf, und die Außenbeleuchtung erlosch.

Mathias sammelte Valentines Kleidungsstücke ein und trug sie ihr ins Schlafzimmer.

»Was wollte er?«, fragte sie.
»Nichts, ich erkläre es dir später.«

Am Morgen hatte der typische Londoner Frühlingsregen wieder eingesetzt. Mathias saß schon an der Theke von Yvonnes Bistro. Valentine trat mit nassen Haaren ein.

»Ich hole Emily zum Mittagessen ab, mein Zug geht heute Abend.«

»Das hast du schon gestern gesagt.«

»Kommst du zurecht?«

»Montag hat sie Englisch, Dienstag Judo, Mittwoch gehen wir ins Kino, Donnerstag hat sie Gitarrenunterricht und Freitag ...«

Valentine hörte schon gar nicht mehr zu. Durch das große Fenster hatte sie Antoine gesehen, der gegenüber sein Büro betrat.

»Was wollte er mitten in der Nacht von dir?«

»Willst du einen Kaffee?«

Mathias erklärte ihr seinen Plan, in ein gemeinsames Haus zu ziehen, und zählte alle Vorteile auf, die er in diesem Vorhaben sah. Louis und Emily verstanden sich wie Bruder und Schwester, das Leben unter einem Dach wäre leichter zu organisieren, vor allem für ihn. Yvonne zog es vor, sie allein zu lassen. Valentine lachte mehrmals und rutschte von ihrem Hocker.

»Hast du gar nichts dazu zu sagen?«

»Was soll ich sagen? Wenn ihr sicher seid, dass ihr glücklich werdet!«

Valentine ging zu Yvonne in die Küche und schloss sie in die Arme.

»Ich komme dich bald besuchen.«

»Das sagt man immer, wenn man geht«, gab Yvonne zurück.

Wieder an der Bar, küsste Valentine Mathias und verließ das Restaurant.

Antoine wartete, bis Valentine verschwunden war. Er verließ seinen Beobachtungsposten am Bürofenster, eilte die Treppe hinunter, überquerte die Straße und stürmte in Yvonnes Bistro. Eine Tasse Kaffee wartete schon auf der Theke.

»Wie ist es gelaufen?«, fragte er Mathias.

»Sehr gut.«

»Ich habe gestern Nacht eine Mail an Louis' Mutter geschickt.«

»Hast du eine Antwort bekommen?«

»Heute Morgen im Büro.«

»Und?«

»Karine hat mich gefragt, ob Louis beim nächsten Schuljahresbeginn im Kästchen ›Ehegatten‹ deinen Namen eintragen würde?«

Yvonne nahm die beiden Tassen von der Theke. »Und habt ihr schon mit den Kindern gesprochen?«, fragte sie.

Der Umbau der *Mews* sei finanziell nicht machbar, doch Antoine erklärte seinem Freund mithilfe einer Skizze die Idee, die ihm nachts gekommen war.

Die Trennwand zwischen ihren beiden Häusern sei keine tragende. Man müsse sie nur herausnehmen, um das Haus in seinen ursprünglichen Zustand zurückzuversetzen, und aus dem Erdgeschoss einen großen Gemeinschaftsraum machen. Das Parkett und die Decken müssten natürlich ausgebessert werden, doch die Arbeiten dürften nicht mehr als eine Woche in Anspruch nehmen.

Zwei Treppen würden zu den Schlafzimmern führen, was jedem das Gefühl vermitteln würde, im ersten Stock sein privates Zuhause zu haben. McKenzie würde sich alles ansehen und das Projekt begutachten. Antoine kehrte in sein Büro zurück und Mathias in seine Buchhandlung.

Valentine holte Emily von der Schule ab. Sie hatte beschlossen, mit ihrer Tochter ins Mediterraneo zu gehen, eines der besten italienischen Restaurants der Stadt. Ein Doppeldeckerbus fuhr sie zur Kensington Park Road.

Die Straßen von Notting Hill waren sonnendurchflutet. Sie ließen sich auf der Terrasse nieder, und Valentine bestellte zwei Pizzas. Sie nahmen sich vor, jeden Abend zu telefonieren, sich dabei zu erzählen, was sie am Tag erlebt hatten, und sich jede Menge E-Mails zu schreiben.

Valentine fing eine neue Arbeit an und konnte sich deshalb zu den Osterferien nicht freinehmen, doch im Sommer würden sie zusammen eine große Reise machen, nur unter Frauen. Emily beruhigte ihre Mutter: Sie müsse sich keine Sorgen machen, sie würde auf ihren Vater aufpassen, vor dem Schlafengehen prüfen, dass die Haustür abgeschlossen ist und alle Lichter im Haus ausgeschaltet sind. Sie versprach, im Auto stets den Sicherheitsgurt anzulegen, selbst im Taxi, sich morgens, wenn es noch frisch war, immer warm anzuziehen, ihre Zeit nicht in der Buchhandlung zu vertrödeln, nicht den Gitarrenunterricht zu schwänzen, zumindest nicht bis zum Ende des Schuljahrs, und dann … Dann, als Valentine sie zur Schule zurückbrachte, hielt auch sie ihr Versprechen. Sie weinte nicht, wenigstens nicht, bis Emily im Klassenzimmer verschwunden war.

Noch am selben Abend nahm sie den Eurostar nach Paris. An der Gare du Nord stieg sie in ein Taxi, das sie zu ihrer kleinen Dienstwohnung im neunten Arrondissement brachte.

McKenzie bohrte zwei große Löcher in die Trennwand und bestätigte Mathias und Antoine zufrieden, dass sie nicht tragend war.

»Er geht mir auf die Nerven!«, knurrte Antoine und holte sich ein Glas Wasser aus der Küche.

»Wieso, was hat er gemacht?«, fragte Mathias verblüfft und folgte seinem Freund.

»Seine Nummer mit dem Bohrer, um zu prüfen, was ich schon gesagt habe! Ich weiß doch wohl eine tragende von einer nicht tragenden Wand zu unterscheiden, schließlich bin ich Architekt, verdammt noch mal, oder?«

»Klar«, erwiderte Mathias besänftigend.

»Du scheinst mir nicht besonders überzeugt.«

»Ich bin weniger von deinem mentalen Alter überzeugt. Warum erzählst du mir das? Sag es ihm doch selbst!«

Antoine ging entschlossen zu seinem Büroleiter zurück. McKenzie steckte seine Brille in die Brusttasche seiner Jacke und ließ Antoine nicht die Zeit, als Erster zu sprechen: »Ich denke, das Ganze könnte in drei Monaten fertig sein, und ich verspreche Ihnen, dass das Haus genauso aussehen wird wie im Originalzustand. Wir können sogar den Stuck an den Decken wiederherstellen.«

»Drei Monate? Wollen Sie die Zwischenwand mit einem Kaffeelöffel entfernen?«

McKenzie erklärte, dass jeder Umbau in diesem Viertel vorher genehmigt werden müsse. Das würde zwei Monate dauern, dann könnte das Architekturbüro bei der Baubehörde die Erlaubnis zum Aufstellen einer Schuttmulde einholen. Die Entfernung der Wand würde nur zwei oder drei Tage in Anspruch nehmen.

»Und wenn wir die Genehmigung einfach vergessen?«

McKenzie machte sich nicht einmal die Mühe zu antworten. Er nahm seine Jacke und versprach Antoine, die Anträge noch diese Woche vorzubereiten.

Antoine sah auf seine Uhr. Sophie hatte sich bereit erklärt, ihren Laden zu schließen und die Kinder von der Schule abzuholen. Er musste sie jetzt von ihrer Pflicht befreien. Die beiden Freunde trafen mit einer halben Stunde Verspätung in ihrem Geschäft ein. Emily saß im Schneidersitz am Boden und half Sophie, die Blätter von den Rosen zu entfernen, während Louis hinter dem Tresen die Bastfäden nach ihrer Länge sortierte. Als Gegenleistung luden sie die beiden Väter zum Abendessen ein. Sophie willigte ein, unter der Bedingung, dass sie zu Yvonne gingen. So würde Antoine vielleicht zusammen mit ihnen essen. Der Angesprochene hüllte sich in Schweigen.

Während des Essens setzte sich Yvonne zu ihnen an den Tisch.

»Morgen ist übrigens geschlossen«, verkündete sie und schenkte sich ein Glas Wein ein.

»An einem Samstag?«, rief Antoine erstaunt.

»Ich muss mich einfach mal ausruhen …«

Mathias kaute an seinen Nägeln, Antoine gab ihm einen Klaps auf die Hand.

»Hör auf damit!«

»Wovon redest du?«, fragte Antoine mit Unschuldsmiene.

»Du weißt ganz genau, wovon ich rede.«

»Und ihr beide wollt zusammen leben«, meinte Yvonne, ein verschmitztes Lächeln um die Lippen.

»Wir nehmen eine Zwischenwand heraus, das ist schließlich keine Staatsaffäre.«

Am Samstagmorgen nahm Antoine die Kinder mit zum Chelsea Farmers Market. Während sie durch die Gänge mit den Gartenpflanzen spazierten, suchte Emily zwei Rosenstöcke aus, die sie mit Sophie im Garten einpflanzen wollte. Ein Gewitter zog auf, und sie beschlossen, zum Tower of London zu fahren. Louis übernahm die Führung im Gruselkabinett London Dungeon und beruhigte seinen Vater vor jedem neuen Ausstellungsraum. Er brauchte wirklich keine Angst zu haben, da die Personen alle aus Wachs waren.

Mathias wiederum nutzte den Morgen, um seine Bestellungen vorzubereiten. Er überprüfte die Liste der in dieser ersten Woche verkauften Bücher und war zufrieden mit dem Ergebnis. Als er in seinem Nachbestellungsheft zu dem Band Lagarde et Michard, *18. Jahrhundert* kam, brach seine Bleistiftmine ab. Sein Blick wanderte von der Heftseite zu der alten Leiter auf der Kupferschiene.

Sophie unterdrückte einen Schrei. Der Schnitt zog sich über die ganze Fingerspitze. Die Gartenschere war an dem Stiel ausgerutscht. Sie lief ins Hinterzimmer. Als der neunzigprozentige Alkohol auf die Wunde tropfte, brannte diese höllisch. Sie holte tief Luft, träufelte noch mehr darauf und wartete einen Augenblick, bis der Schmerz abklang. Die Ladentür ging auf, Sophie griff schnell nach dem Verbandskasten in ihrem Arzneischränkchen und kehrte in den Laden zurück, um sich ihrer Kundschaft zu widmen.

Yvonne schloss die Tür ihres Spiegelschränkchens über dem Waschbecken. Sie legte etwas Rouge auf, kämmte ihr Haar und fand, dass ein Schal geboten sei. Sie trat ins Schlafzimmer, nahm ihre Handtasche, setzte ihre Sonnenbrille auf und ging die schmale Treppe hinab, die ins Restaurant führte. Das Eisengitter war noch heruntergelassen. Sie öffnete die Tür zum Hinterhof, prüfte, ob die Luft rein war, lief an den Schaufenstern der Bute Street vorbei und hütete sich, an dem von Sophie zu verweilen. Sie stieg in den Doppeldeckerbus, der die Old Brompton Road entlangfuhr, erwarb einen Fahrschein und setzte sich oben auf einen freien Platz. Ohne Stau wäre sie pünktlich am Ziel.

Vor den Toren des Friedhofs Old Brompton stieg sie aus. Der Ort war voller Magie. An den Wochenenden fuhren Kinder auf ihren Fahrrädern über die sattgrünen Wege, Jogger absolvierten hier ihren Lauf. Auf den jahrhundertealten Grabsteinen hockten Eichhörnchen ohne Furcht vor den Spaziergängern. Auf ihren Hinterbeinen stehend, fingen die kessen kleinen Nager die ihnen zugeworfenen Nüsse auf und verzehrten sie zur Freude der unter den Bäumen liegenden Liebespaare. Yvonne ging über den Hauptweg bis zu dem Tor, das auf die Fulham Road führte. Das war ihr Lieblingsweg zum Stadion. Das Stamford Bridge Stadium füllte sich schon. Wie jeden Samstag würden die Schreie, die sich von den Rängen erhoben, für einige Stunden die ruhige Friedhofsatmosphäre stören. Yvonne zog ihre Eintrittskarte aus der Handtasche und rückte Sonnenbrille und Schal zurecht.

Auf der Terrasse des Electric an der Portobello Road trank die junge Journalistin Audrey, begleitet von ihrem Kameramann, einen Tee. Am Morgen hatte sie sich in dem Haus im Brick-Lane-Viertel, das ihr Fernsehsender angemietet hatte, alle in der letzten Woche gemachten Aufnahmen angesehen. Die bisherige Arbeit war zufriedenstellend. In diesem Tempo hätte Audrey ihre Reportage bald abgeschlossen und könnte sich, zurück in Paris, um den Schnitt kümmern. Sie beglich die Rechnung, die ihr der Kellner vorlegte, und ließ ihren Mitarbeiter zurück, fest entschlossen, den Rest des Nachmittags einen Bummel durch die Boutiquen zu machen. Denn daran mangelte es in diesem Viertel nicht. Als sie aufstand, ließ sie einen Mann und zwei hungrige, von einem ausgefüllten Morgen erschöpfte Kinder passieren.

Die Fans von Manchester United sprangen gleichzeitig auf. Dann aber prallte der Ball vom Pfosten der Mannschaft von Chelsea ab. Yvonne sank wieder auf ihren Platz und rang die Hände.

»Was für eine verpatzte Chance, verdammt! Eine Schande, so was!«

Der Mann neben ihr lächelte.

»Glaub mir, zu Zeiten von Cantona wäre das nicht passiert«, schimpfte sie weiter. »Du willst mir doch wohl nicht sagen, dass sie mit etwas mehr Geschick hätten treffen können, diese Idioten!«

»Ich sage gar nichts«, erwiderte der Mann mit zärtlicher Stimme.

»Na, du verstehst ja sowieso nichts vom Fußball.«

»Aber vom Kricket.«

Yvonne lehnte den Kopf an seine Schulter. »Du verstehst nichts vom Fußball … aber trotzdem bin ich gern mit dir zusammen.«

»Stell dir vor, man würde in deinem Viertel erfahren, dass du für Manchester United bist«, flüsterte ihr der Mann ins Ohr.

»Warum, glaubst du, ergreife ich all diese Vorsichtsmaßnahmen, um hierherzukommen?«

Der Mann betrachtete Yvonne, die sich wieder dem Geschehen auf dem Platz zugewandt hatte. Er blätterte in einem Prospekt auf seinen Knien.

»Es ist das Ende der Saison, oder?«

Yvonne gab keine Antwort, war viel zu sehr auf das Spiel konzentriert.

»Dann besteht vielleicht die Chance, dass du mich nächstes Wochenende besuchst?«, fügte er hinzu.

»Mal sehen«, sagte sie und folgte nervös dem Angriff von Chelsea in gefährlicher Nähe des gegnerischen Tors. Sie legte einen Zeigefinger auf die Lippen ihres Begleiters und sagte: »Ich kann nicht zwei Dinge gleichzeitig tun, und wenn sich nicht endlich einer findet, der diesem Miststück den Weg versperrt, ist mein Abend im Eimer und deiner auch!«

John Glover nahm Yvonnes Hand und strich liebevoll über die Altersflecken, die das Leben darauf gezeichnet hatte.

Yvonne zuckte mit den Schultern. »Sie waren mal schön, meine Hände, als ich noch jung war.« Dann sprang sie auf, die Augen weit aufgerissen, und hielt den Atem an. Der Ball wurde in letzter Sekunde abgefälscht und landete auf der anderen Seite des Spielfelds. Erleichtert sank sie wieder auf ihren Platz. »Du hast mir gefehlt diese Woche, weißt du?«, sagte sie mit sanfter Stimme.

»Dann komm nächstes Wochenende!«

»Du bist in Rente gegangen, nicht ich.«

Der Schiedsrichter pfiff zur Halbzeit. Sie erhoben sich, um am Ausschank eine Erfrischung zu kaufen. Unterwegs erkundigte sich John nach seiner Buchhandlung.

»Es ist seine erste Woche, und dein Popinot kommt ganz gut zurecht, falls es das ist, was du wissen wolltest«, gab Yvonne zurück.

»Ja, genau das wollte ich wissen«, sagte John.

Als sie wieder daheim waren, spielten die Kinder in Louis' Zimmer und warteten auf einen Imbiss, der dieses Namens würdig war. Eine karierte Schürze umgebunden, lehnte Antoine an der Küchentheke und las aufmerksam ein neues Crêpe-Rezept. Es läutete. Es war Mathias, der, steif wie ein Stock, vor der Tür stand.

Antoine sah ihn kopfschüttelnd an. »Dürfte ich wissen, warum du eine Skibrille trägst?«, fragte er.

Mathias stieß ihn zur Seite und trat ein. Immer verwunderter ließ Antoine ihn nicht aus den Augen. Jetzt ließ Mathias eine gefaltete Plane zu Boden fallen.

»Wo ist dein Rasenmäher?«, erkundigte er sich.

»Was hast du mit einem Rasenmäher in meinem Wohnzimmer vor?«

»Mein Gott, kannst du einen nerven mit deinen Fragen!«

Mathias durchquerte den Raum und trat in den Garten hinter dem Haus. Antoine folgte ihm fassungslos. Mathias öffnete die Tür des kleinen Geräteschuppens, zog den Rasenmäher heraus und stemmte ihn unter Aufwendung seiner ganzen Kraft auf zwei Holzklötze, die am Boden lagen. Er überprüfte, dass die Räder den Boden nicht berührten und das Ganze in etwa im Gleichgewicht war. Nachdem er die Kupplung in den Leerlauf geschaltet hatte, zog er an dem Anlasserseil.

Der Zweitaktmotor sprang mit ohrenbetäubendem Dröhnen an.

»Ich rufe einen Arzt«, schrie Antoine.

Mathias eilte wortlos ins Wohnzimmer, breitete die Plane aus und kehrte in seine Haushälfte zurück. Antoine stand ratlos in seinem Wohnraum und fragte sich, was in seinen Freund gefahren sein mochte. Ein heftiger Schlag erschütterte die Trennwand. Es folgte ein zweiter, und in einem Loch von ansehnlichen Ausmaßen tauchte Mathias' erfreutes Gesicht auf.

»*Welcome home!*«, rief er strahlend und vergrößerte die Öffnung noch.

»Sag mal, bist du jetzt völlig verrückt geworden?«, rief Antoine. »Die Nachbarn werden uns anzeigen.«

»Bei dem Lärm im Garten – das würde mich wundern. Hilf mir lieber, statt zu meckern! Zu zweit sind wir bis Einbruch der Dunkelheit fertig.«

»Und dann?«, brüllte Antoine und starrte auf den Schutt, der sich auf seinem Parkett häufte.

»Dann verstauen wir das Ganze in Müllsäcken in deinem Schuppen und schaffen es in den nächsten Wochen nach und nach weg.«

Ein weiterer Teil der Wand brach zusammen; und während Mathias sein Werk fortsetzte, grübelte Antoine schon über die Feinarbeiten, die notwendig wären, damit in sein Wohnzimmer eines Tages wieder so etwas wie Normalität einkehren würde.

Im ersten Stock hatten Emily und Louis den Fernseher eingeschaltet, fest davon überzeugt, in den Nachrichten etwas von einem Erdbeben in South Kensington zu hören. Bei Einbruch der Dunkelheit waren sie zwar enttäuscht, dass die Erde nicht wirklich gebebt hatte, dafür aber stolz, dass man sie ins Vertrauen zog. Glücklich, länger aufbleiben zu dürfen, halfen sie, den Schutt in Säcke zu füllen, die Antoine dann ans Ende des Gartens trug.

Am nächsten Tag wurde McKenzie herbeigerufen. An Antoines Tonfall erkannte der sofort den Ernst der Lage. Und pflichtbewusst, wie er war, erklärte er sich bereit, sie selbst an einem Sonntag aufzusuchen, und kam sogar mit dem Firmenlieferwagen.

Trotz einiger noch fehlender Ausbesserungen an Decke und Parkett zogen Mathias und Antoine am Sonntagabend offiziell zusammen. Die ganze Bande wurde eingeladen, um das Ereignis zu feiern, und als McKenzie erfuhr, dass auch Yvonne kommen würde, beschloss er zu bleiben.

Bei der ersten Diskussion unter Freunden ging es um die Einrichtung des Hauses. Die Möbel von Antoine und Mathias standen eigenartig fremd in einem Raum nebeneinander. Nach Mathias' Worten strahlte das Erdgeschoss eine Nüchternheit aus, die an ein Kloster erinnerte. Ganz im Gegenteil, argumentierte Antoine, der Raum sei äußerst einladend. Alle halfen bei der Verteilung der Möbel. Der kleine runde Tisch von Mathias fand seinen Platz zwischen den Clubsesseln, die Antoine gehörten. Nach einem Votum von fünf Stimmen gegen eine – Mathias war der Einzige, der dafür gestimmt hatte, Antoine hatte sich der Stimme enthalten – wurde ein nach Antoines Aussage Teppich persischen, Mathias meinte eher zweifelhaften Ursprungs zusammengerollt, mit Schnur umwickelt und in den Geräteschuppen verbannt.

Um den Hausfrieden nicht zu gefährden, übernahm McKenzie die Planung über die weiteren Operationen, wobei nur Yvonne ein Vetorecht hatte. Nicht dass sie es so beschlossen hätte, doch sobald sie eine Meinung äußerte, hatten die Wangen des Büroleiters eine gewisse Neigung, ins Purpurne überzugehen, und sein Vokabular beschränkte sich auf: »Sie haben vollkommen recht, Yvonne.«

Am Ende des Abends war das Erdgeschoss völlig neu gestaltet. Jetzt blieb nur noch die Frage, wie man im ersten Stock vorgehen sollte. Mathias fand sein Zimmer weniger schön als das seines Freundes. Antoine sah nicht ein inwiefern, versprach aber, sich schnellstmöglich darum zu kümmern.

Kapitel 6

Auf die sonntägliche Begeisterung folgte die erste Woche gemeinschaftlichen Lebens. Sie begann natürlich mit einem englischen Frühstück, das von Antoine zubereitet wurde. Bevor die ganze Familie aus ihren Schlafzimmern herunterkam, schob Antoine diskret einen Zettel unter Mathias' Tasse, trocknete sich die Hände an seiner Schürze und rief für alle, die es hören wollten, die Eier würden kalt.

»Was schreist du so?«

Antoine zuckte zusammen, er hatte Mathias nicht kommen hören.

»Ich habe noch nie jemanden gesehen, der beim Toasten von zwei Weißbrotscheiben so konzentriert ist.«

»Das nächste Mal toastest du sie«, gab Antoine zurück und reichte ihm einen Teller.

Mathias stand auf, um sich Kaffee einzuschenken, und entdeckte den Zettel. »Was ist denn das?«, fragte er.

»Das kannst du später lesen. Setz dich und iss, solange es warm ist.«

Die Kinder kamen wie der Wirbelwind die Treppe herunter und bereiteten dem Gespräch ein Ende. Emily deutete entschieden auf die Uhr; sie würden zu spät zur Schule kommen.

Mathias sprang mit vollem Mund von seinem Stuhl auf,

griff nach seinem Regenmantel und nach der Hand seiner Tochter und zog sie zur Tür. Emily hatte kaum Zeit, den Müsliriegel aufzufangen, den Antoine ihr von Küche aus zuwarf, als sie schon, den Schulranzen auf dem Rücken, den Bürgersteig des Clareville Grove entlangrannte.

Als sie die Old Brompton Road überqueren wollten, las Mathias die Nachricht auf dem Zettel, den er eingesteckt hatte, und blieb plötzlich stehen. Er zog sein Handy aus der Tasche und wählte Antoines Nummer.

»Was hat das zu bedeuten: Spätestens bis Mitternacht zu Hause sein?«

»Ich wiederhole: Regel Nummer eins, kein Babysitter; Regel Nummer zwei, keine Frau im Haus; Regel Nummer drei, gut, wir können auch halb eins sagen, aber allerspätestens.«

»Für wen hältst du mich?«

»Die Stufen knarren, und ich will nicht jede Nacht geweckt werden.«

»Dann ziehe ich eben die Schuhe aus.«

»Es wäre sowieso besser, wenn du sie beim Hereinkommen ausziehen würdest.« Damit legte Antoine auf.

»Was wollte er?«, erkundigte sich Emily und zerrte heftig am Arm ihres Vaters.

»Nichts«, knurrte Mathias. »Und wie lässt sich für dich unser neues Familienleben an?«, fragte er seine Tochter, als sie die Straße überquerten.

Am Montag holte Mathias die Kinder von der Schule ab. Am Dienstag war Antoine an der Reihe. Am Mittwochmittag schloss Mathias seine Buchhandlung, um als begleitendes Elternteil mit Emilys Klasse das Natural History Museum zu besuchen. Die Kleine musste die Hilfe von zwei Freundinnen in Anspruch nehmen, um ihren Vater aus dem Saal zu locken, in dem Kopien der Tiere des Jura in Realgröße ausgestellt waren. Er wollte sich nicht von der Stelle rühren, solange der elektrisch betriebene Tyrannosaurus den Trachodon, den er im Maul hielt und schüttelte, nicht losgelassen hatte. Obwohl die Lehrerin strikt dagegen war, konnte Mathias durchsetzen, dass jedes Kind mindestens einmal mit ihm den Erdbebensimulator bedienen durfte. Da er wusste, dass Mrs. Wallace dagegen wäre, dass sie der Entstehung des Universums, die um 12 Uhr 15 an das Gewölbe des Planetariums projiziert wurde, beiwohnten, verschwand er um 12 Uhr 11 mit den Kindern, während sie sich kurz entfernte, um die Toiletten aufzusuchen. Als sie der Sicherheitsbeamte fragte, wie sie auf einen Schlag vierundzwanzig Schüler hatte verlieren können, begriff Mrs. Wallace plötzlich, wo sie die Kinder suchen musste. Beim Verlassen des Museums spendierte Mathias eine Runde Waffeln, um sich von seiner Schuld freizukaufen. Die Lehrerin seiner Tochter war bereit, eine zu probieren, und Mathias konnte sie sogar zu einer zweiten überreden, diesmal mit Maronencreme.

Am Donnerstag war Antoine für die Einkäufe verantwortlich, am Freitag Mathias. Im Supermarkt verstand kein Verkäufer, was er fragte, er suchte Hilfe bei einer Kassiererin, die, wie sich herausstellte, Spanierin war, eine Kundin wollte ihn unterstützen – vermutlich eine Schwedin oder Dänin, Mathias sollte es nicht erfahren –, doch das alles änderte nichts an seinem Problem. Am Ende seiner Kräfte und des Gangs mit den Tiefkühltruhen griff er zu seinem Handy und rief Sophie bei den Regalen mit den geraden und Yvonne bei denen mit den ungeraden Zahlen an. Endlich beschloss er, dass das Wort »Kotelett«, das auf die Liste gekritzelt war, genauso gut »Hähnchen« heißen könnte; sollte Antoine halt deutlicher schreiben.

Der Samstag war regnerisch, und so blieben alle zu Hause und arbeiteten. Am Sonntagabend brach im Wohnraum, wo Mathias mit den Kindern spielte, fröhliches Gelächter aus. Antoine blickte von seinen Skizzen auf und sah das strahlende Gesicht seines besten Freundes, und in diesem Augenblick dachte er, dass das Glück in ihr Leben Einzug gehalten hatte.

Am Montagmorgen tauchte Audrey vor den Toren der Französischen Schule auf. Während sie mit dem Direktor sprach, filmte ihr Kameramann den Pausenhof.

»Von diesem Fenster aus hat General de Gaulle am 18. Juni zum Widerstand aufgerufen«, erklärte Monsieur Bécherand und deutete auf die weiße Fassade des Hauptgebäudes.

Das renommierte Lycée Français Charles-de-Gaulle unterrichtete über zweitausend Schüler von der Vorschule bis zum Abitur. Der Direktor führte sie durch mehrere Klassenzimmer und lud sie ein, dem Elternsprechtag beizuwohnen, der noch am selben Nachmittag stattfinden würde. Audrey nahm die Einladung freudig an. Sie bat, einige Lehrer interviewen zu dürfen, woraufhin Monsieur Bécherand erwiderte, sie solle sich einfach direkt an sie wenden.

Wie jeden Morgen herrschte reges Treiben in der Bute Street. Die Lieferwagen, welche die vielen Geschäfte der

Straße versorgten, folgten einander. Auf der Terrasse des Coffee Shop gleich neben der Buchhandlung schlürfte Mathias seinen Cappuccino und las Zeitung. Er fiel etwas aus der Rolle zwischen all den Müttern, die hier eintrafen, nachdem sie ihre Kinder zur Schule gebracht hatten. Auf der anderen Straßenseite arbeitete Antoine in seinem Büro. Ihm blieben nur noch wenige Stunden, um einen Entwurf fertigzustellen, den er am späten Nachmittag einem wichtigen Kunden vorlegen musste. Außerdem hatte er versprochen, einen neuen Brief für Sophie zu verfassen.

Nach einem anstrengenden Morgen lud er am frühen Nachmittag seinen Büroleiter zu einem wohlverdienten Essen ein. Sie gingen in Yvonnes Bistro auf der anderen Straßenseite.

Die Pause war nur von kurzer Dauer. Die Kunden wurden in einer Stunde erwartet, und die Skizzen waren noch immer nicht ausgedruckt. Nachdem er den letzten Bissen heruntergeschluckt hatte, verabschiedete sich McKenzie. Auf der Schwelle säuselte er: »Auf Wiedersehen, Yvonne«, worauf sie, über ihr Rechnungsbuch gebeugt, antwortete: »Ja, ja, auf Wiedersehen, Mister McKenzie.«

»Willst du ihm nicht sagen, er soll mich in Ruhe lassen?«, wandte sie sich an Antoine.

»Er ist verliebt in dich, was soll ich da machen?«

»Bei meinem Alter?«

»Ja, aber er ist Brite«, erwiderte Antoine.

»Das entschuldigt gar nichts.« Sie schlug das Buch zu und seufzte. »Ich mache mir einen guten Bordeaux auf, trinkst du ein Gläschen mit?«

»Nein, aber du kannst deines gerne an meinem Tisch trinken.«

»Ich bleibe lieber hier, das sieht besser aus – wegen der Gäste.«

Antoine ließ den Blick durch den ganzen Raum schweifen, in dem sich außer ihm selbst kein einziger Gast mehr befand.

Yvonne gab sich geschlagen, öffnete die Flasche und gesellte sich mit ihrem Glas zu ihm.

»Was hast du denn auf dem Herzen?«, fragte er.

»Ich kann so nicht mehr lange weitermachen«, sagte sie. »Ich bin müde.«

»Nimm jemanden, der dir hilft.«

»Ich mache nicht genug Umsatz, und wenn ich jemanden einstelle, muss ich dichtmachen, ich bin ohnehin nicht mehr weit davon entfernt.«

»Dein Bistro müsste etwas renoviert werden.«

»Die Wirtin müsste renoviert werden.« Yvonne seufzte. »Und wovon soll ich das bezahlen?«

Antoine zog einen Druckbleistift aus der Jackentasche und zeichnete eine Skizze auf die Papiertischdecke.

»Hier, sieh mal, ich denke schon lange darüber nach, ich glaube, da ließe sich eine Lösung finden.«

Yvonne setzte ihre Lesebrille auf, und ihre Augen begannen zu leuchten. »Du machst dir schon lange Gedanken über mein Restaurant?«, fragte sie.

Antoine griff zum Telefon, das auf der Theke stand, und rief McKenzie an, um ihn zu bitten, die Besprechung ohne ihn zu beginnen. Er würde etwas später eintreffen. Er legte auf und drehte sich zu Yvonne um. »Gut, kann ich dir jetzt erklären, was ich mir vorgestellt habe?«

Sophie hatte einen ruhigen Augenblick genutzt und war zu Mathias geeilt, um ihm einen Strauß Gartenrosen vorbeizubringen.

»Eine kleine weibliche Note kann nicht schaden«, sagte sie und stellte die Vase neben die Kasse.

»Wieso, findest du es hier zu männlich?«

Das Telefon klingelte. Mathias entschuldigte sich bei Sophie und hob ab.

»Natürlich kann ich zum Elternsprechtag gehen. Ja, ich gehe nicht schlafen, ehe du nach Hause kommst. Holst du dann also heute die Kinder ab? Ja, ciao.«

Mathias legte den Hörer auf die Gabel.

Sophie sah ihn aufmerksam an und ging dann zurück in ihren Laden. »Vergiss, was ich gesagt habe!«, meinte sie auf der Schwelle und lachte.

Mathias kam zu spät. Im Geschäft war die Hölle los gewesen. Als er das Schulgelände betrat, war der Hof schon leer. Er sah nur noch drei Lehrerinnen durch den Eingang zu ihren jeweiligen Klassen eilen. Mathias lief die Mauer entlang und stellte sich auf die Zehenspitzen, um durch eines der Fenster zu spähen. Das Spektakel war sehenswert. Statt der Kinder saßen jetzt die Erwachsenen auf den Bänken. In der ersten Reihe hob eine Mutter die Hand, um eine Frage zu stellen, ein Vater schnipste mit den Fingern, um von der Lehrerin bemerkt zu werden. Einmal Streber, immer Streber.

Mathias hatte keine Ahnung, wohin er zu gehen hatte. Wenn er es versäumen würde, Antoine bei dem Elternsprechtag zu vertreten, würde der ihm monatelang Vorhaltungen machen. Zu seiner großen Erleichterung überquerte eine junge Frau den Schulhof. Mathias lief ihr entgegen.

»Mademoiselle, die CM2 A, bitte?«, rief er außer Atem.

»Sie sind zu spät dran, die Versammlung ist gerade beendet. Ich komme von dort.«

Als er sein Gegenüber erkannte, beglückwünschte sich Mathias zu der Gelegenheit, die sich ihm bot. Überrascht drückte ihm die junge Frau die Hand, die er ihr entgegenstreckte, und stellte sich vor.

»Ich bin Audrey.«

»Mathias. – Gefällt Ihnen das Buch?«

»Der Lagarde et Michard?«

»Ach, Sie könnten mir einen riesigen Gefallen tun. Ich bin CM2 B, doch der Vater von Louis kann nicht kommen, deshalb hat er mich gebeten …«

Audrey war wirklich umwerfend charmant, und Mathias hatte Mühe, die richtigen Worte zu finden.

»Hat die Klasse ein gutes Niveau?«, murmelte er.

»Ja, ich glaube …«

Doch das Gespräch wurde abrupt vom Schrillen der Schulglocke unterbrochen. Die Kinder stürmten schon auf den Hof. Audrey sagte, sie habe sich gefreut, ihn wiederzusehen. Sie wollte sich gerade entfernen, als sich die Schüler um eine Platane drängten. Alle Blicke waren nach oben gerichtet, ein Junge war auf den Baum geklettert und hockte jetzt verängstigt und in prekärem Gleichgewicht auf einem der höchsten Äste. Mathias stürzte auf die Platane zu, zog sich, ohne zu zögern, am Stamm hoch und verschwand im Laubwerk.

Audrey hörte die Stimme des Buchhändlers, die beruhigend klingen sollte.

»Okay, ich habe ihn!«

Das Gesicht kreidebleich, sah Mathias den Jungen an, der ihm gegenüber auf seinem Ast saß.

»Jetzt sitzen wir hier oben wie zwei Idioten«, sagte er zu dem Kleinen.

»Bekomme ich geschimpft?«, fragte der Knirps.

»Verdient hättest du's schon, wenn du meine Meinung hören willst.«

Kurz darauf raschelte es in den Blättern, und ein Lehrer tauchte auf einer Leiter auf.

»Wie heißt du?«, fragte der Mann.

»Mathias.«

»Ich meinte den Kleinen …«

Der Junge hörte auf den Namen Victor. Der Lehrer nahm ihn auf den Arm.

»Nun hör mal gut zu, Victor. Die Leiter hat siebenundvierzig Sprossen. Wir zählen zusammen, und du schaust nicht nach unten, einverstanden?«

Mathias sah die beiden im Laubwerk verschwinden. Die Stimmen wurden leiser. Allein und starr vor Angst, blickte er über die Dächer hinweg.

Als der Lehrer ihn aufforderte herunterzukommen, dankte Mathias freundlich. Wenn er schon einmal so weit oben sei, wolle er die Aussicht genießen. Trotzdem bat er den Mann, ihm die Leiter zu lassen.

Die Besprechung war zu Ende. McKenzie begleitete die Kunden zum Ausgang. Antoine eilte zu seinem Büro und öffnete die Tür. Emily und Louis warteten brav auf dem Sofa, jetzt hatte ihr Martyrium ein Ende. Es war Zeit, nach Hause zu gehen. Heute Abend würden *Cluedo* und

Pommes frites die vergeudete Stunde wettmachen. Emily willigte in den Handel ein und packte Hefte und Schreibzeug wieder in ihren Ranzen. Louis rannte schon im Slalom zwischen den Zeichentischen zu den Aufzügen. In der Kabine drückte er auf alle Knöpfe, und nach einem unverhofften Besuch in der Tiefgarage landeten sie schließlich in der Eingangshalle des Gebäudes.

Von ihrem Blumenladen aus sah Sophie die drei die Bute Street entlanggehen. Die Kinder zogen an Antoines Ärmeln. Er warf ihr eine Kusshand zu.

»Wo ist Papa?«, fragte Emily, als sie an der geschlossenen Buchhandlung vorbeikamen.

»Bei meinem Elternabend«, erwiderte Louis achselzuckend.

Audreys Kopf tauchte im Blattwerk auf.

»Machen wir's wie beim letzten Mal?«, fragte sie mit beruhigender Stimme.

»Wir sind aber ein ganzes Stück höher, oder?«

»Die Methode ist dieselbe – ein Fuß nach dem anderen und nie nach unten schauen, versprochen?«

In diesem Augenblick seines Lebens hätte Mathias jedem, der es gewollt hätte, das Blaue vom Himmel versprochen. Und Audrey fügte hinzu: »Wenn Sie mich das nächste Mal sehen wollen, müssen Sie sich nicht unbedingt solche Mühe machen.«

Bei jeder zehnten Sprosse legten sie eine Pause ein. Als sein Fuß endlich den Boden berührte, war der Hof völlig leer. Es war fast acht am Abend.

Audrey schlug Mathias vor, ihn bis zum Kreisverkehr zu begleiten. Der Hausmeister schloss das Tor hinter ihnen.

»Diesmal habe ich mich aber wirklich lächerlich gemacht, nicht wahr?«, fragte Mathias.

»Nein, im Gegenteil, Sie waren sehr mutig …«

»Als ich fünf war, bin ich vom Dach gefallen.«

»Wirklich?«, fragte sie.

»Nein, stimmt nicht.«

Seine Wangen hatten wieder Farbe angenommen. Sie sah ihn lange schweigend an.

»Ich weiß nicht mal, wie ich Ihnen danken soll.«

»Sie haben es gerade getan«, erwiderte sie.

Der Wind ließ sie frösteln.

»Gehen Sie nach Hause, Sie erkälten sich noch«, murmelte er.

»Sie erkälten sich auch«, gab sie zurück.

Sie entfernte sich, und Mathias hätte gewollt, dass die Zeit anhielt. Mitten auf dem menschenleeren Bürgersteig und ohne zu wissen, warum, hatte er schon Sehnsucht nach ihr. Als er sie rief, hatte sie schon zwölf Schritte gemacht, sie würde es ihm niemals gestehen, doch sie hatte genau mitgezählt.

»Ich glaube, ich habe eine Ausgabe Lagarde et Michard, *19. Jahrhundert*!«

Audrey drehte sich um.

»Und ich glaube, ich habe Hunger«, erwiderte sie.

Sie gaben vor, einen Bärenhunger zu haben, doch als Yvonne ihren Tisch abräumte, stellte sie fest, dass sie ihre Teller kaum angerührt hatten. Während sie von ihrer Theke aus beobachtete, wie Mathias an den Lippen seiner Gesprächspartnerin hing, begriff sie, dass es nicht an ihrer Kochkunst lag. Den ganzen Abend über erzählten sie sich von ihren Leidenschaften – Audrey begeisterte sich für Fotografie, Mathias für alte Handschriften. Letztes Jahr hatte er einen Brief von Saint-Exupéry erworben. Es war nur eine kleine Notiz, die der Pilot vor einem Abflug gekritzelt hatte, doch sie in Händen zu halten, war für einen Sammler wie ihn ein unbeschreibliches Hochgefühl. Er gestand, dass er sie manchmal spät abends, allein in Paris, aus ihrem Umschlag gezogen, unendlich behutsam entfaltet und dann die Augen geschlossen hatte, um sich in seiner Fantasie auf eine Startpiste in Afrika zu versetzen. Er hörte den Flugzeugmechaniker »Kontakt« rufen und sah, wie er sich zum Rotorblatt hochzog, um den Motor anzuwerfen. Die Kolben begannen zu dröhnen, und er brauchte nur den Kopf in den Nacken zu legen, um zu spüren, wie der Sand seine Wangen peitschte.

Audrey konnte verstehen, was Mathias empfand. Wenn sie sich in alte Fotografien vertiefte, kam es vor, dass sie sich in die 1920er-Jahre versetzt fühlte und durch die schmalen Gassen von Chicago schlenderte. In einer schummrigen Bar trank sie einen Whiskey in Begleitung eines jungen Trompeters, eines begnadeten Musikers, der von seinen Freunden Satchmo genannt wurde.

Und wenn es nachts schon ganz ruhig war, legte sie eine Platte auf, und Satchmo nahm sie mit zu einem Spaziergang auf den Notenlinien seiner Partituren. Dann wieder entführten sie andere Fotos in das Fieber der Jazzclubs. Sie tanzte zu wilden Ragtimerhythmen und versteckte sich bei Polizeirazzien.

Stundenlang über ein von William Claxton geschossenes Foto gebeugt, hatte sie die Geschichte eines Musikers kennengelernt, der so umwerfend schön und leidenschaftlich war, dass sie sich in ihn verliebt hatte. Als sie den Anflug von Eifersucht in Mathias' Stimme wahrnahm, fügte sie hinzu, dass Chet Baker 1988 im Alter von neunundfünfzig Jahren bei einem Sturz aus einem Amsterdamer Hotelzimmer umgekommen war.

Yvonne hüstelte hinter ihrer Theke, das Restaurant würde bald schließen, sie waren die letzten Gäste. Mathias beglich die Rechnung, und sie traten auf die Bute Street. Hinter ihnen erloschen die Lichter im Bistro. Mathias hatte Lust zu einem Spaziergang am Fluss. Doch es war schon zu spät, sie musste gehen. Morgen wartete ein harter Arbeitstag auf sie. Erst jetzt stellten sie fest, dass sie den ganzen Abend überhaupt nicht von ihrem Leben, von ihrer Vergangenheit oder ihrem Beruf gesprochen hatten. Aber sie hatten einige Träume und imaginäre Augenblicke geteilt. Alles in allem war es ein schönes Gespräch für ein erstes Mal gewesen. Sie tauschten ihre Telefonnummern aus. Während er sie zum Taxistand begleitete, sang Mathias ein Loblied auf den Lehrerberuf – sein Leben den Kindern zu widmen, zeuge von unglaublicher Großzügigkeit. Was die Elternversammlung betraf, würde ihm schon noch etwas einfallen. Er würde, wenn Antoine Fragen stellte, einfach etwas erfinden.

Audrey verstand nichts von dem, was er sagte, doch sie genoss den Augenblick und nickte. Er streckte ihr ungeschickt die Hand entgegen, sie drückte ihm einen Kuss auf den Mund, und schon saß sie im Taxi, das sie ins Brick-Lane-Viertel fuhr.

Beschwingt lief Mathias die Old Brompton Road zurück.

Als er in den Clareville Grove einbog, hätte er schwören

können, dass ihn die Bäume, die sich im Wind verneigten, grüßten. So idiotisch es erscheinen mochte, erwiderte er ihren Gruß mit einem Nicken. Auf Zehenspitzen stieg er die Stufen zum Haus hinauf, drehte den Schlüssel langsam im Schloss, die Tür knarrte kaum, und trat ins Wohnzimmer.

Der Bildschirm des Computers erleuchtete die Büroecke, in der Antoine noch arbeitete. Mathias zog vorsichtig seinen Regenmantel aus. Die Schuhe in der Hand steuerte er auf die Treppe zu, als ihn die Stimme seines Mitbewohners zusammenzucken ließ.

»Hast du gesehen, wie spät es ist?«

Antoine bedachte ihn mit einem strafenden Blick. Mathias machte kehrt und trat in sein Büro. Er griff nach der Mineralwasserflasche, die dort stand, leerte sie in einem Zug und stellte sie mit einem vernehmlichen Gähnen ab.

»Gut, dann gehe ich mal«, sagte er und streckte sich. »Ich bin hundemüde.«

»Und wohin bitte?«, fragte Antoine.

»Na ja, zu mir«, erwiderte Mathias und deutete nach oben.

Er streifte seinen Regenmantel wieder über und wollte sich umdrehen, doch Antoine rief ihn erneut zurück.

»Wie ist es gelaufen?«

»Gut, glaube ich jedenfalls«, erwiderte Mathias mit der Miene von jemandem, der absolut nicht wusste, wovon die Rede war.

»Hast du Madame Morel gesehen?«

Die Züge angespannt, knöpfte Mathias den Kragen seines Mantels zu.

»Woher weißt du es?«

»Du warst doch beim Elternsprechtag oder etwa nicht?«

»Selbstverständlich«, entgegnete er bestimmt.

»Du hast also Madame Morel gesehen?«

»Aber natürlich habe ich Madame … Morel gesehen.«

»Na schön! Und da du dir selbst die Frage gestellt hast, ich weiß es, weil ich dich ja gebeten hatte, sie aufzusuchen«, sagte Antoine um einen ruhigen Tonfall bemüht.

»Genauso ist es, du hast mich darum gebeten«, rief Mathias, erleichtert, weil er glaubte, einen schwachen Schimmer am Ende eines langen dunklen Tunnels zu erblicken.

Antoine erhob sich und begann hin und her zu laufen. Mit im Rücken verschränkten Händen hatte er etwas Schulmeisterliches, was die Wirkung auf seinen Freund nicht verfehlte.

»Du hast also die Lehrerin meines Sohns gesehen, das ist gut. Jetzt wollen wir versuchen, uns zu konzentrieren und zu einem letzten Kraftakt aufzuraffen … Könnte ich bitte eine Zusammenfassung von dem Elternsprechtag bekommen?«

»Ach, hast du deshalb gewartet?«, fragte Mathias und setzte eine Unschuldsmiene auf.

Angesichts des Blickes, den Antoine auf ihn heftete, wurde Mathias klar, dass sein Improvisationsspielraum von Sekunde zu Sekunde schrumpfte. Antoine würde nicht länger die Ruhe bewahren, deshalb wäre Angriff die einzige Verteidigungsmöglichkeit.

»Ich bin in deinem Auftrag dorthin gegangen, jetzt reg dich nicht gleich so auf! Was willst du denn hören?«

»Was die Lehrerin gesagt hat, wäre zum Beispiel kein schlechter Anfang, ja, sogar kein schlechtes Ende … wenn man bedenkt, wie spät es ist.«

»Er ist perfekt! Dein Sohn ist in allen Fächern mustergültig. Seine Lehrerin hatte sogar am Anfang fast die Befürchtung, er könnte hochbegabt sein. Das ist schmeichelhaft für die Eltern, wenn auch nicht ganz leicht in den Griff zu kriegen. Aber ich kann dir versichern, Louis ist einfach ein verdammt guter Schüler. So, jetzt habe ich alles gesagt, jetzt weißt du genauso viel wie ich. Ich war derart stolz, dass ich sogar so getan habe, als sei ich sein Onkel. Bist du zufrieden?«

»Im siebten Himmel«, sagte Antoine und nahm wütend an seinem Schreibtisch Platz.

»Du bist irgendwie komisch. Ich erkläre dir, dass dein Sohn ein Superschüler ist, und du machst ein langes Gesicht. Du bist wirklich nicht leicht zufriedenzustellen, mein Lieber.«

Antoine öffnete eine Schublade und zog ein Blatt Papier hervor, mit dem er in der Luft wedelte.

»Ich bin überglücklich. Als Vater, dessen Sohn in Erdkunde gerade mal eine Vier minus, in Französisch eine Fünf und im Rechnen eine Fünf minus hat, bin ich wirklich überrascht und geschmeichelt über die Einschätzung seiner Lehrerin.«

Antoine schob Louis' Zwischenzeugnis über den Schreibtisch zu Mathias, der zweifelnd näher trat, es las und gleich wieder ablegte.

»Das muss ein verwaltungstechnischer Fehler sein. Das kommt bei den Großen häufig vor, warum dann nicht auch bei den Kleinen?«, brachte er mit einer Scheinheiligkeit vor, die an Unverschämtheit grenzte. »Gut, ich gehe jetzt schlafen. Du bist gereizt, und ich kann es nicht ertragen, wenn du gereizt bist. Schlaf gut!«

Und dieses Mal steuerte Mathias entschlossen auf die Treppe zu. Antoine rief ihn ein drittes Mal zurück. Mathias verdrehte die Augen und kehrte um.

»Was noch?«

»Wie heißt sie?«

»Wer?«

»Das wirst du mir sagen … Diejenige, deretwegen du die Elternversammlung versäumt hast zum Beispiel. Ist sie wenigstens hübsch?«

»Sehr«, brachte Mathias schließlich verlegen hervor.

»Na, das ist ja schon mal etwas! Wie heißt sie?«, beharrte Antoine.

»Audrey.«

»Auch nicht schlecht … Audrey und weiter?«

»Morel …«, hauchte Mathias mit kaum hörbarer Stimme.

Antoine lauschte angespannt und hoffte inständig, den Namen, den Mathias soeben ausgesprochen hatte, falsch verstanden zu haben. Sein Gesicht nahm einen besorgten Ausdruck an.

»Morel? Ein bisschen so wie Madame Morel?«

»Ein ganz kleines bisschen …«, gab Mathias jetzt schrecklich verlegen zurück.

Antoine erhob sich, sah seinen Freund an und beglück wünschte ihn zu seiner Heldentat.

»Wenn ich dich bitte, zu einer Elternversammlung zu gehen, scheinst du das ja wirklich sehr ernst zu nehmen.«

»Gut, ich wusste, ich hätte es dir nicht erzählen dürfen«, sagte Mathias und wich einen Schritt zurück.

»Wie bitte?«, schrie Antoine, »weil du mir gerade davon erzählt hast? Befrei mich von einem Zweifel – glaubst du, auf der Liste der absolut zu vermeidenden Idiotien gibt es eine, die du noch nicht begangen hast?«

»Hör zu, Antoine, wir wollen nichts übertreiben. Ich bin erstens allein nach Hause gekommen und sogar vor Mitternacht!«

»Weil du dich obendrein dazu beglückwünschst, die Lehrerin meines Sohns nicht mit nach Hause gebracht zu haben? Großartig! Danke, so sieht er sie morgen beim Frühstück nicht leicht bekleidet.«

Da er keinen anderen Ausweg sah, als die Flucht zu ergreifen, stieg Mathias jetzt die Treppe hinauf. Auf jeder Stufe schienen seine Schritte Antoines Vorwürfe zu skandieren.

»Du bist erbärmlich!«, rief der noch in seinem Rücken.

Mathias hob resigniert die Hände.

»Jetzt mach mal 'nen Punkt, ich finde schon eine Lösung!«

Als Mathias in sein Zimmer trat, hörte er Antoine im Erdgeschoss wettern, dass er zu allem Überfluss auch noch einen schlechten Geschmack habe. Er schloss die Tür, streckte sich auf seinem Bett aus und knöpfte den Kragen seines Regenmantels auf.

An seinem Schreibtisch drückte Antoine auf eine Taste seines Computers. Auf dem Bildschirm tauchte ein Formel-1-Rennwagen auf, der mit voller Wucht gegen die Leitplanke raste.

Morgens um drei lief Mathias immer noch in seinem Zimmer hin und her. Um vier saß er in der Unterhose am Sekretär in der Nähe des Fensters und kaute an seinem Stift. Etwas später schrieb er die ersten Sätze eines Briefs an Madame Morel nieder. Um sechs landete der elfte zusammengeknüllte Entwurf im Papierkorb. Um sieben las er den Text noch einmal durch, faltete das Blatt und steckte es in einen Umschlag. Die Stufen der Treppe knarrten; Emily und Louis kamen herunter in die Küche. Das Ohr an die Tür gepresst, lauschte er auf die Frühstücksgeräusche, und als er Antoine rufen hörte, die Kinder sollten sich für den Schulweg fertig machen, schlüpfte er in seinen Bademantel und eilte, das Haar zerzaust, nach unten. Mathias holte Louis vor dem Haus ein. Er drückte ihm den Brief in die Hand, doch bevor er Zeit hatte, ihm nur das Geringste zu erklären, nahm ihm Antoine den Umschlag ab und bat die Kinder, ein Stück weiter auf dem Bürgersteig zu warten.

»Was ist das?«, fragte er Mathias und fuchtelte damit in der Luft herum.

»Ein Abschiedsbrief. Das wolltest du doch, oder?«

»Weil du deine Dinge nicht selbst erledigen kannst? Musst du noch unsere Kinder da reinziehen?«, zischte Antoine und zog Mathias ein wenig zur Seite.

»Ich dachte, das wäre besser so«, stammelte der.

»Und noch dazu bist du ein Feigling«, höhnte Antoine, bevor er zu den Kindern lief.

Als er in den Wagen stieg, steckte er den Brief trotzdem in Louis' Schulranzen. Das Cabriolet entfernte sich, Mathias schloss die Haustür und ging nach oben, um sich fertig zu machen. Als er unter der Dusche stand, umspielte ein komisches Lächeln seine Lippen.

Die Tür des Ladens wurde geöffnet. Von ihrem Hinterzimmer aus erkannte Sophie Antoines Schritt.

»Kann ich dich zu einem Kaffee einladen?«, sagte er.

»Oh, du ziehst aber ein langes Gesicht«, erwiderte sie und trocknete sich den Handrücken an ihrem Kittel ab.

»Was ist das denn?«, fragte er und sah auf den blutbefleckten Verband an Sophies Finger.

»Nichts, ich habe mich geschnitten, doch die Wunde will nicht verheilen. Wie soll das auch gehen, mit all dem Wasser?«

Antoine nahm ihre Hand, löste das Pflaster und verzog das Gesicht zu einer Grimasse. Er ließ Sophie keine Zeit für Diskussionen, zog sie zum Arzneischränkchen, reinigte die Wunde und legte ihr einen neuen Verband an.

»Wenn das in zwei Tagen nicht verheilt ist, gehe ich mit dir zum Arzt«, brummte er.

»Gut, trinken wir erst mal einen Kaffee«, meinte Sophie und wackelte mit ihrem dick verbundenen Zeigefinger. »Dann erzählst du mir, was los ist.«

Sie schloss die Ladentür ab, steckte den Schlüssel in ihre Tasche und hakte sich bei Antoine unter.

Ein Kunde wartete ungeduldig vor der Buchhandlung. Mathias lief zu Fuß die Bute Street entlang, Antoine und Sophie kamen ihm entgegen; sein bester Freund würdigte ihn keines Blickes und trat in Yvonnes Bistro.

»Was ist los mit euch beiden?«, fragte Sophie und setzte ihre Kaffeetasse ab.

»Du hast einen Milchbart …«

»Danke, sehr nett.«

Antoine nahm seine Serviette und wischte über Sophies Oberlippe. »Wir haben uns heute Morgen etwas gestritten«, sagte er.

»Ja, das Leben als Paar ist kein Honigschlecken, jedenfalls nicht alle Tage.«

»Willst du mich auf den Arm nehmen?«, fragte Antoine und starrte Sophie an, die Mühe hatte, ihr Lachen zu unterdrücken.

»Und worum ging es bei eurem Streit?«

»Ach, komm, vergessen wir das.«

»Du bist es, der es vergessen müsste, wenn du dein Gesicht sehen würdest… Willst du mir wirklich nicht verraten, worum es ging? Ein weiblicher Rat kann doch nie schaden, oder?«

Antoine sah Sophie an und ließ sich schließlich von ihrem Lächeln anstecken. Dann zog er einen Umschlag aus seiner Jackentasche und reichte ihn ihr. »Hier, ich hoffe, er gefällt dir.«

»Sie gefallen mir immer.«

»Ich schreibe nur nieder, was du mich bittest zu schreiben«, sagte Antoine und las seinen Text noch einmal durch.

»Ja, du tust es aber mit deinen Worten, und dadurch nehmen die meinen einen Sinn an, den ich ihnen nicht zu geben vermag.«

»Bist du sicher, dass dich dieser Typ wirklich verdient hat? Denn eins kannst du mir glauben – und das hat nichts damit zu tun, dass ich der Schreiber bin –, aber wenn ich solche Briefe bekäme, wäre ich, persönliche oder berufliche Verpflichtungen hin oder her, schon längst gekommen, um dich zu entführen.«

Sophie wandte den Blick ab.

»Das war nicht so gemeint«, murmelte Antoine kleinlaut und schloss sie in die Arme.

»Siehst du, du solltest gelegentlich Acht geben, was du sagst. Ich weiß nicht, worum es bei eurem Streit ging, doch es ist auf alle Fälle Zeitverschwendung. Also greif zum Telefon und ruf ihn an.«

Antoine stellte seine Tasse ab.

»Warum sollte ich den ersten Schritt tun?«, meinte er.

»Weil, wenn ihr euch beide dieselbe Frage stellt, ihr euch den Tag für nichts und wieder nichts verderbt.«

»Vielleicht, aber in diesem speziellen Fall ist er im Unrecht.«

»Was hat er denn so Schlimmes getan?«

»Ich kann dir sagen, dass er Mist gebaut hat, aber deshalb werde ich ihn nicht gleich verpetzen.«

»Zwei Kindsköpfe! … Einer schlimmer als der andere. Hat er sich entschuldigt?«

»In gewisser Hinsicht, ja…«, gab Antoine zurück und dachte an den Brief, den Mathias seinem Sohn anvertraut hatte.

Sophie hob den Hörer vom Telefon ab, das auf der Theke stand, und reichte ihn Mathias.

»Ruf ihn an!«

Antoine legte gleich wieder auf.

»Ich schaue lieber bei ihm vorbei«, sagte er und erhob sich.

Er bezahlte die beiden Kaffee, und sie traten hinaus auf die Bute Street. Sophie weigerte sich, zu ihrem Laden zurückzukehren, bevor sie Antoine nicht die Buchhandlung hatte betreten sehen.

»Was kann ich für dich tun?«, fragte Mathias und blickte von seiner Lektüre auf.

»Nichts, ich kam nur gerade vorbei und wollte sehen, ob alles in Ordnung ist.«

»Alles in Ordnung, besten Dank«, sagte Mathias und blätterte eine Seite um.

»Viel Betrieb?«

»Kein Mensch, warum?«

»Ich langweile mich«, murmelte Antoine.

Er drehte das kleine Schild an der Glastür, sodass draußen »Geschlossen« zu lesen war.

»Komm, wir drehen eine Runde mit dem Wagen.«

»Ich dachte, du kommst um vor Arbeit.«

»Hör auf, dauernd zu diskutieren!«

Antoine trat aus der Buchhandlung, ging zu seinem Wagen, der vor dem Schaufenster parkte, und hupte zweimal. Mathias legte sein Buch beiseite und folgte ihm schimpfend nach draußen.

»Und was machen wir?«, fragte er, während er in den Wagen stieg.

»Die Buchhandlung schwänzen!«

Der Austin Healey fuhr die Queens Gate entlang, durchquerte den Hyde Park in Richtung Notting Hill. Sie fanden einen Parkplatz kurz vor dem Portobello Market. Die Gehwege waren gesäumt von Trödlerständen. Sie schlenderten die Straße entlang und blieben vor jeder Auslage stehen. Bei einem Secondhandstand probierte Mathias ein Jackett mit breiten Streifen an, dazu eine Schiebermütze mit gleichem Motiv. Er drehte sich nach seinem Freund um und wollte seine Meinung hören. Antoine aber hatte sich schon entfernt, so peinlich fand er Mathias' Aufzug. Mathias hängte das Jackett wieder auf den Bügel und erklärte der Verkäuferin, sein Freund habe einfach keinen

Geschmack. Sie ließen sich auf der Terrasse der Brasserie Electric nieder. Zwei hübsche junge Frauen in sommerlicher Kleidung kamen die Straße entlanggeschlendert. Ihre Blicke kreuzten sich, und sie lächelten ihnen zu.

»Ich habe es ganz vergessen.«

»Wenn es um dein Portemonnaie geht, keine Sorge, du bist eingeladen«, sagte Mathias und nahm die Rechnung auf dem Tellerchen entgegen.

»Seit sechs Jahren lebe ich jetzt schon in dieser Rolle des besorgten Vaters und muss feststellen, dass ich nicht einmal mehr weiß, wie man eine Frau anspricht. Eines Tages wird mich mein Sohn fragen, wie man Mädchen aufreißt, und ich kann ihm dann nicht antworten. Ich brauche dich, du musst mir das alles noch einmal von Anfang an beibringen.«

Mathias trank seinen Tomatensaft in einem Zug aus und stellte das Glas ab.

»Du musst zunächst einmal wissen, was du überhaupt willst. Du willst nicht, dass eine Frau unser Haus betritt.«

»Das hat doch gar nichts damit zu tun… Was ich meine, sind die Verführungskünste. Ach, lassen wir's.«

»Willst du die ganze Wahrheit hören? Auch ich habe das alles vergessen, mein Lieber.«

Antoine seufzte. »Und ich glaube, ich konnte es nie.«

»Bei Karine aber wohl schon, oder?«

»Karine hat mir einen Sohn geschenkt und dann das Weite gesucht, um sich um die Kinder der anderen zu kümmern. Als Erfolg in Liebesdingen kann man sich wohl Besseres vorstellen. Komm, lass uns arbeiten gehen.«

Sie verließen die Terrasse und liefen, Seite an Seite, die Straße entlang.

»Würde es dich stören, wenn ich noch einmal dieses Jackett anprobiere? Und sagst du mir dieses Mal, was du wirklich davon hältst?«

»Wenn du mir schwörst, es vor unseren Kindern anzuziehen, schenke ich es dir sogar!«

Zurück in South Kensington parkte Antoine den Austin Healey vor seinem Büro. Er schaltete den Motor aus und wartete einen Augenblick, bevor er aus dem Wagen stieg. »Tut mir leid wegen gestern Abend. Ich bin vielleicht etwas zu weit gegangen«, sagte er schließlich.

»Nein, nein, keine Sorge, ich verstehe ja deine Reaktion«, erwiderte Mathias mit gezwungenem Lächeln.

»Nein, jetzt bist du nicht ehrlich.«

»Nein, das bin ich nicht.«

»Wusste ich's doch, du bist mir noch immer böse.«

»Gut, hör zu, Antoine, wenn du etwas zu diesem Thema zu sagen hast, dann rück raus damit. Ich habe jetzt wirklich zu tun.«

»Ich auch«, meinte Antoine und stieg aus dem Cabrio.

Und als er schon auf sein Büro zusteuerte, hörte er Mathias' Stimme in seinem Rücken.

»Danke, dass du vorbeigekommen bist. Das hat mich sehr gerührt.«

»Ich mag es nicht, wenn wir uns streiten, weißt du?«, erwiderte Antoine und drehte sich um.

»Ich auch nicht.«

»Also Schwamm drüber. Das ist jetzt vergessen.«

»Ja, es ist vergessen«, wiederholte Mathias.

»Kommst du heute Abend spät nach Hause?«

»Warum?«

»Ich habe McKenzie zum Abendessen bei Yvonne eingeladen … als Dank dafür, dass er uns mit dem Haus geholfen hat. Wenn du also auf die Kinder aufpassen könntest …«

Kaum in seiner Buchhandlung, eilte Mathias zum Telefon und rief Sophie an.

Das Telefon klingelte; Sophie entschuldigte sich bei ihrer Kundin.

»Natürlich kann ich«, sagte Sophie.

»Macht es dir wirklich nichts aus?«, beharrte Mathias am anderen Ende der Leitung.

»Ich muss allerdings gestehen, dass mir der Gedanke, Antoine zu belügen, nicht besonders gefällt.«

»Ich bitte dich ja auch nicht darum, ihn zu belügen, sondern nur, ihm nichts zu sagen.«

Lüge oder bewusstes Verschweigen – das war für Sophie fast das Gleiche, aber sie war trotzdem bereit, Mathias den Gefallen zu tun. Sie würde ihren Laden etwas früher schließen und sich, wie versprochen, um sieben Uhr bei Mathias einfinden.

Beide legten auf.

Kapitel 7

Yvonne nutzte die nachmittägliche Ruhe, um etwas Ordnung in ihrem Vorratskeller zu schaffen. Sie betrachtete den Karton vor sich – Château-Labégorce-Zédé war ihr Lieblingswein, und sie bewahrte immer ein paar von den raren, kostbaren Flaschen für besondere Anlässe auf. Nur hatte sie solche besonderen Anlässe schon seit langen Jahren nicht mehr zu feiern gehabt. Sie strich mit den Fingern über die feine Staubschicht auf dem Holzregal und dachte voller Emotionen an jenen Abend im Mai zurück, als Manchester United den englischen Fußballpokal gewonnen hatte.

Der Schmerz setzte ganz unvermittelt in der linken Brust ein. Yvonne beugte sich vor und rang nach Atem. Sie stützte sich auf die Treppenleiter, die nach oben ins Restaurant führte, und suchte in ihrer Schürzentasche nach ihren Medikamenten. Mit ihren tauben Fingern hatte sie Mühe, die Kappe des Glasröhrchens zu öffnen. Sie ließ drei Tabletten in die hohle Hand gleiten, führte diese an den Mund und warf den Kopf zurück, um sie besser schlucken zu können.

Erschöpft von den Schmerzen und dem Schreck, ließ sie sich auf den Boden sinken und wartete, dass die Arznei wirkte. Gott wollte sie heute noch nicht bei sich haben, dachte sie, ihr Herz würde sich in wenigen Minuten beruhigen, und alles wäre wieder gut; es gab noch so vieles zu tun. Sie nahm sich fest vor, Johns nächste Einladung nach Kent anzunehmen – vorausgesetzt, er wiederholte sie, nachdem sie so oft abgelehnt hatte. Trotz ihrer Zurückhaltung, trotz ihrer vielen Absagen fehlte ihr dieser Mann. Ja, es war verrückt, wie sehr er ihr fehlte. Musste der andere erst gehen, damit man sich darüber klar wurde, welch wichtigen Platz er im eigenen Leben einnahm? Jeden Mittag war John in ihr Restaurant gekommen … Hatte er wohl bemerkt, dass sich sein Teller von denen der anderen Gäste unterschied?

Er hatte es wohl geahnt, John war ein diskreter Mann, so zurückhaltend wie sie selbst, dabei aber auch sehr intuitiv. Yvonne freute sich sehr, dass Mathias seine Buchhandlung übernommen hatte. Als John ihr angekündigt hatte, er würde in den Ruhestand gehen, war sie es gewesen, die ihm eingeredet hatte, sich einen Nachfolger zu suchen, damit sich die Arbeit eines ganzen Lebens nicht plötzlich in Nichts auflöste. Und außerdem hatte sie eine großartige Gelegenheit für Mathias darin erblickt, wieder bei seiner Familie zu leben. Also hatte sie Antoine die Idee eingehaucht, und zwar so, dass er nach einer Weile glaubte, es wäre seine eigene gewesen. Als Valentine ihr dann mitgeteilt hatte, dass sie nach Paris zurückkehren wollte, hatte sie gleich die verheerenden Folgen für Emily vor Augen gehabt. Sie hasste jede Form von Einmischung, doch in diesem Fall war es gut gewesen, zu intervenieren und dem Schicksal derer, die sie liebte, ein wenig auf die Sprünge zu helfen. Trotzdem war ohne John nichts mehr wie früher. Eines Tages, das stand fest, würde sie es ihm sagen.

Sie hob den Kopf. Die nackte Birne an der Decke begann sich zu drehen und zog jeden Gegenstand in dem Kellerraum mit sich wie zu einem wilden Ballett. Die Wände schwankten, ein gewaltiges Gewicht lastete auf ihr und drückte sie nach hinten. Ihre Hände lösten sich von der Leiter, sie rang nach Luft und schloss die Augen, bevor ihr Körper zur Seite sackte. Ihr Kopf sank langsam auf den Boden. Ihr Herzschlag hallte in ihren Ohren wider, dann nichts mehr.

Sie trug einen geblümten Rock und eine baumwollene Bluse. Es war ihr siebter Geburtstag, ihr Vater hielt sie an der Hand. Um ihr eine Freude zu machen, hatte er am Schalter des Riesenrads zwei Karten gekauft, und als der Sicherheitsbügel ihrer Gondel heruntergelassen worden war, hatte sie sich so glücklich wie nie gefühlt. Ganz oben angekommen, hatte ihr Vater den Finger ausgestreckt, um in die Ferne zu deuten. Er hatte wunderschöne Hände. Während er die Dächer der Stadt mit einer einzigen Bewegung liebkoste, sprach er die magischen Worte aus: »*Von jetzt an gehört dir das Leben, nichts ist mehr unmöglich, wenn du es dir wirklich wünschst.*« Sie sei sein ganzer Stolz, der Sinn seiner Existenz, das Schönste, das er im Leben zustande gebracht habe. Und er nahm ihr das Versprechen ab, diese Worte nicht vor ihrer Mutter zu wiederholen, die ein wenig eifersüchtig sein könnte. Sie hatte gelacht, denn sie wusste, dass ihr Vater ihre Mama genauso liebte wie sie. Im folgenden Jahr, an einem Wintermorgen, war sie ihm auf der Straße nachgelaufen. Zwei Männer in schwarzen Anzügen hatten ihn von zu Hause abgeholt. An ihrem zehnten Geburtstag hatte ihr die Mutter dann die ganze Wahrheit erzählt. Ihr Vater war damals nicht zu einer langen Geschäftsreise aufgebrochen. Er war von der französischen Miliz verhaftet worden und nie mehr zurückgekehrt.

Während der deutschen Besatzungszeit malte sich die Kleine in der Dachstube, die ihr als Zimmer diente, aus, ihr Vater hätte fliehen können. Während ihm die Dreckskerle gerade den Rücken zukehrten, hatte er sich von seinen Fesseln befreit und den Stuhl zertrümmert, auf dem er gefoltert worden war. Indem er alle Kräfte zusammennahm, war er durch die unterirdischen Gänge des Kommissariats geflüchtet und dann durch eine unverschlossene Tür entkommen. Nachdem er sich der Résistance, dem französischen Widerstand, angeschlossen hatte, war er nach England gekommen, und während sie und ihre Mutter sich in diesem tristen Frankreich mehr schlecht als recht durchschlugen, arbeitete er bei einem General, der nicht aufgegeben hatte. Und jeden Morgen, wenn sie aufstand, stellte sie sich ihren Vater vor, wie er davon träumte, sie anzurufen. Doch in der Dachstube, in der sie sich mit ihrer Mutter versteckte, gab es kein Telefon.

Als sie zwanzig war, läutete ein Polizeibeamter an ihrer Tür. Damals lebte Yvonne in einem kleinen Appartement über der Wäscherei, die sie beschäftigte. Die sterblichen Überreste ihres Vaters, so sagte der Mann, seien in einem Graben im Wald von Rambouillet gefunden worden. Der junge Polizist fühlte sich sichtlich unwohl, der Überbringer einer so traurigen Nachricht zu sein, und mehr noch, als er berichtete, die Autopsie habe ergeben, dass die Kugeln, die ihn im Kopf getroffen hätten, aus dem Lauf einer französischen Pistole stammten. Yvonne hatte ihm daraufhin lächelnd versichert, es müsse sich um einen Irrtum handeln, ihr Vater sei zwar sicher tot, da sie seit Kriegsende nichts mehr von ihm gehört habe, er müsse aber irgendwo in England begraben sein. Nach seiner Verhaftung durch die Miliz sei ihm die Flucht nach London gelungen. Der Polizeibeamte nahm allen Mut zusammen: Man habe Papiere in der Tasche des Toten gefunden, und die würden seine Identität zweifelsfrei belegen.

Yvonne nahm die Brieftasche an sich, die der junge Mann ihr überreichte. Sie öffnete den vergilbten, blutbefleckten Ausweis und strich über das Foto, ohne dass das Lächeln auf ihren Lippen erstarb. Während sie die Tür schloss, begnügte sie sich mit der Bemerkung, ihr Vater müsse die Papiere auf der Flucht verloren haben. Jemand habe sie gestohlen, so einfach sei das.

Sie wartete, bis es Abend war, um den Brief zu öffnen, der sich in einem der Fächer verbarg. Sie las ihn und spielte mit dem kleinen Gepäckaufbewahrungsschlüssel, den ihr Vater beigefügt hatte.

Nach dem Tod ihres ersten Ehemanns veräußerte Yvonne die Wäscherei. Sie hatte sie mit ihrem Arbeitslohn, der so gering gewesen war, dass ihn keine Sektion ihrer Gewerkschaft für möglich gehalten hätte, schließlich erworben. Sie schiffte sich in Calais ein, überquerte den Ärmelkanal auf einer Fähre und traf an einem Sommernachmittag mit einem Koffer als einziges Gepäck in London ein. Sie begab sich zu einem großen Gebäude mit weißer Fassade im Viertel South Kensington. Am Fuß eines Baums kniend, der die Insel im Kreisverkehr beschattete, grub sie mit den bloßen Händen ein Loch in die Erde. Dort hinein legte sie einen vergilbten, blutbefleckten Personalausweis und murmelte: »Wir haben es geschafft.«

Als sie ein Polizist fragte, was sie dort mache, richtete

sie sich auf und erwiderte schluchzend: »Ich bin hier, um meinem Vater seine Papiere zu bringen. Wir haben uns seit dem Krieg nicht gesehen.«

Yvonne kam wieder zu sich und richtete sich langsam auf. Ihr Herzschlag hatte erneut einen normalen Rhythmus angenommen. Sie stieg die Treppenleiter hinauf und beschloss, oben im Restaurant angelangt, eine andere Schürze anzulegen. Als sie diese gerade im Rücken zusammenband, trat eine junge Frau ein und nahm an der Theke Platz. Sie bestellte ein alkoholisches Getränk, das stärkste, das es gebe. Yvonne musterte sie, schenkte ihr ein Glas Mineralwasser ein und setzte sich neben sie.

Enya war letztes Jahr nach England gekommen. Sie hatte Arbeit in einer Bar in Soho gefunden. Das Leben hier war so teuer, dass sie eine winzige Wohnung mit drei Studenten teilen musste, die sich, wie sie selbst, mit kleinen Gelegenheitsjobs durchschlugen. Enya studierte schon seit Langem nicht mehr.

Da den südamerikanischen Barbesitzer, bei dem sie angestellt war, plötzlich das Heimweh plagte, hatte er seinen Laden geschlossen. Ein Job morgens in einer Bäckerei, einer mittags an der Kasse einer Fast-Food-Kette und einer abends als Zeitungsausträgerin hatten sie über Wasser gehalten. Doch ohne Papiere war ihr Schicksal ungewiss, und innerhalb von zwei Wochen hatte sie all ihre Jobs verloren. Sie fragte Yvonne, ob sie nichts für sie habe, sie eigne sich zum Beispiel als Kellnerin und würde keine Arbeit scheuen.

»Bestellst du immer einen Drink an der Bar, wenn du einen Job als Bedienung suchst?«, fragte die Wirtin.

Yvonne konnte es sich nicht leisten, irgendjemanden einzustellen, versprach dem jungen Mädchen aber, bei den Händlern im Viertel nachzufragen. Sollte sich etwas ergeben, würde sie ihr Bescheid geben. Sie müsse nur von Zeit zu Zeit vorbeischauen. Nachdem Enya alle Tätigkeiten aufgezählt hatte, die sie schon verrichtet hatte, fügte sie noch hinzu, sie sei auch in einer Wäscherei beschäftigt gewesen. Yvonne drehte sich um und musterte sie eindringlich. Nach einem kurzen Schweigen verkündete sie Enya, sie könne, bis sie eine Stellung gefunden habe, hin und wieder zum Essen kommen. Es würde keine Rechnung geben, vorausgesetzt sie würde es niemandem erzählen. Die junge Frau wusste nicht, wie sie ihr danken sollte, Yvonne erwiderte, sie solle es bloß nicht versuchen, und kehrte an ihren Herd zurück.

Am frühen Abend saß Antoine in Begleitung von McKenzie, der nicht müde wurde, Yvonne mit den Augen zu verschlingen, im Restaurant. Er griff zu seinem Handy, um Mathias eine SMS zu schicken: *Danke, dass Du auf die Kinder aufpasst. Ist alles in Ordnung?*

Die Antwort traf augenblicklich ein: *Alles o.k. Kinder haben gegessen, Zähne werden gerade geputzt, im Bett in 10 Minuten.*

Kurz darauf erhielt Antoine eine zweite Nachricht: *Arbeite so lange Du willst, kümmere mich um alles.*

Das Licht im Kinosaal erlosch, der Film fing an. Mathias schaltete sein Handy aus und griff in die Popcorntüte, die Audrey ihm hinhielt.

Sophie öffnete die Tür des Kühlschranks, um seinen Inhalt zu prüfen. Im oberen Fach entdeckte sie reife Tomaten, ordentlich aufgereiht wie ein Bataillon von Soldaten im Heer des Kaiserreichs. Darunter in Frischhaltefolie perfekt aufgeschichtete Scheiben von kaltem Braten, eine Käseplatte, ein Schälchen mit Cornichons und ein Glas Mayonnaise.

Die Kinder schliefen schon. Jedes hatte seine Geschichte und seinen Gutenachtkuss bekommen.

Um Punkt elf hörte sie den Schlüssel im Schloss. Mathias stand auf der Türschwelle, ein seliges Lächeln um die Lippen.

»Du hast Glück, Antoine ist noch nicht da«, sagte Sophie zur Begrüßung.

Mathias legte seine Brieftasche in die Schale auf den Flur. Er setzte sich zu Sophie, drückte ihr einen Kuss auf die Wange und erkundigte sich, wie der Abend verlaufen sei.

»Zapfenstreich eine halbe Stunde später als vorgeschrieben, doch das ist das Recht des anonymen Babysitters. Louis war nicht besonders gut drauf, er hat sich über irgendetwas geärgert, wollte mir aber nicht verraten, was.«

»Ich kümmere mich drum.«

Sophie griff zu ihrem Schal, der am Garderobenständer hing, wickelte ihn um den Hals und deutete auf den Küchentisch. »Ich habe einen Teller für Antoine vorbereitet. Wie ich ihn kenne, kommt er mit leerem Magen heim.«

Mathias trat näher und stibitzte ein Cornichon. Sophie gab ihm einen Klaps auf die Finger.

»Für Antoine, habe ich gesagt! Hast du nicht gegessen?«

»Keine Zeit«, erwiderte Mathias. »Ich bin vom Kino hergerannt, ich wusste nicht, dass der Film Überlänge hat.«

»Ich hoffe, es hat sich gelohnt«, meinte Sophie mit spöttischem Unterton.

Mathias schielte nach dem Teller mit kaltem Braten.

»Da hat aber einer Glück!«

»Hast du Hunger?«

»Nein, geh jetzt, es ist besser, du bist nicht mehr da, wenn er kommt, sonst ahnt er noch was.« Mathias hob die Käseglocke hoch, nahm ein Stück Gruyère und verzehrte es ohne großen Appetit. »Hast du schon die oberen Gemächer besichtigt? Antoine hat auf meiner Seite alles umgebaut. Wie findest du die neue Einrichtung?«, fragte er mit vollem Mund.

»Symmetrisch!«, erwiderte Sophie.

»Was soll das heißen, symmetrisch?«

»Das soll heißen, dass eure Schlafzimmer ganz gleich sind bis hin zu den Nachttischlampen, das ist irgendwie lächerlich.«

»Ich sehe nicht, was daran lächerlich sein soll«, gab Mathias pikiert zurück.

»Es wäre doch ganz schön, wenn du hier irgendwo ›bei dir zu Hause‹ wärst, und ›bei dir zu Hause‹ heißt nicht ›ich wohne bei einem Freund‹.«

Sophie zog ihren Mantel über und trat auf die Straße. Die nächtliche Kälte ließ sie frösteln, und so beschleunigte sie ihre Schritte. Auf der Old Brompton Street pfiff ein frischer Wind. Ein Fuchs – es gab eine ganze Menge in der Stadt – begleitete sie ein paar Meter, verborgen hinter dem Gitterzaun der Onslow Gardens. In der Bute Street sah Sophie Antoines Austin Healey, der vor seinem Büro parkte. Mit einer Hand strich sie sanft über die Karosserie. Sie hob den Kopf und sah hinauf zu den erleuchteten Fenstern. Dann zog sie den Schal fester um den Hals und setzte ihren Weg fort.

Als sie ein paar Straßen weiter entfernt ihr Appartement betrat, machte sie kein Licht. Ihre Jeans glitt an ihren Beinen entlang auf den Boden und blieb dort liegen. Sie warf ihren Pullover in eine Ecke und schlüpfte, so wie sie war, unter die Decke. Die Blätter der Platane, die sie durch die Luke über ihrem Bett sah, glitzerten silbrig im Mondlicht. Sie drehte sich auf die Seite, zog ihr Kopfkissen an sich und wartete auf den Schlaf.

Mathias stieg die Treppe hinauf und horchte an Louis' Tür.

»Schläfst du?«, flüsterte er.

»Ja.«

Mathias drückte die Klinke hinunter, und ein Lichtstrahl dehnte sich bis zum Bett aus. Er trat auf Zehenspitzen ein und legte sich neben ihn.

»Sollen wir drüber sprechen?«, fragte er.

Louis antwortete nicht. Mathias versuchte, einen Zipfel der Decke anzuheben, doch der Kleine blieb fest darin eingerollt.

»Du bist nicht immer komisch, weißt du? Manchmal bist du sogar ziemlich anstrengend.«

»Das musst du mir genauer erklären«, sagte Mathias mit sanfter Stimme.

»Ich habe deinetwegen eine Strafarbeit aufgebrummt bekommen.«

»Was habe ich gemacht?«

»Rate mal.«

»Wegen des Briefchens an Madame Morel?«

»Hast du noch an andere Lehrerinnen geschrieben? Kannst du mir erklären, warum du ausgerechnet zu meiner sagst, ihr Mund würde dich verrückt machen?«

»Hat sie dir das gesagt? Das ist aber hässlich von ihr.«

»Wer hier hässlich ist, das ist sie.«

»Also wirklich, das kannst du nicht behaupten!«, empörte sich Mathias.

»Sie soll nicht hässlich sein – Séverine, der Pinguin?«

»Aber wer ist denn diese Séverine?«, fragte Mathias besorgt.

»Leidest du neuerdings unter Gedächtnisschwund?«, zischte Louis wütend und zog die Decke vom Kopf. »Sie ist *meine Lehrerin*!«, brüllte er.

»Nein, nein … sie heißt Audrey«, gab Mathias überzeugt zurück.

»Ich weiß doch wohl besser als du, wie meine Lehrerin heißt.«

Mathias war gekränkt, während sich Louis Gedanken über die Identität besagter Audrey machte.

Sein Patenonkel begann jetzt, in allen Einzelheiten die junge Frau mit der rauen Stimme zu beschreiben.

Louis starrte ihn entgeistert an. »Deine raue Stimme gehört nicht meiner Lehrerin, sondern der Journalistin, die eine Reportage über unsere Schule macht«, sagte er schließlich.

Und da Louis nichts mehr hinzufügte, sagte Mathias nur: »Oh, Scheiße!«

»Genau, und in die hast uns reingeritten, falls ich dich darauf hinweisen darf.«

Mathias erbot sich, selbst hundertmal den Satz zu

schreiben: »Ich gebe meiner Lehrerin nie mehr ungehörige Briefe.« Er würde Antoines Unterschrift unter der Strafarbeit fälschen; dafür würde Louis Stillschweigen über den Vorfall bewahren. Nach kurzem Bedenken kam Louis zu dem Schluss, dass dieser Handel nicht vorteilhaft genug für ihn war. Wenn Mathias aber die beiden letzten Bände von »Calvin und Hobbes« hinzufügte, sei er eventuell bereit, sein Angebot noch einmal zu überdenken. Um 23 Uhr 35 war der Handel perfekt, und Mathias verließ das Zimmer.

Er hatte gerade noch Zeit, unter seine Bettdecke zu schlüpfen, als Antoine das Haus betrat und die Treppe hinaufkam. Da er noch Licht unter der Tür sah, klopfte er und trat sofort ein.

»Danke für das Essen«, sagte Antoine sichtlich gerührt.

»Versteht sich doch von selbst«, erwiderte Mathias gähnend.

»Du hättest dir gar nicht solche Mühe machen müssen, ich habe doch mit McKenzie bei Yvonne gegessen.«

»Hatte ich vergessen.«

»Alles in Ordnung?«, fragte Antoine und sah seinen Freund an.

»Großartig!«

»Du bist irgendwie komisch.«

»Erschöpft, das ist alles. Hab gegen den Schlaf angekämpft, während ich auf dich gewartet habe.«

Antoine fragte, ob mit den Kindern alles gut gelaufen sei.

Mathias sagte, Sophie sei vorbeigekommen, sie hätten den Abend zusammen verbracht.

»Ach, ja?«, fragte Antoine.

»Das stört dich doch nicht?«

»Nein, warum sollte mich das stören?«

»Ich weiß nicht, du wirkst irgendwie komisch.«

»Es ist also alles gut gelaufen?«, beharrte Antoine.

Mathias bat ihn, etwas leiser zu sprechen, die Kinder würden schlafen. Antoine wünschte ihm eine gute Nacht und ging. Dreißig Sekunden später öffnete er die Tür erneut und riet seinem Freund, vor dem Schlafen seinen Regenmantel auszuziehen, es würde heute Abend nicht mehr regnen. Angesichts von Mathias verdutzter Miene fügte er hinzu, dass sein Kragen unter der Bettdecke hervorschaue, und schloss die Tür ohne weiteren Kommentar.

Kapitel 8

Mit einer großen Zeichenmappe unter dem Arm betrat Antoine das Restaurant. Hinter ihm kam McKenzie mit einer hölzernen Staffelei herein, die er mitten im Raum aufstellte.

Yvonne wurde aufgefordert, sich an einen der Tische zu setzen, um die Renovierungspläne von Restaurant und Bar in Augenschein zu nehmen. Der Büroleiter lehnte die Skizzen an die Staffelei, und Antoine begann, sie zu erläutern.

Überglücklich, endlich ein Mittel gefunden zu haben, Yvonnes Aufmerksamkeit auf sich zu lenken, zeigte er eine Skizze nach der anderen und nahm immer wieder, wenn sich die Gelegenheit bot, neben ihr Platz, um Kataloge mit Lampen und Farbpaletten vor ihr auszubreiten.

Yvonne war begeistert, und obwohl, oder gerade weil, sich Antoine gehütet hatte, ihr die Kostenvoranschläge vorzulegen, ahnte sie schon, dass das ganze Unternehmen ihre Mittel weit überschreiten würde. Als die Präsentation abgeschlossen war, dankte sie den beiden für die geleistete Arbeit und bat den seligen McKenzie, sie einen Augenblick mit Antoine allein zu lassen. Sie müsse unter vier Augen mit ihm sprechen. McKenzie folgerte daraus, Yvonne, überwältigt von seiner Kreativität, wolle ihrem Freund mitteilen, wie sehr sein Büroleiter sie verwirrte.

Da er wusste, dass Antoine und sie eine alte und harmlose Freundschaft verband, klemmte er Staffelei und Zeichenmappe unter den Arm und verließ das Lokal, freilich nicht ohne sich zunächst einmal an der Theke und dann am Türstock kräftig zu stoßen. Als wieder Ruhe im Raum eingekehrt war, legte Yvonne eine Hand auf die von Antoine. McKenzie reckte sich draußen auf die Zehenspitzen und beobachtete die Szene durch das Fenster. Als er Yvonnes gerührten Blick sah, tauchte er nach unten ab … Die Sache ließ sich gut an!

»Was ihr da ausgearbeitet habt, ist wunderbar, ich weiß gar nicht, was ich sagen soll.«

»Du musst mir nur das Wochenende nennen, das dir am besten passt«, gab Antoine zurück. »Ich habe es so eingerichtet, dass du das Restaurant während der Woche nicht schließen musst. Die Handwerker treffen an einem Samstagmorgen ein, und am Sonntagabend ist alles fertig.«

»Mein lieber Antoine, ich habe nicht einmal das nötige Kleingeld, um die Wandfarbe zu bezahlen, geschweige denn den Rest«, sagte sie mit unsicherer Stimme.

Antoine rückte näher zu ihr. Er erklärte ihr, das Untergeschoss des Bürogebäudes stehe voll mit Farbtöpfen und anderem Material, die auf Baustellen übrig geblieben seien. McKenzie hätte das Renovierungsprojekt anhand dieser Lagerbestände, die er loswerden wollte, konzipiert. Das würde ihrem Lokal einen leicht barocken Touch verleihen, der aber gerade ganz en vogue sei. Und als er hinzufügte, dass sie sich gar nicht vorstellen könne, welchen Gefallen sie ihm tun würde, ihn von diesen Restbeständen zu befreien, bekam sie feuchte Augen. Antoine nahm sie in die Arme.

»Hör auf, Yvonne, sonst kommen mir auch noch die Tränen; außerdem hat das Ganze nichts mit Geld zu tun, es geht nur um Glück und Zufriedenheit für dich und mehr noch für uns alle. Die Ersten, die Nutzen aus deiner neuen Einrichtung ziehen, sind wir, die wir jeden Tag zu dir zum Essen kommen.«

Sie trocknete ihre Tränen und schimpfte, er würde sie zum Weinen bringen wie ein kleines Mädchen.

»Du willst mir doch wohl nicht weismachen, dass die Wandleuchten aus den Hochglanzkatalogen, die McKenzie mir gezeigt hat, auch Wiederverwertungsmaterial sind.«

»Es sind Muster von unseren Lieferanten!«, gab Antoine zurück.

»Wie schlecht du lügst!«

Yvonne versprach, noch einmal darüber nachzudenken, und Antoine beharrte, er habe schon für sie nachgedacht. Er würde die Arbeiten in wenigen Wochen beginnen.

»Warum tust du das, Antoine?«

»Weil es mir Freude macht.«

Yvonne sah ihm tief in die Augen und seufzte. »Hast du's nicht allmählich satt, dich um alle Welt zu kümmern? Wann beschließt du endlich, dich von den Steinen zu befreien, die du um den Hals trägst?« Sie beugte sich vor und nahm seine Hände in die ihren. »Mein kleiner Antoine, glaubst du denn, die Menschen schätzen dich nur, wenn du ständig den Samariter spielst? Ich liebe dich nicht weniger, wenn du mich deine Arbeit bezahlen lässt.«

»Manche Leute reisen bis ans andere Ende der Welt, um Gutes zu tun. Ich versuche, denen zu helfen, die ich liebe.«

»Du bist ein wertvoller Mensch, hör auf, dich zu bestrafen, weil Karine gegangen ist.« Yvonne erhob sich. »Also, sollte ich mich für dein Projekt entscheiden, dann will ich einen Kostenvoranschlag! Ist das klar?«

Als sie auf den Bürgersteig trat, um ihren Eimer im Rinnstein zu leeren, sah Sophie zu ihrem Erstaunen, wie McKenzie vor dem Fenster von Yvonnes Restaurant kniete, und fragte ihn, ob sie ihm irgendwie behilflich sein könne. Der Büroleiter schrak zusammen und stammelte dann, er habe nur seinen Schnürsenkel zugebunden. Sophie betrachtete die alten Mokassins, die er an den Füßen trug, zuckte mit den Schultern und machte kehrt.

McKenzie trat wieder ins Restaurant. Ihm seien Zweifel gekommen, was die Wandbeleuchtung anging, die er Yvonne gezeigt habe, und das beschäftige ihn sehr.

Yvonne verdrehte die Augen und verschwand in der Küche.

Der Mann hatte schwarze Fingernägel und stank nach dem ranzigen Fett all der *Fish and Chips*, die er von früh bis spät aß. Er stand hinter der Empfangstheke der billigen Absteige und starrte mit lüsternem Blick auf die zweite Seite der *Sun*. Wie jeden Tag war darauf ein anonymes halb nacktes Pin-up-Girl in eindeutiger Pose abgebildet.

Enya öffnete die Tür und trat auf ihn zu. Er hob nicht einmal die Augen von seiner Lektüre, sondern fragte nur mit vulgärer Stimme, wie viele Stunden sie das Zimmer brauche. Die junge Frau erkundigte sich nach dem Mietpreis für eine Woche, sie habe nicht viel Geld, verspreche aber, jeden Tag zu zahlen. Der Mann legte seine Zeitung beiseite und blickte auf. Sie sah nicht übel aus. Mit zusammengekniffenen Lippen erklärte er, sein Etablissement würde kein solches Arrangement anbieten, doch er könne ihr schon aus der Patsche helfen … So oder so, man würde sich schon einig werden. Als er die Hand auf ihren Nacken legte, gab sie ihm eine Ohrfeige.

Mit hängenden Schultern setzte Enya ihren Weg fort. Sie hasste diese Stadt, in der es ihr an allem mangelte. Heute Morgen, nachdem sie die letzte Monatsmiete schuldig geblieben war, hatte ihr Vermieter sie vor die Tür gesetzt.

An den einsamen Abenden – es waren viele – musste sie immer wieder an das Gefühl denken, wenn sie als kleines Mädchen feinen heißen Sand durch die Finger rieseln ließ.

Das Schicksal von Enya war schon seltsam. Ihre ganze Kindheit und Jugend über hatte sie, der es immer an allem gefehlt hatte, davon geträumt, nur einen einzigen Tag den Sinn der Worte »zu viel« zu erleben, und heute war es tatsächlich zu viel.

Sie trat an den Rand des Bürgersteigs und sah den Doppeldeckerbus mit hoher Geschwindigkeit die Straße herankommen. Die Fahrbahn war feucht, ein Schritt würde genügen, ein einziger kleiner Schritt. Sie holte tief Luft und warf sich nach vorn.

Eine kräftige Hand packte sie an der Schulter und zog sie zurück. Der Mann, der sie jetzt in den Armen hielt, war ein Gentleman. Enya zitterte am ganzen Leib, so als hätte sie hohes Fieber. Er zog seinen Mantel aus und legte ihn ihr über die Schultern. Der Bus hielt an der Haltestelle, der Fahrer hatte nichts bemerkt. Der Mann stieg mit ihr ein. Ohne ein Wort zu wechseln, durchquerten sie die Stadt. Schließlich lud er sie zum Tee und zu einem Essen ein.

Während sie am Kamin eines alten englischen Pubs saßen, nahm er sich alle Zeit dieser Welt, sich ihre Geschichte anzuhören.

Beim Abschied lehnte er jedes Dankeschön von ihr ab; in dieser Stadt sei es nun einmal üblich, auf Fußgänger zu achten, die die Straße überqueren wollten. Nachdem hier im Gegensatz zum europäischen Festland Linksverkehr herrschte, ließen sich durch etwas Aufmerksamkeit viele Unfälle vermeiden. Enya fand ihr Lächeln wieder. Sie fragte nach seinem Namen, er antwortete, sie fände ihn in der Tasche des Mantels, den er ihr gern überlassen würde. Sie wollte das Geschenk nicht annehmen, doch er schwor ihr, dass sie ihm damit einen großen Gefallen tun würde. Jetzt sei es an ihm, sich ihr anzuvertrauen. Er hasse diesen Mantel, seiner Gefährtin gefiel er; wenn er ihn also ganz einfach an einer Garderobe vergessen hätte … Sie würde ihm sicher bald verzeihen. Er ließ sie schwören, das Geheimnis für sich zu behalten. Daraufhin verschwand der Mann so diskret, wie er aufgetaucht war. Etwas später, als sie die Hände in die Manteltasche steckte, entdeckte sie darin statt einer Visitenkarte mehrere Geldscheine, die es ihr erlauben würden, im Warmen zu schlafen, bis sie eine Lösung gefunden hätte.

Mathias begleitete einen Kunden zur Tür, als das Telefon klingelte. Er lief zurück.

»French Bookshop, ich höre?«

Mathias bat seinen Gesprächspartner, etwas langsamer zu sprechen, er würde ihn schlecht verstehen. Der Mann schien etwas gereizt und wiederholte das Gesagte so deutlich wie möglich. Er wollte siebzehn vollständige Larousse-

Enzyklopädien. Er habe den Wunsch, jedem seiner siebzehn Enkelkinder das gleiche Geschenk zu machen, damit sie Französisch lernten.

Mathias beglückwünschte ihn. Das sei eine gute und großzügige Idee. Sein Kunde fragte, ob er die Bestellung gleich aufnehmen könne, er würde den Scheck noch am Nachmittag zur Post bringen. Hocherfreut griff Mathias zu Stift und Papier, um Namen und Adresse seines wohl größten Kunden des Jahres zu notieren. Wenn er sich derart verbissen bemühte, ein so chaotisches Kauderwelsch zu entschlüsseln, musste der Auftrag schon bedeutend sein. Mathias verstand höchstens jeden zweiten Satz seines Gesprächspartners und war außerstande, den sonderbaren Akzent einzuordnen.

»Und wohin sollen die Enzyklopädien geliefert werden?«, fragte er.

»An den Arsch der Welt!«, sagte Antoine und prustete los.

Antoine, der an seinem Bürofenster stand, hielt sich den Bauch und hatte Mühe, seinen Lachanfall und die Tränen, die ihm über die Wangen liefen, vor seinen Mitarbeitern zu verbergen. Sein ganzes Team starrte ihn befremdet an. Auf der anderen Straßenseite, hinter seiner Theke, wurde Mathias von ähnlichen Lachkrämpfen geschüttelt und hatte Mühe, wieder zu Atem zu kommen.

»Gehen wir heute Abend mit den Kindern ins Restaurant?«, fragte Antoine schließlich, als er wieder Luft bekam.

Mathias trocknete seine Tränen. »Ich habe furchtbar viel zu tun, ich wollte eigentlich erst spät nach Hause kommen.«

»Red keinen Blödsinn, ich sehe dich doch von meinem Fenster aus. In deinem Laden herrscht gähnende Leere. Gut, ich hole die Kinder von der Schule ab. Heute Abend gibt es Klößchen, und dann sehen wir uns einen Film an.«

Die Tür der Buchhandlung öffnete sich, und Mr. Glover trat ein. Mathias legte den Hörer beiseite und ging ihm entgegen. Der Besitzer sah sich um. Die Regale waren perfekt bestückt, das Holz der alten Leiter war blank poliert.

»Bravo, Popinot«, sagte er zur Begrüßung. »Ich will Sie unter keinen Umständen stören, das ist jetzt Ihr Geschäft. Ich bin nur zufällig in der Gegend, um ein paar persönliche Dinge zu erledigen. Dabei hat mich ein Anflug von Nostalgie gepackt, und ich musste bei Ihnen vorbeischauen.«

»Mister Glover«, beharrte Mathias, »hören Sie auf, mich Popinot zu nennen.«

Der alte Buchhändler sah den Schirmständer neben dem Eingang – trostlos leer. Mit einem perfekten Schwung warf er seinen hinein.

»Den schenke ich Ihnen. Schönen Tag noch, Popinot.«

Damit verließ John Glover die Buchhandlung. Er hatte richtig gesehen, die Sonne hatte sich durch die Wolken hindurchgekämpft, und die noch feuchten Bürgersteige der Bute Street schimmerten in ihrem Licht. Es war ein schöner Tag.

Mathias vernahm Antoines Stimme, die aus dem Hörer schallte. Er ging zum Telefon zurück.

»Du holst die Kinder ab, und es gibt Klößchen. Und ich komme später nach Hause.«

Mathias legte auf, sah auf seine Uhr und nahm den Hörer erneut ab, um die Nummer einer Journalistin zu wählen, die sicher schon auf ihn wartete.

Audrey harrte geduldig vor dem Eingang der Royal Albert Hall. An diesem Abend wurde ein Gospelkonzert gegeben. Sie hatte noch zwei Karten ergattern können – im Parkett, die begehrtesten Plätze. Unter ihrem in der Taille gegürteten Regenmantel trug sie ein schwarzes dekolletiertes Kleid, schlicht und elegant zugleich.

Begleitet von den beiden Kindern, kam Antoine am Schaufenster der Buchhandlung vorbei. Mathias steckte die Nase tief in sein Rechnungsbuch. Er wartete, bis sie das Ende der Straße erreicht hatten, trat hinaus, um zu sehen, ob die Luft rein war, und drehte sein Schild an der Tür um. Er schloss ab und rannte in die entgegengesetzte Richtung. Vor der U-Bahnstation South Kensington sprang er in ein Taxi und hielt dem Fahrer den Zettel hin, auf den er den Treffpunkt gekritzelt hatte. Vergeblich versuchte er, Audrey zu erreichen, ihr Handy war abgeschaltet.

Der Verkehr auf der Kensington High Street war dicht, die Wagen krochen im Schritttempo Richtung Queens Gate. Der Taxifahrer informierte seinen Fahrgast, in der Royal Albert Hall müsse wohl heute Abend ein Konzert gegeben werden – sicher der Grund für diesen Stau. Mathias erwiderte, dass er sich das wohl denken könne, er habe recht, genau dorthin versuche er zu gelangen. Schließlich hielt er es nicht länger aus, zahlte die zurückgelegte Strecke und beschloss, den Rest zu Fuß zu gehen. Er rannte so schnell er konnte und erreichte atemlos den Haupteingang. Die Halle des großen Theaters war leer. Nur ein paar Kontrolleure standen noch herum. Einer von ihnen informierte ihn, die Vorstellung habe schon begonnen. Mathias versuchte, ihm heftig gestikulierend zu erklären, dass die Person, die er begleite, bereits im Saal sei. Vergebens. Man könne ihn nicht ohne Karte hereinlassen. Eine Programmverkäuferin, die Französisch sprach, eilte ihm zu Hilfe. Enya hatte eine Vertretung übernommen. Sie sagte ihm, die Vorstellung sei im Prinzip gegen Mitternacht zu Ende. Er kaufte ihr ein Programm ab und dankte.

Resigniert beschloss Mathias, sich auf den Heimweg zu machen. Auf der Straße erkannte er das Taxi wieder, das ihn abgesetzt hatte, doch der Fahrer ignorierte ihn. Mathias hinterließ eine Nachricht auf Audreys Handy, stammelte ein paar ungeschickte Worte der Entschuldigung und verlor den letzten Rest an Mut, als es wieder zu regnen begann. Völlig durchnässt kam er zu Hause an.

Emily erhob sich vom Sofa, um ihren Vater zur Begrüßung zu küssen.

»Du könntest deinen Regenmantel ausziehen, es tropft aufs Parkett!«, schimpfte Antoine von der Küche her.

»Guten Abend«, erwiderte Mathias finster.

Er nahm ein Geschirrtuch und trocknete sich damit die Haare. Antoine verdrehte die Augen. Wenig an einem Familienkrach interessiert, gesellte sich Mathias zu den Kindern.

»Zu Tisch!«, rief Antoine.

Alle ließen sich zum Essen nieder. Mathias sah den Topf mit Reis.

»Hieß es nicht, es gäbe Klößchen?«

»Doch. Um Viertel nach acht hatten wir noch Klößchen, aber um Viertel nach neun waren sie leider angebrannt.«

Louis beugte sich zu Mathias hinüber und flüsterte ihm

zu, ob er nicht öfter zu spät kommen könnte, wenn es Klößchen gäbe. Mathias biss sich auf die Zunge, um nicht zu lachen.

»Was gibt es sonst noch im Kühlschrank?«

»Einen ganzen Lachs, doch den muss man braten.«

Pfeifend öffnete Mathias die Tür. »Hast du Gefrierbeutel?«

Verblüfft deutete Antoine auf das Fach über ihm. Mathias legte den Lachs auf die Arbeitsfläche, würzte ihn, steckte ihn in den Plastikbeutel, den er fest verschloss. Er öffnete die Geschirrspülmaschine, legte den so verpackten Fisch in den Gläserkorb und schloss die Tür. Dann drehte er am Einstellknopf und wusch sich anschließend die Hände über dem Spülbecken.

»Schnellwaschgang, fertig in zehn Minuten!«

Und vor den verdutzten Augen von Antoine öffnete er nach zehn Minuten den Geschirrspüler und holte aus einer Dampfwolke einen perfekt gegarten Lachs hervor.

Im Fernsehen lief *Die große Sause*. Mathias rückte seinen Stuhl zurecht, um besser sehen zu können. Antoine griff zur Fernbedienung und schaltete den Apparat ab.

»Bei Tisch wird nicht ferngesehen, sonst unterhält man sich nicht mehr.«

Mathias verschränkte die Arme vor der Brust.

»Ich lausche.«

Einige Minuten lang herrschte Schweigen. Mit zufriedener Miene, die er auch gar nicht zu verbergen suchte, nahm Mathias die Fernbedienung an sich und schaltete das Gerät wieder ein. Als das Essen beendet war, ließen sich alle auf dem Sofa nieder … alle außer Antoine, der die Küche aufräumte.

»Bringst du die Kinder ins Bett?«, fragte er und trocknete einen Teller ab.

»Wir sehen den Film zu Ende und verschwinden dann nach oben«, gab Mathias zurück.

»Ich habe den Film schon mindestens hundertmal gesehen, er dauert noch eine Stunde, es ist spät. Mach, was du willst, aber Louis geht ins Bett.«

Emily, die oft eine größere Reife an den Tag legte als die beiden Erwachsenen, die seit Beginn des Abends stritten, kam zu dem Schluss, die Atmosphäre sei durchaus dazu angetan, gleichzeitig mit Louis zu Bett zu gehen. Solidarität verpflichtet, und so nahm sie ihn bei der Hand und ging mit ihm die Treppe hinauf.

»Du bist wirklich nervig«, sagte Mathias, als er die beiden in ihren Zimmern verschwinden sah.

Er folgte den Kindern und ließ Antoine zurück.

Zehn Minuten später kam er wieder herunter.

»Die Zähne sind geputzt, die Hände gewaschen, die Ohren können bis zum hundertfünfzigsten Mal warten!«

Antoine trat auf ihn zu. »Es ist wichtig, dass wir uns vor den Kindern einig sind«, sagte er in versöhnlichem Tonfall.

Mathias gab keine Antwort. Er zog eine Zigarre aus seiner Jackentasche und zündete sie an.

»Was machst du da?«, fragte Antoine.

»Montecristo Spezial Nummer 2, tut mir leid, ich hab nur eine.«

Antoine zog sie ihm aus dem Mund.

»Regel Nummer 4, im Haus wird nicht geraucht!«, sagte er und schnupperte am Deckblatt.

Mathias nahm Antoine die Zigarre wieder ab und ging wütend in den Garten. Antoine schlug die andere Richtung ein, um sich an seinen Computer zu setzen, seufzte und gesellte sich dann draußen zu Mathias. Als sie Seite an Seite auf der kleinen Bank saßen, hätte Mathias beinahe gesagt, er verstehe jetzt, warum sich Louis' Mutter bis nach Afrika verdrückt hätte, doch die Freundschaft, welche die beiden Männer verband, schützte sie vor solchen Schlägen unter die Gürtellinie.

»Du hast recht, ich glaube, ich bin nervig. Aber ich kann einfach nicht anders.«

»Du hast mich gebeten, dir wieder das Leben beizubringen, erinnerst du dich? Also fang erst mal an, dich zu entspannen. Du schenkst Dingen Bedeutung, die unwichtig sind. Was wäre denn dabei gewesen, wenn Louis etwas später ins Bett gekommen wäre?«

»Er hat morgen Schule und wäre nicht ausgeschlafen.«

»Ja und? Meinst du nicht, die Erinnerung an einen schönen Abend in der Kindheit ist mehr wert als alle Geschichtsstunden der Welt?«

Antoine sah Mathias verständnisvoll an. Er nahm ihm die Zigarre aus der Hand, zündete sie an und zog einmal kräftig.

»Hast du den Wagenschlüssel?«, fragte Mathias.

»Warum?«

»Dein Cabrio ist falsch geparkt, du riskierst einen Strafzettel.«

»Ich muss morgen früh los.«

»Gib sie mir«, sagte Mathias und streckte die Hand aus, »ich suche einen Platz.«

»Nein, wenn ich dir doch sage, dass nachts nicht kontrolliert wird.«

»Und ich sage dir, dass du für heute Abend dein ›Nein‹-Kontingent überschritten hast.«

Antoine reichte seinem Freund den Schlüssel, der klopfte ihm auf die Schulter und ging.

Sobald er allein war, nahm Antoine erneut einen kräftigen Zug, die glimmende Spitze erlosch, als ein heftiger Regenguss einsetzte.

Die Sitzreihen leerten sich schon. Audrey ging den Hauptgang hinauf und stellte sich dem Sicherheitsbeamten vor, der den Zugang zu den Garderoben bewachte. Sie zeigte ihm ihren Presseausweis, der Mann überprüfte ihre Identität auf einer Liste, sie wurde erwartet, er trat zur Seite, um sie vorbeizulassen.

Die Scheibenwischer des Austin schoben die feine Wasserschicht über die Windschutzscheibe. Mathias erinnerte sich an den Weg, den das Taxi genommen hatte, fuhr die Queens Gate entlang und folgte den anderen Wagen, um nicht versehentlich auf die falsche Straßenseite zu geraten. Er parkte am Bordstein vor der Royal Albert Hall und hastete die Stufen zum Eingang hinauf.

Antoine lehnte sich aus dem Fenster. Er sah zwei Parkplätze auf der Straße, einen direkt vor dem Haus, einen schräg gegenüber. Von seinem Wagen aber keine Spur. Kopfschüttelnd löschte er das Licht und legte sich schlafen.

Die Umgebung des Konzerthauses war menschenleer, die Menge hatte sich zerstreut. Ein Pärchen bestätigte Mathias, die Vorstellung sei seit einer halben Stunde beendet. Er kehrte zum Wagen zurück und entdeckte ein Strafmandat an der Windschutzscheibe. Er hörte Audreys Stimme hinter sich und drehte sich um.

Sie war umwerfend in ihrem Abendkleid. Der Mann, der sie begleitete, war um die fünfzig und wirkte sehr vornehm. Sie stellte Alfred Mathias vor und sagte, sie würden sich freuen, wenn er sie zum Essen begleitete. Sie würden in die Brasserie Aubaine gehen, deren Küche bis spät abends geöffnet sei. Und da Audrey Lust hatte, ein Stück zu laufen, schlug sie Mathias vor, schon vorauszufahren, die Tische um diese Zeit seien sehr begehrt, man müsse Schlange stehen. Jetzt sei er an der Reihe! Sie hätte am Schalter für die Karten angestanden …

Am Ende des Abends wusste Mathias wahrscheinlich mehr über Gospels und Alfreds Karriere als dessen Impresario. Der Sänger bedankte sich bei Mathias für die Einladung. Das sei doch selbstverständlich, erwiderte Audrey an seiner Stelle, er hätte das Konzert so genossen … Alfred verabschiedete sich, er müsse sie leider verlassen, morgen würde er in Dublin singen.

Mathias wartete, bis das Taxi um die Ecke gebogen war. Er sah Audrey an, die schweigsam war.

»Ich bin müde, Mathias, ich muss noch halb London durchqueren. Danke für das Abendessen.«

»Kann ich dich wenigstens hinbringen?«

»Bis nach Brick Lane … mit dem Wagen?«

Auf dem ganzen Weg beschränkte sich ihr Gespräch auf die Anweisungen von Audry. In dem alten Cabrio wurde ihr Schweigen nur unterbrochen von »rechts«, »links«, »geradeaus« und bisweilen von »du fährst auf der falschen Straßenseite«. Er setzte sie vor einem kleinen roten Backsteinhaus ab.

»Tut mir wirklich leid wegen vorhin; ich bin in einen Stau geraten«, sagte Mathias und stellte den Motor ab.

»Ich habe dir doch gar keine Vorwürfe gemacht«, sagte Audrey.

»Na ja, dabei würde es heute Abend auf einen mehr oder weniger auch nicht ankommen …«, meinte Mathias und lächelte. »Du hast während des ganzen Essens kaum das Wort an mich gerichtet. Das Leben dieses narzisstischen Tenors hätte das von Moses sein können, du hättest nicht weniger leidenschaftlich verfolgt, was er dir erzählt, du hingst ja wie gebannt an seinen Lippen. Was mich betrifft, so hatte ich das Gefühl, vierzehn Jahre alt zu sein und den ganzen Abend in der Ecke zu stehen.«

»Bist du etwa eifersüchtig?«, fragte Audrey belustigt.

Sie sahen sich tief in die Augen, ihre Gesichter kamen einander langsam näher, und als sich ihre Lippen streiften, legte sie den Kopf auf Mathias' Schulter. Er strich über ihre Wange und zog sie fester an sich.

»Findest du den Weg zurück?«, fragte sie leise.

»Versprich mir, dass du mich von der KFZ-Verwahrstelle abholst.«

»Fahr los, ich rufe dich morgen an.«

»Ich kann nicht losfahren, du sitzt noch im Wagen«, erwiderte Mathias und hielt Audrey an der Hand zurück.

Sie öffnete die Beifahrertür und entfernte sich mit einem Lächeln. Die schlanke Gestalt verschwand in dem Garten vor dem Haus. Als sich Mathias auf den Rückweg zum Zentrum machte, fing es wieder an zu regnen. Nachdem er London von Ost nach West, von Nord nach Süd durchquert hatte und sich zum zweiten Mal am Piccadilly befand, machte er vor Marble Arch kehrt und fragte sich, warum er schon wieder an der Themse entlangfuhr. Um kurz nach halb drei versprach er schließlich einem Taxifahrer zwanzig Pfund Sterling, wenn er bereit wäre, ihn nach South Kensington zu lotsen. So erreichte er dann morgens gegen drei sein Ziel.

Kapitel 9

Auf dem Frühstückstisch standen schon Cornflakes und Marmelade. Louis ahmte seinen Vater nach und las die Zeitung, während Emily ihre Geschichtslektion wiederholte – sie würde heute eine Klassenarbeit schreiben. Sie hob den Blick von ihrem Buch und sah, dass sich Louis die Brille, die Mathias manchmal trug, auf die Nase gesetzt hatte. Sie schnipste ihm ein Brotkügelchen an die Stirn. Im ersten Stock ging eine Tür auf. Emily sprang von ihrem Stuhl, öffnete den Kühlschrank und holte die Flasche mit Orangensaft heraus. Sie schenkte ein Glas ein und stellte es vor Antoines Teller, griff nach der Kaffeekanne und füllte seine Tasse. Louis legte die Zeitung beiseite, um ihr zu helfen. Er steckte zwei Brotscheiben in den Toaster, drückte auf den Knopf, und beide setzten sich wieder, als wäre nichts gewesen.

Antoine kam die Treppe herunter, er sah noch ganz verschlafen aus. Er blickte sich um und dankte den Kindern für das schöne Frühstück.

»Das waren wir gar nicht«, sagte Emily. »Es war Papa, er ist nur zum Duschen noch einmal nach oben gegangen.«

Erstaunt nahm Antoine die beiden Brotscheiben aus dem Toaster und setzte sich an seinen Platz. Zehn Minuten später kam Mathias herunter und riet Emily, sich zu beeilen. Die Kleine küsste Antoine und holte ihren Schulranzen.

»Soll ich Louis mitnehmen?«, fragte Mathias.

»Gern, ich habe nicht die geringste Ahnung, wo mein Wagen geparkt ist!«

Mathias griff in seine Jackentasche und legte die Schlüssel und den Strafzettel auf den Tisch.

»Tut mir leid, ich bin zu spät gekommen, du hattest schon einen an der Windschutzscheibe!«

Er machte Louis ein Zeichen, sich zu beeilen, und brach mit den Kindern auf. Antoine las auf dem Strafzettel, dass sein Wagen fünfundzwanzig Minuten nach Mitternacht widerrechtlich vor einer Feuerwehreinfahrt an der Kensington High Street geparkt war.

Er stand auf, schenkte sich eine zweite Tasse Kaffee ein, sah auf die Uhr des Backofens und ging in sein Zimmer, um sich fertig zu machen.

»Nicht zu viel Lampenfieber wegen der Klassenarbeit?«, fragte Mathias seine Tochter, als sie den Schulhof betraten.

»Sie oder du?«, fragte Louis verschmitzt.

Emily beruhigte ihren Vater, indem sie den Kopf schüttelte. Sie hielt vor der Linie an, die das Basketballfeld am Boden begrenzte. Der rote Strich markierte nicht nur die Freiwurflinie, sondern auch die Stelle, an der ihr Vater sie in die Freiheit entlassen musste. Ihre Kameraden erwarteten sie schon am Eingang. Mathias sah die echte Séverine Morel, die an einem Baum lehnte.

»Gut, dass wir am Wochenende geübt haben, jetzt übernimmst du die Poleposition«, sagte Mathias um einen aufmunternden Ton bemüht.

Emily pflanzte sich vor ihrem Vater auf. »Das ist doch kein Formel-1-Rennen, Papa«, sagte sie.

»Ich weiß, aber wir können doch trotzdem ein kleines Siegerpodest anpeilen.«

Emily entfernte sich, begleitet von Louis, und ließ ihren Vater allein auf dem Hof zurück. Er sah, wie sie im Schulgebäude verschwand, und machte besorgt kehrt.

Als er in die Bute Street einbog, sah er Antoine auf der Terrasse des Coffee Shops und gesellte sich zu ihm.

»Glaubst du, sie sollte sich zur Wahl als Klassensprecherin aufstellen lassen?«, fragte Mathias und nahm einen Schluck von Antoines Cappuccino.

»Das hängt davon ab, ob du vorhast, sie auch auf die Stadtratsliste zu setzen. Ich persönlich bin gegen jede Ämterhäufung.«

»Wollt ihr mit euern Streitereien nicht bis zu den Ferien warten?«, meinte Sophie amüsiert und setzte sich zu ihnen.

»Wer sagt denn, dass wir uns streiten?«, gab Antoine zurück.

Die Bute Street erwachte zum Leben, und die drei Freunde machten sich einen Heidenspaß daraus, über die Passanten herzuziehen und Witze zu reißen.

Sophie musste sie schließlich verlassen, zwei Kunden warteten vor ihrer Ladentür.

»Ich gehe auch, ich muss die Buchhandlung öffnen«, sagte Mathias und erhob sich. »Rühr die Rechnung nicht an, heute zahle ich.«

»Hast du jemand anderen?«, fragte Antoine.

»Kannst du präzisieren, was mit ›jemand anderen‹ gemeint ist? Sonst fange ich nämlich an, mir ernsthaft Sorgen um dich zu machen.«

Antoine nahm Mathias die Rechnung aus der Hand und ersetzte sie durch den Strafzettel, den Mathias ihm in der Küche überreicht hatte.

»Nichts, vergiss es, das war albern von mir«, erwiderte Antoine mit trauriger Stimme.

»Gestern Abend musste ich einfach mal raus, die Atmosphäre im Haus war etwas bedrückend. Was ist los, Antoine? Du machst ein Gesicht wie zehn Tage Regenwetter.«

»Ich habe eine Mail von Karine bekommen. Sie kann ihren Sohn während der Osterferien nicht nehmen. Das Schlimmste ist, dass ich Louis erklären soll, dass es nicht anders geht, dabei weiß ich nicht einmal, wie ich ihm die Nachricht überhaupt beibringen soll.«

»Und was hast du ihr gesagt?«

»Karine rettet die Welt, was soll ich ihr da sagen? Louis wird furchtbar enttäuscht sein, und ich muss die Sache wieder ins Lot bringen«, fügte Antoine mit bebender Stimme hinzu.

Mathias setzte sich wieder. Er legte den Arm um Antoines Schulter und zog ihn an sich. »Ich habe eine Idee«, sagte er. »Und wenn wir in den Osterferien mit den Kindern nach Schottland reisen, um Gespenster zu jagen? Ich habe neulich einen Artikel über eine organisierte Reise gelesen, in der alte Spukschlösser besichtigt werden.«

»Meinst du nicht, dass sie noch ein bisschen klein dafür sind? Sie könnten Angst bekommen, oder?«

»Wer Angst kriegt, bist du – und zwar vor deinem eigenen Leben.«

»Könntest du dich denn überhaupt frei machen mit deiner Buchhandlung?«

»In den Osterferien ist kaum mit Kundschaft zu rechnen; ich schließe für fünf Tage, davon geht die Welt nicht unter.«

»Was weißt du denn schon von deiner Kundschaft – du warst doch um diese Jahreszeit noch nie hier.«

»Ich weiß es eben und fertig. Ich kümmere mich um die Flugtickets und die Hotelreservierungen. Und heute Abend geben wir den Kindern die frohe Botschaft bekannt.« Mathias sah seinen Freund an und stellte erleichtert fest, dass der sein Lächeln wiedergefunden hatte. »Moment, ich habe ein wichtiges Detail vergessen. Wenn wir wirklich einem Gespenst begegnen, bist du es, der mit ihm verhandelt, mein Englisch ist noch nicht gut genug. Bis später!« Mathias legte den Strafzettel wieder auf den Tisch und brach endgültig auf.

Als Antoine während des Abendessens unter Mathias' verschmitzten Blicken ihr Reiseziel in den Osterferien bekannt gab, waren Emily und Louis so aus dem Häuschen, dass sie sofort eine Liste mit den Ausrüstungsgegenständen aufstellten, die dringend benötigt wurden, um jeder möglichen Gefahr zu trotzen. Die Freude erreichte ihren Höhepunkt, als Antoine zwei Wegwerfkameras verteilte – beide mit einem Spezialblitzlicht ausgestattet, um die Leichentücher auszuleuchten.

Als die Kinder schon schlafen gegangen waren, trat Antoine in das Zimmer seines Sohnes und legte sich neben ihn aufs Bett.

Er habe ein Problem, sagte er, das ihn sehr beschäftige, und das müsse er mit Louis besprechen: Seine Mutter könne nicht mit nach Schottland kommen. Er habe geschworen, nichts zu sagen, aber sei's drum: Der Grund sei, sie habe schreckliche Angst vor Gespenstern, und deshalb wäre es nicht besonders nett, sie zu einer solchen Reise zu überreden. Louis dachte einen Augenblick angestrengt nach und kam dann zu dem Schluss, dass es tatsächlich nicht besonders nett wäre. Also versprachen sich beide, sozusagen als Wiedergutmachung, dass Louis den ganzen August mit ihr am Meer verbringen würde. Antoine erzählte die Gutenachtgeschichte, und als der gleichmäßige Atem des Jungen darauf hindeutete, dass er eingeschlafen war, verließ sein Papa auf Zehenspitzen das Zimmer.

Als Antoine gerade behutsam die Tür schließen wollte, hörte er seinen Sohn mit kaum vernehmbarer Stimme fragen, ob seine Mama denn im August wirklich aus Afrika zurückkommen würde.

Für Mathias und Antoine verging die Woche wie im Flug, für die beiden Kinder, die die Tage bis zum Aufbruch zu den schottischen Schlössern zählten, sehr viel langsamer. Das Leben im Haus hatte eine gewisse Ordnung gefunden. Und selbst wenn Mathias abends, das Handy am Ohr, oft im Garten »frische Luft schnappte«, hütete sich Antoine, ihm auch nur die geringste Frage zu stellen.

Der Samstag war ein richtiger Frühlingstag, und alle beschlossen, einen Spaziergang um den See des Hyde Park zu machen. Sophie, die sie begleitete, versuchte vergebens, einen Reiher zu zähmen. Zum großen Vergnügen der Kinder entfernte sich der Vogel, sobald sie versuchte, sich ihm zu nähern, und kam zurück, sobald sie ihm den Rücken kehrte.

Während Emily großzügig ihr Päckchen mit Keksen zerkrümelte und selbstlos an die Kanadagänse verteilte, hatte Louis den Auftrag, die Mandarinenten vor der sicheren Magenverstimmung zu bewahren, indem er ihnen nachrannte. Und während des ganzen Spaziergangs liefen Sophie und Antoine Seite an Seite, während Mathias ihnen in geringem Abstand folgte.

»Nun, wie steht es um die Gefühle des Empfängers deiner Briefe?«, fragte Antoine.

»Ach, es ist alles sehr kompliziert«, erwiderte Sophie.

»Kennst du einfache Liebesgeschichten? … Du kannst es mir ruhig gestehen, du bist meine beste Freundin, ich werde dich nicht verurteilen. Ist er verheiratet?«

»Geschieden!«

»Was hält ihn da noch zurück?«

»Seine Erinnerungen, nehme ich an.«

»So ein Feigling! Ein Schritt zurück, ein Schritt vor, man verwechselt Entschuldigungen und Vorwände und findet gute Gründe, sich zu verbieten, in der Gegenwart zu leben.«

»Ein ziemlich hartes Urteil aus deinem Munde, meinst du nicht?«, fragte Sophie.

»Jetzt bist du aber ungerecht. Ich übe einen Beruf aus, den ich liebe, ich ziehe meinen Sohn groß, der Auszug seiner Mutter liegt fünf Jahre zurück. Ich finde, ich habe getan, was ich konnte, um der Vergangenheit den Rücken zu kehren.«

»Indem du mit deinem besten Freund zusammenlebst oder in deinen Schwamm verliebt bist?«, fragte Sophie und lachte.

»Hör auf damit, mach keine Geschichte draus.«

»Du bist mein bester Freund, deshalb habe ich auch das Recht, dir alles zu sagen. Sieh mir in die Augen und wage zu sagen, dass du ruhig schlafen kannst, wenn deine Küche unaufgeräumt ist.«

Antoine zerzauste Sophies Haar. »Du bist ein echtes kleines Luder.«

»Nein, aber du bist ein echter Pedant.«

Mathias verlangsamte den Schritt. Als er den Abstand für angemessen hielt, zog er sein Handy aus der Tasche und schrieb eine SMS, die er sogleich abschickte.

Sophie hakte sich bei Antoine unter. »Ich gebe uns dreißig Sekunden, bis Mathias antanzt«, sagte sie.

»Was erzählst du da – er soll eifersüchtig sein?«

»Auf unsere Freundschaft? Natürlich«, erwiderte Sophie. »Ist es dir noch nicht aufgefallen? Wenn er mich abends aus Paris angerufen und sich erkundigt hat, wie's mir geht …«

»Er hat abends angerufen und sich erkundigt, wie's dir geht?«, fiel ihr Antoine ins Wort.

»Ja, zwei-, dreimal die Woche. Ich sagte also, als er mich angerufen und sich erkundigt hat, wie's mir geht …«

»Er hat dich wirklich jeden zweiten Tag angerufen?«, unterbrach Antoine sie erneut.

»Darf ich meinen Satz zu Ende sprechen?«

Antoine nickte nur.

»Wenn ich ihm sagte, ich könne nicht mit ihm sprechen, weil ich gerade mit dir telefoniere, rief er alle zehn Minuten erneut an, um zu prüfen, ob wir aufgelegt hätten.«

»Aber das ist doch absurd. Bist du dessen ganz sicher?«

»Du glaubst mir nicht? Wenn ich jetzt den Kopf an deine Schulter lehne, wette ich mit dir, dass er in weniger als zwei Sekunden bei uns ist.«

»Das ist doch lächerlich«, flüsterte Antoine, »warum sollte er eifersüchtig auf unsere Freundschaft sein?«

»Weil man auch in der Freundschaft ungeteilte Zuneigung beanspruchen kann. Und du hast recht, das ist vollkommen lächerlich.«

Antoine malte mit der Fußspitze Kreise in den Kiesboden und fragte: »Glaubst du, er hat jemanden in London?«

»Du meinst einen Therapeuten?«

»Nein … eine Frau!«

»Er hat mir nichts erzählt.«

»Hat er dir nichts gesagt, oder willst du es nur nicht zugeben?«

»Aber wenn er jemanden kennengelernt hat, wäre das doch eine gute Neuigkeit, oder?«

»Natürlich, ich würde mich wahnsinnig für ihn freuen«, gab Antoine zurück.

Sophie sah ihn verblüfft an. Sie hielten vor einem kleinen Kiosk. Louis und Emily entschieden sich für ein Eis, Antoine für eine Crêpe und Sophie für eine Waffel. Antoine sah sich nach Mathias um, der, den Blick auf sein Handydisplay gerichtet, in einigem Abstand folgte.

»Lehn den Kopf an meine Schulter, nur als Test«, sagte er zu Sophie und wandte sich um.

Sie lächelte und tat wie geheißen.

Mathias pflanzte sich vor ihnen auf und tönte: »Gut, und weil ich sehe, dass es allen völlig gleich ist, ob ich hier bei euch bin oder nicht, lasse ich euch beide jetzt allein! Falls euch die Kinder stören, zögert nicht, sie in den See zu werfen. Ich gehe arbeiten, da habe ich wenigstens das Gefühl, dass ich existiere.«

»Du willst an einem Samstagnachmittag arbeiten? Deine Buchhandlung ist geschlossen, falls ich dich daran erinnern darf«, sagte Antoine.

»Heute findet eine Versteigerung antiquarischer Bücher statt, habe ich in der Zeitung gelesen.«

»Du handelst neuerdings mit antiquarischen Büchern?«

»Hör gut zu, Antoine, falls Christie's eines Tages alte Winkelmaße oder alte Zirkel versteigert … werde ich dich daran erinnern. Und falls ihr rein zufällig bemerken solltet, dass ich heute Abend nicht am Tisch sitze, dann wahrscheinlich, weil die Versteigerung länger dauert.«

Mathias küsste seine Tochter, machte Louis ein Zeichen und verschwand, ohne sich von Sophie zu verabschieden.

»Worum hatten wir gewettet?«, fragte Sophie triumphierend.

Mathias hetzte quer durch den Park. Am Hyde Park Corner rief er ein Taxi und nannte sein Ziel in einem bruchstückhaften Englisch. Im Hof des Buckingham Palace fand gerade das berühmte Changing of the Guards statt, die Wachablösung. Durch die vielen Passanten, welche die Parade der Soldaten der Königin sehen wollten, ging der Verkehr rund um den Palast wie jedes Wochenende nur stockend voran.

Eine Reiterkolonne bewegte sich im Schritt den Birdcage Walk entlang. Mathias, der den Arm aus dem Fenster hängen ließ, klopfte ungeduldig auf die Tür.

»Das ist ein Taxi, Sir, und kein Pferd«, sagte der Fahrer und warf ihm einen finsteren Blick im Rückspiegel zu.

In der Ferne zeichnete sich die Silhouette der Houses of Parliament gegen den Himmel ab. Nach der Blechlawine zu urteilen, die sich bis zur Westminster Bridge wälzte, würde er niemals rechtzeitig eintreffen. Als Audrey auf seine Nachricht geantwortet und sich am Fuß des Big Ben mit ihm verabredet hatte, hatte sie hinzugefügt, dass sie eine halbe Stunde und keine Minute länger warten würde.

»Ist dies der einzige Weg?«, fragte Mathias flehentlich.

»Es ist bei Weitem der schönste«, erwiderte der Fahrer und deutete mit dem Finger auf die blühenden Alleen des St. James Park.

Da von Blumen die Rede war, vertraute Mathias ihm an, er habe ein Rendezvous und jede Sekunde zähle. Wenn er zu spät käme, wäre alles für ihn verloren.

Der Mann machte augenblicklich kehrt. Das Taxi schlängelte sich durch die schmalen Straßen des Regierungsviertels und traf rechtzeitig ein. Big Ben schlug drei, und Mathias hatte nur fünf Minuten Verspätung. Er dankte dem Fahrer mit einem üppigen Trinkgeld und eilte die Treppe zum Flussufer hinunter. Audrey, die ihn auf einer Bank erwartete, stand auf und fiel ihm in die Arme. Ein Paar lächelte im Vorübergehen.

»Solltest du den Tag nicht mit deinen Freunden verbringen?«

»Doch, aber ich habe es einfach nicht mehr ausgehalten, ich musste dich unbedingt sehen, ich habe mich den ganzen Nachmittag über gefühlt, als wäre ich fünfzehn.«

»Steht dir nicht schlecht, das Alter«, sagte sie und küsste ihn.

»Und du, solltest du heute nicht arbeiten?«

»Doch, leider… wir haben nur eine knappe halbe Stunde für uns.«

Da sie nun einmal in London war, hatte ihr Sender sie mit einer zweiten Reportage beauftragt – diese über die wichtigsten touristischen Attraktionen der Stadt.

»Mein Kameramann wurde zum zukünftigen Austragungsort der Olympischen Spiele gerufen, und ich muss ganz allein zurechtkommen. Ich soll mindestens zehn Einstellungen aufnehmen, ich weiß nicht mal, wo ich anfangen soll, und das Ganze muss Montagmorgen in Paris sein.«

Mathias flüsterte ihr die geniale Idee ins Ohr, die ihm gerade gekommen war. Er hob die Kamera auf und nahm Audrey bei der Hand.

»Schwörst du mir, dass du wirklich damit umgehen kannst?«

»Wenn du die Videofilme sehen würdest, die ich in den Ferien gedreht habe – du würdest aus dem Staunen nicht mehr herauskommen.«

»Und du kennst dich genügend aus in der Stadt?«

»So lange, wie ich hier schon lebe!«

Da er sicher war, sich auf die Kompetenz der Londoner Taxifahrer verlassen zu können, hatte Mathias keine Bedenken, für den Rest des Nachmittags die Rolle des Reporter-Kameramann-Führers zu spielen.

Nähe verpflichtet, und so musste man mit dem Filmen der majestätischen Schleifen der Themse und der Brücken beginnen, die sich darüber spannten. Es war faszinierend zu sehen, wie perfekt sich die gewaltigen Bauwerke – Früchte moderner Architektur – in die urbane Landschaft einfügten. Weit mehr als ihre europäischen Schwestern hatte sich London innerhalb von knapp zwei Jahrzehnten nachweislich verjüngt. Audrey wollte mehrere Einstellungen vom Königspalast machen, doch Mathias insistierte, sie könne sich auf seine Erfahrung verlassen: Samstags sei die Umgebung von Buckingham wegen der Menschenmassen nicht zu empfehlen. Nicht weit entfernt beriet sich eine Gruppe französischer Touristen, ob sie die neue Tate Gallery oder das Elektrizitätswerk von Battersea besichtigen sollte, dessen vier Türme auf der Hülle eines Albums von Pink Floyd prangten.

Der Älteste von ihnen schlug seinen Führer auf, um laut die Beschreibung dieser Sehenswürdigkeit vorzulesen. Mathias spitzte die Ohren und näherte sich unauffällig. Während Audrey beiseitetrat, um mit ihrem Produzenten zu telefonieren, wuchs der Argwohn der Touristen angesichts dieses sonderbaren Mannes, der sich zu ihnen gesellt hatte. Man hatte sie vor Taschendieben gewarnt, und so entfernten sie sich genau in dem Augenblick, als Audrey ihr Handy einsteckte.

»Ich muss dir eine wichtige Frage stellen, was unsere Zukunft betrifft«, verkündete Mathias. »Magst du Pink Floyd?«

»Sehr«, erwiderte Audrey. »Inwiefern ist das wichtig für unsere Zukunft?«

Mathias nahm die Kamera wieder an sich und teilte ihr mit, ihr nächstes Ziel befinde sich ein Stück weiter flussaufwärts.

Am Fuß des Gebäudes angelangt, wiederholte Mathias Wort für Wort, was er gehört hatte, und erklärte Audrey, der Architekt dieser Anlange, Sir Gilbert Scot, sei auch der Designer der berühmten roten Telefonzellen.

Die Kamera auf der Schulter erläuterte Mathias, der Bau des Elektrizitätswerks von Battersea sei 1929 in Angriff genommen und zehn Jahre später abgeschlossen worden. Audrey war sehr beeindruckt von Mathias' Kenntnissen, und er versprach ihr, dass ihr das nächste Ziel, das er gewählt hatte, noch besser gefallen würde.

Als sie die Esplanade überquerten, grüßte er die französische Touristengruppe, die ihm entgegenkam, und zwinkerte dem Ältesten unter ihnen zu. Kurz darauf saßen sie in einem Taxi, das sie zur Tate Modern brachte.

Mathias hatte eine sehr gute Wahl getroffen. Es war das fünfte Mal, dass Audrey das Museum besuchte, das die größte Sammlung moderner Kunst Großbritanniens beherbergte, und sie würde sich wohl nie satt daran sehen. Sie kannte inzwischen jeden Winkel. Am Eingang bat sie der Wärter, ihre Videoausrüstung an der Garderobe abzugeben. Für kurze Zeit vergaß Audrey ihre Reportage, nahm Mathias bei der Hand und führte ihn in die oberen Etagen. Eine Rolltreppe trug sie in den Bereich, in dem eine Werkschau des kanadischen Fotografen Jeff Wall gezeigt wurde. Audrey steuerte direkt auf den Saal Nr. 7 zu und blieb vor einem Foto von etwa drei auf vier Meter stehen.

»Sieh dir das an«, sagte sie voller Bewunderung.

Auf der monomentalen Fotografie war ein Mann abgebildet, der über seinem Kopf wirbelnde Papierblätter betrachtete, die der Wind den Händen eines Spaziergängers entrissen hatte. Die Seiten eines verlorenen Manuskripts zeichneten die geschwungene Linie eines Vogelflugs.

An Mathias' Augen sah Audrey, wie beeindruckt er war, und war glücklich, diesen Moment mit ihm teilen zu können. Doch was ihn berührte, war weniger das Foto als vielmehr sie, die es betrachtete.

Sie hatte sich geschworen, nicht zu lange davor zu verweilen, doch als sie das Museum verließen, neigte sich der Tag fast seinem Ende zu. Hand in Hand setzten sie ihren Weg am Flussufer in Richtung OXO-Tower fort.

»Bleibst du zum Essen?«, fragte Antoine vor der Haustür.

»Ich bin müde, es ist spät«, antwortete Sophie.

»Auch du solltest zu einer Versteigerung gehen – einer für Trockenblumen …«

»Wenn ich so deiner schlechten Laune entgehen kann, öffne ich meinen Laden sogar bis Mitternacht.«

Antoine senkte die Augen und trat in den Wohnraum.

»Was hast du? Du hast den Mund nicht aufgemacht, seitdem wir den Park verlassen haben.«

»Darf ich dich um einen Gefallen bitten?«, flüsterte Antoine. »Lässt du mich heute Abend nicht allein mit den Kindern?«

Sophie war erstaunt über den traurigen Ausdruck in seinen Augen und erwiderte: »Unter der Voraussetzung, dass du nicht deine Küche betrittst, sondern uns ins Restaurant führst.«

»Gehen wir zu Yvonne?«

»Ganz gewiss nicht! Schluss mit der Routine, ich kenne einen Ort in Chinatown, eine richtige Kaschemme mit kitschiger Einrichtung, wo man aber die köstlichste Pekingente serviert bekommt.«

»Ist deine Kaschemme wenigstens sauber?«

Sophie antwortete nicht, sie rief die Kinder und erklärte ihnen, das Abendprogramm sei radikal geändert worden. Sie hatte den Satz noch nicht zu Ende gesprochen, als Louis und Emily schon auf dem Rücksitz des Austin Platz genommen hatten.

Als sie die Außentreppe hinuntergingen, ahmte sie Antoine nach: »Ist deine Kaschemme wenigstens sauber?«

Sie fuhren die Old Brompton Road entlang, als Antoine plötzlich bremste.

»Wir hätten Mathias eine Nachricht hinterlassen und ihm Bescheid geben sollen, wo wir sind. Schließlich war er nicht sicher, wie lange die Versteigerung dauert.«

»Schon komisch«, flüsterte Sophie, »als du anfangs von deinem Plan sprachst, ihn nach London zu holen, hattest du Angst, er könnte wie eine Klette an dir hängen. Meinst du, es gelingt dir, einen ganzen Abend ohne ihn zu verbringen?«

»Da haben wir unsere Zweifel«, erwiderten Louis und Emily wie aus einem Munde.

Die Esplanade, die den OXO-Komplex umgab, erstreckte sich bis zum Flussufer. Hier reihten sich kleine Läden und Werkstätten aneinander, die in ihren Schaufenstern die neuesten Kollektionen von Stoffen, Keramik, Möbeln und Einrichtungsaccessoires anboten. Mathias drehte Audrey den Rücken zu, nahm sein Handy und tippte auf der Tastatur.

»Mathias, ich flehe dich an: Nimm die Kamera und filme mich, es wird gleich dunkel.«

Er ließ das Handy in seine Tasche gleiten und drehte sich, um ein Lächeln bemüht, zu ihr um.

»Alles in Ordnung?«, fragte sie.

»Ja, ja, alles okay. Wo waren wir stehen geblieben?«

»Du filmst das gegenüberliegende Ufer, und sobald ich zu sprechen anfange, schwenkst du auf mich. Achte darauf, dass du eine Gesamtaufnahme von mir hast, ehe du das Gesicht in Großaufnahme zeigst.«

Mathias drückte auf die Aufnahmetaste. Der Motor der Kamera lief schon. Audrey sprach ihren Text, ihre Stimme änderte sich, und ihre Sätze nahmen diesen eher abgehackten Rhythmus an, der bei TV-Aufzeichnungen obligatorisch zu sein schien. Plötzlich hielt sie inne.

»Bist du sicher, dass du richtig mit der Kamera umgehen kannst?«

»Natürlich«, gab Mathias zurück und entfernte den Sucher vom Auge. »Warum fragst du das?«

»Weil du statt des Zooms die Sonnenblende betätigst.«

Mathias betrachtete das Objektiv und nahm die Kamera wieder auf die Schulter.

»Gut, halte weiter auf mich, wir schließen beim letzten Satz an.«

Diesmal war es Mathias, der die Aufnahme unterbrach. »Dein Schal stört mich, der Wind weht ihn immer wieder vor dein Gesicht«, sagte er.

Er trat auf Audrey zu, legte den Stoff um ihren Hals, küsste sie und kehrte zu seinem Platz zurück. Audrey hob den Kopf, das Abendlicht hatte einen orangefarbenen Schimmer angenommen, weiter westlich färbte sich der Himmel schon rot.

»Komm, lass, es ist zu spät«, sagte sie bedauernd.

»Aber ich sehe dich noch sehr gut durchs Objektiv.«

Audrey ging auf ihn zu und nahm ihm die Ausrüstung ab. »Mag sein, aber auf dem Bildschirm siehst du nur einen großen dunklen Fleck.«

Sie führte ihn zu einer Bank in der Nähe der Uferböschung, räumte ihr Material ein, richtete sich auf und entschuldigte sich bei Mathias.

»Du warst ein perfekter Führer«, sagte sie.

»Der Führer bedankt sich«, erwiderte Mathias lakonisch.

»Alles in Ordnung?«

»Ja«, kam die knappe Antwort.

Sie lehnte den Kopf an seine Schulter, und beide sahen schweigend einem Schiff nach, das langsam den Fluss hinauffuhr.

»Weißt du, auch ich denke daran«, murmelte Mathias.

»Und woran denkst du?«

Sie hielten sich bei der Hand, und ihre Finger spielten miteinander.

»Und auch ich habe Angst«, setzte Mathias hinzu, »doch es ist nicht schlimm, Angst zu haben. Heute Nacht schlafen wir zusammen, und es wird ein Fiasko sein. Jetzt wissen wir wenigstens, dass der andere es weiß; übrigens jetzt, da ich weiß, dass du es weißt …«

Um ihn zum Schweigen zu bringen, drückte Audrey die Lippen auf seine.

»Ich glaube, ich habe Hunger«, sagte sie und erhob sich.

Sie hakte sich bei ihm unter und führte ihn zu dem Turm. Von der Fensterfront des Restaurants in der obersten Etage hätte man einen atemberaubenden Blick über die Stadt …

Audrey drückte auf den Knopf des Aufzugs, und die gläserne Kabine in ihrem transparenten Gehäuse schwebte in die Höhe. Sie deutete auf das Riesenrad. Aus dieser Entfernung hatte man fast den Eindruck, höher zu sein als die oberste Kabine. Und als sich Audrey umdrehte, sah sie, dass Mathias' Gesicht weißer war als ein Leichentuch.

»Alles in Ordnung?«, fragte sie besorgt.

»Nein, überhaupt nicht!«, erwiderte Mathias mit kaum vernehmbarer Stimme.

Wie gelähmt vor Angst, legte er die Kamera ab und drohte, den Rücken an der Glaswand, in sich zusammenzusacken. Bevor er ohnmächtig wurde, presste sich Audrey an ihn und legte seinen Kopf auf ihre Schulter, um zu verhindern, dass er in die Tiefe schaute. Schützend legte sie die Arme um ihn.

Das Glöckchen klingelte, und die Türen öffneten sich auf die Rezeption des Restaurants im obersten Stock. Ein eleganter Kellner betrachtete höchst erstaunt dieses Liebespaar, das sich so leidenschaftlich und zugleich zärtlich umarmte, dass er sich nur eine schöne Zukunft für die beiden vorstellen konnte. Der Oberkellner blinzelte, das Glöckchen ertönte erneut, und die Kabine schwebte wieder nach unten. Wenige Augenblicke später fuhr ein Taxi zum Brick-Lane-Viertel, auf der Rückbank zwei Liebende, die sich noch immer umschlungen hielten.

Das Laken bedeckte sie bis zu den Hüften. Mathias spielte mit ihrem Haar. Sie hatte den Kopf auf seine Brust gelegt.

»Hast du Zigaretten?«, fragte Audrey.

»Ich rauche nicht.«

Sie beugte sich vor, küsste ihn auf den Nacken und zog die Nachttischschublade auf. Sie steckte die Hand hinein und angelte mit den Fingerspitzen ein altes, zerknittertes Päckchen und ein Feuerzeug hervor.

»Wusste ich es doch, dass er raucht, dieser Lügner.«

»Wer ist der Lügner?«

»Ein alter Freund, ein Fotograf, von dem der Sender diese Wohnung gemietet hat. Er ist für sechs Monate nach Asien aufgebrochen zu einer Reportage.«

»Und wenn er nicht in Asien ist, siehst du ihn dann oft, diesen Freund?«

»Er ist ein Freund, Mathias!«, sagte sie und verließ das Bett.

Sie trat ans Fenster, führte die Zigarette an ihre Lippen, und die Flamme des Feuerzeugs flackerte auf.

»Wohin schaust du?«, fragte sie, die Stirn an die Scheibe gedrückt.

»Auf die Rauchspiralen.«

»Warum?«

»Nur so«, erwiderte Mathias.

Audrey kehrte ins Bett zurück, schmiegte sich an Mathias und fuhr mit dem Daumen über die Konturen seiner Lippen.

»Du hast eine Träne an den Wimpern«, sagte sie und fing sie mit der Zungenspitze auf.

»Du bist so schön«, murmelte Mathias.

Antoine fröstelte und zog die Decke bis zu den Schultern, sodass jetzt die Füße unbedeckt waren. Schlotternd öffnete er die Augen. Der Wohnraum lag im Halbdunkel; Sophie war nicht mehr da. Er nahm die Decke mit und ging die Treppe hinauf. Oben angelangt, öffnete er Mathias' Tür einen Spalt breit und sah, dass sein Bett unberührt war. Er trat in das Zimmer seines Sohns, glitt unter die Steppdecke. Louis drehte sich mit geschlossenen Augen um und schloss seinen Vater in die Arme; so verging die Nacht.

Das Tageslicht drang in das Schlafzimmer. Mathias schlug die Augen auf und rekelte sich. Mit einer Hand tastete er die andere Betthälfte ab. Auf dem Kopfkissen entdeckte er einen kleinen Zettel. Er richtete sich auf und entfaltete ihn.

Ich bin neue Kassetten holen gegangen, Du hast noch geschlafen wie ein Engel. Zärtlich, Audrey.
P.S.: Das Bett ist nur fünfzig Zentimeter vom Boden entfernt, also keine Gefahr!

Er legte die Nachricht auf den Nachttisch und gähnte ausgiebig. Nachdem er seine Jeans am Fußende des Betts aufgelesen hatte, fand er sein Hemd im Eingang, seinen Slip auf einem Stuhl in der Nähe und machte sich auf die Suche nach seinen restlichen Sachen. Im Badezimmer betrachtete er skeptisch das Mikado der Zahnbürsten in einem Becher. Er griff zur Zahnpasta, schmierte die erste Portion, die aus der Tube kam, auf den Waschbeckenrand und verteilte die zweite auf der Spitze seines Zeigefingers.

Er durchwühlte die ganze Küche, fand aber nur zwei halb leere Dosen Tee in einem Schrank, ein altes Päckchen mit Keksen in der hintersten Ecke eines Regals, ein Stück gesalzene Butter in einem Kühlschrankfach und seine Socken unter dem Tisch.

In der Hoffnung, ein Café in der Nähe zu finden, wo man ihm ein Frühstück servieren würde, das diesen Namen verdiente, zog er sich hastig an.

Audrey hatte den Schlüsselbund deutlich sichtbar auf das Tischchen im Eingang gelegt.

Seiner Größe nach zu urteilen, waren nicht alle für diese Wohnung bestimmt. Es mussten auch Schlüssel ihres Pariser Appartements dabei sein, das Audrey ihm letzte Nacht beschrieben hatte.

Er ließ die am Ring befestigten Bommel durch die Finger gleiten. In ihre Betrachtung vertieft, dachte er, was für ein Glück sie doch hatten, immer in ihrer Nähe sein zu dürfen. Er stellte sich sie in Audreys Hand vor, wie sie damit spielte, während sie telefonierte, wie sie den Geheimnissen lauschte, die ihr eine Freundin anvertraute. Als ihm klar wurde, dass er im Begriff war, die Bommel eines Schlüsselbunds zu beneiden, fing er sich wieder. Es wurde wirklich Zeit, dass er etwas zu essen bekam.

Die Bürgersteige wurden von kleinen roten Backsteinhäusern gesäumt. Pfeifend und die Hände in den Hosentaschen, steuerte Mathias auf die nächste große Straßenkreuzung zu. Mehrere Abzweigungen später glaubte er, endlich sein Glück gefunden zu haben.

Wie jeden Sonntagmorgen herrschte reges Treiben auf dem Spitalfields Market. Die Stände quollen über von Trockenfrüchten und Gewürzen aus allen Provinzen Indiens. Etwas weiter stellten Tuchhändler ihre aus Madras oder Kaschmir importierten Stoffe aus. Mathias nahm auf der Terrasse des ersten Cafés Platz, das er fand, und hieß den jungen Kellner willkommen, der an seinen Tisch trat.

Er war aus der Gegend um Kalkutta gebürtig, identifizierte sogleich Mathias' Akzent und erklärte, wie sehr er Frankreich liebe. In der Schule habe er Französisch immer als erste Fremdsprache gewählt, sogar vor Englisch. Er studiere internationale Wirtschaft an der British School Academy. Er hätte gern in Paris studiert, doch im Leben habe man nicht immer die Wahl. Mathias gratulierte ihm zu seinem Vokabular, das er bemerkenswert fand. Die Chance nutzend, sich endlich einmal problemlos ausdrücken zu können, bestellte er ein komplettes Frühstück und eine Zeitung, falls zufällig eine auf dem Tresen lag.

Der Kellner verneigte sich, um ihm für diese Bestellung, die ihn ehre, zu danken, und verschwand. Voller Vorfreude und hungrig rieb sich Mathias die Hände, glücklich über all diese unvorhergesehenen Ereignisse, die das Leben ihm bot, glücklich, auf dieser sonnigen Terrasse zu sitzen, glücklich bei der Vorstellung, Audrey bald wiederzusehen, und schließlich, auch wenn es ihm nicht bewusst war, glücklich darüber, glücklich zu sein.

Er müsste Antoine Bescheid geben, dass er erst am späten Nachmittag zurückkommen würde, und während er noch über eine Entschuldigung nachgrübelte, suchte er in seiner Tasche nach seinem Handy. Er musste es in seiner Jacke gelassen haben. Die sah er übrigens genau vor sich, zusammengerollt auf dem Sofa von Audreys Wohnung. Er würde ihm später eine SMS schicken, der Kellner näherte sich schon mit einem riesigen Tablett. Er stellte auf seinem Tisch eine Reihe von Gerichten ab, sowie ein Exemplar des *Calcutta Express* vom Vortag und eine zwei Tage alte *Times of India*; die Tageszeitungen waren auf Bengali und auf Hindi geschrieben.

»Was ist das?«, fragte Mathias und deutete erschrocken auf den Teller Linsensuppe, der vor ihm stand.

»Das ist Dhal«, erwiderte der Kellner, »und Halwa Suri, beides sehr gut! Der gesalzene Joghurt in dem Glas ist Lassi«, fügte er hinzu. »Ein komplettes … indisches Frühstück. Das wird Ihnen schmecken.«

Glücklich, seinen Gast zufriedengestellt zu haben, kehrte der Kellner in die Küche zurück.

Sie hatten beide dieselbe Idee gehabt, ohne sich abgesprochen zu haben. Der Tag war strahlend und würde viele Touristen in die Bute Street locken. Während die eine

Tische und Stühle auf ihrer Restaurantterrasse aufstellte, arrangierte die andere ihr Schaufenster.

»Du arbeitest auch am Sonntag?«, rief Yvonne zu Sophie hinüber.

»Ist mir lieber, als zu Hause herumzuhocken.«

»Das Gleiche habe ich mir auch gesagt.« Yvonne trat näher. »Du siehst müde aus«, sagte sie und strich Sophie über die Wange.

»Schlechte Nacht, wahrscheinlich Vollmond.«

»Außer bei dir gibt es zweimal die Woche Vollmond, musst du dir eine andere Erklärung einfallen lassen.«

»Dann sagen wir einfach, ich habe schlecht geschlafen.«

»Siehst du die Jungs heute nicht?«

»Sie machen heute auf Familie.«

Sophie hob eine große Vase hoch, Yvonne half ihr, sie in den Laden zu tragen. Dann zog Yvonne sie nach draußen.

»Komm, lass deine Blumen einen Augenblick, sie verblühen nicht gleich. Trink einen Kaffee auf meiner Terrasse, ich glaube, wir haben uns einiges zu sagen.«

»Ich schneide noch schnell diesen Rosenstock, dann komme ich«, erwiderte Sophie, die ihr Lächeln wiedergefunden hatte.

Die Gartenschere durchschnitt den Stiel. Aufmerksam betrachtete John Glover die Blume. Die Blüte war fast so groß wie die einer Pfingstrose, und ihre Blätter waren herrlich gekräuselt, was ihr einen wilden Aspekt verlieh, so wie er es sich erträumt hatte. Er musste zugeben, dass das Ergebnis der Veredelung, die er letztes Jahr in seinem Gewächshaus vorgenommen hatte, all seine Hoffnungen übertraf. Wenn er diese Rose bei der nächsten Blumenschau in

Chelsea vorstellen würde, bekäme er bestimmt einen Preis. Für John Glover war diese Blume nicht nur eine simple Rose, sie war zum sonderbarsten Paradoxon geworden, mit dem er je zu tun gehabt hatte. Bei diesem Mann, der einer der großen englischen Familien entstammte, waren Demut und Bescheidenheit fast eine Religion. Wohlhabend durch einen Vater, der ehrenhaft im Krieg gefallen war, hatte er die Führung seines ererbten Vermögens einem Verwalter überlassen. Und niemals hätte ein Kunde der kleinen Buchhandlung, die er jahrzehntelang geführt hatte, noch einer seiner Nachbarn sich vorstellen können, dass dieser zurückgezogen lebende Mann, der den kleineren Teil eines Hauses bewohnte, dessen Eigentümer er gewesen war, derart wohlhabend war.

Wie viele Krankenhauspavillons hätten seinen Namen auf ihrem Giebeldreieck einmeißeln, wie viele Stiftungen hätten ihn ehren können, wäre die einzige Bedingung seiner Großzügigkeit nicht gewesen, stets anonym zu bleiben. Angesichts einer simplen Rose aber konnte er im Alter von siebzig Jahren nicht der Versuchung widerstehen, ihr seinen Namen zu geben.

Die Rose mit den blassen Blütenblättern würde den Namen Glover tragen. Die einzige Rechtfertigung, die er für diese Entscheidung fand, war, dass er keine Nachkommen hatte. Dies war am Ende sein Weg, seinen Namen überleben zu lassen.

John stellte die Blume in eine schlanke Vase und nahm sie mit in das Gewächshaus. Er betrachtete die weiße Fassade seines Landsitzes und war glücklich, nach all den Jahren der Arbeit hier seinen wohlverdienten Ruhestand zu verbringen. Der große Garten empfing den Frühling in all seiner Pracht.

Doch inmitten dieser Schönheit fehlte ihm die einzige Frau, die er ebenso diskret liebte, wie er gelebt hatte. Eines Tages würde Yvonne zu ihm nach Kent kommen.

Antoine wurde von den Kindern geweckt. Über das Treppengeländer gebeugt, blickte er in den Wohnraum. Louis und Emily hatten sich Frühstück gemacht, das sie, vor dem Sofa am Boden hockend, mit großem Appetit verzehrten. Das Kinderprogramm hatte eben erst begonnen, was ein Weilchen Ruhe für Antoine bedeutete. Um nicht bemerkt zu werden, tat er einen Schritt zurück und träumte schon von dem Stündchen zusätzlichen Schlafs, das er sich gönnen würde. Vorher aber betrat er Mathias' Zimmer – das Bett war unberührt. Emilys Lachen drang von unten herauf. Antoine schlug die Decke zurück, nahm den Pyjama vom Kleiderhaken im Badezimmer und legte ihn gut sichtbar über den Stuhl. Er schloss geräuschlos die Tür und kehrte in seine Gemächer zurück.

Ohne seine Jacke hatte er weder Portemonnaie noch Handy bei sich. Nervös wühlte Mathias in seinen Hosentaschen auf der Suche nach einem Geldschein, um die vom Kellner vorgelegte Rechnung zu begleichen. Mit den Fingerspitzen ertastete er eine Banknote. Erleichtert reichte er dem Ober den Zwanzigpfundschein und wartete auf das Wechselgeld.

Der junge Mann reichte ihm fünfzehn Münzen, nahm die Zeitungen wieder an sich und fragte, ob er gute Nachrichten darin gelesen hätte. Mathias erhob sich und erwiderte, er würde nur Tamilisch lesen, mit dem Hindi hätte er noch seine Schwierigkeiten.

Es wurde höchste Zeit zurückzukehren, Audrey wartete sicher schon. Er nahm den Weg, über den er gekommen war, das wenigstens glaubte er, doch schon an der ersten Kreuzung wurde ihm klar, dass er sich total verlaufen hatte. Als er sich auf der Suche nach einem Straßenschild oder einem ihm bekannten Gebäude einmal um die eigene Achse drehte, begriff er, dass er keine Chance hatte, das Haus wiederzufinden, da er einmal im Taxi und einmal mit Audrey nachts hergekommen war.

Er fühlte Panik in sich aufsteigen und bat einen Passanten um Hilfe. Der Mann war elegant, trug einen weißen Bart und einen Turban, der bemerkenswert kunstvoll um seinen Kopf gewickelt war. Wenn Peter Sellers aus *Der Partyschreck* einen Bruder hätte, dann stand er gerade vor ihm.

Mathias erklärte, er suche ein Haus mit drei Etagen und einer Fassade aus roten Backsteinen. Der Mann forderte ihn auf, sich umzusehen. Alle benachbarten Straßen waren von roten Backsteinhäusern gesäumt, die, wie in vielen englischen Städten, völlig identisch waren.

»*I am so lost*«, sagte Mathias hilflos.

»*Oh, yes Sir*«, erwiderte der Mann, indem er das »R« verschluckte, »*don't worry too much, we are all lost in this big world …*«

Er klopfte ihm freundschaftlich auf die Schulter und setzte seinen Weg fort.

Antoine schlief friedlich, das heißt, bis zwei Kanonenkugeln auf seinem Bett landeten. Louis zielte auf seinen linken Arm, Emily auf seinen rechten.

»Papa ist nicht da?«, fragte die Kleine.

»Nein«, erwiderte Antoine und richtete sich auf, »er ist schon früh arbeiten gegangen. Ich passe heute auf euch Monster auf.«

»Ich weiß«, sagte Emily, »ich war in seinem Zimmer. Er hat nicht mal sein Bett gemacht.«

Emily und Louis baten um die Erlaubnis, Rad fahren zu dürfen, und schworen, nie den Bürgersteig zu verlassen und sehr vorsichtig zu sein. Da der Clareville Grove keine Durchgangsstraße und nur wenig befahren war, willigte er ein. Und während sie die Treppe hinunterstürmten, schlüpfte er in seinen Morgenmantel und ging nach unten, um sich Frühstück zu machen. Er könnte vom Küchenfenster aus ein Auge auf die beiden haben.

Allein im Brick-Lane-Viertel fühlte sich Mathias mit dem wenigen Geld, das er noch in der Tasche hatte, wirklich verloren. An der Straßenecke entdeckte er eine Telefonzelle. Er stürzte hinein, legte seine Münzen oben auf den Apparat, bevor er hektisch eine in den Schlitz steckte. Als letzten Ausweg wählte er die einzige Londoner Nummer, die er auswendig kannte.

»Entschuldige mal kurz, könntest du mir erklären, was genau du in Brick Lane machst?«, fragte Antoine und schenkte sich Kaffee ein.

»Hör zu, das ist jetzt wirklich nicht der Moment, mir diese Art von Fragen zu stellen. Ich rufe dich von einer Kabine aus an, die anscheinend seit sechs Monaten nicht mehr gefüttert worden ist und darum gleich drei Münzen auf einmal verschlingt, um dir einen guten Tag zu wünschen, und es bleiben mir nicht mehr viele.«

»Du hast mir aber keinen guten Tag gewünscht, du hast gesagt ›Ich brauche dich‹«, fuhr Antoine fort und schmierte in aller Seelenruhe sein Brot, »also, ich höre …«

Da er nicht wusste, was er sagen sollte, bat Mathias entmutigt, ob er seine Tochter sprechen könnte.

»Nein, kannst du nicht, sie fährt draußen mit Louis Rad. Weißt du nicht zufällig, wo die Kirschmarmelade geblieben ist?«

»Ich stecke in der Scheiße, Antoine«, gestand Mathias.

»Und was kann ich in diesem Fall für dich tun?«

Mathias drehte sich in seiner Kabine um und stellte fest, dass sich eine lange Schlange vor der Tür gebildet hatte.

»Nichts, du kannst nichts tun«, murmelte er, als er sich der Situation bewusst wurde, in der er sich befand.

»Und warum rufst du mich dann an?«

»Nur so, ein Reflex … Sag Emily, dass ich bei der Arbeit zurückgehalten wurde, und küss sie von mir!«

Mathias legte auf.

Auf dem Gehweg sitzend, hielt sich Emily ihr aufgeschürftes Knie, und schon kullerten dicke Tränen über ihre Wangen. Eine Frau überquerte die Straße, um ihr zu Hilfe zu eilen. Louis rannte zum Haus. Er stürzte sich auf seinen Vater und zog mit aller Macht an seiner Pyjamahose.

»Komm, Emily ist hingefallen, schnell!«

Antoine folgte seinem Sohn und rannte die Straße entlang.

Die Frau neben Emily fuchtelte mit den Armen und rief empört: »Wo ist denn deine Mutter?«

»Hier ist sie, die Mutter«, sagte Antoine, als er auf ihrer Höhe angelangt war.

Die Frau starrte perplex auf Antoines karierten Schlafanzug, hob den Blick gen Himmel und entfernte sich wortlos.

»Wir fahren in zwei Wochen nach Schottland, um Gespenster zu jagen!«, rief Antoine ihr nach. »Auch ich habe ein Recht darauf, mich den Umständen entsprechend zu kleiden, oder?«

Mathias saß auf einer Bank und trommelte mit den Fingern auf die Rückenlehne. Eine Hand legte sich auf seinen Nacken.

»Was machst du hier?«, fragte Audrey. »Wartest du schon lange?«

»Nein, ich bin nur etwas spazieren gegangen«, erwiderte Mathias.

»Ganz allein?«

»Nun ja, ganz allein, warum?«

»Ich bin zur Wohnung zurück, du hast nicht geöffnet, ich hatte keinen Schlüssel, ich habe mir Sorgen gemacht.«

»Ich weiß wirklich nicht, warum. Wenn dein Reporterfreund allein nach Tadschikistan fährt, kann ich doch durchs Brick-Lane-Viertel spazieren, ohne dass man gleich die Polizei einschaltet.«

Audrey sah ihn lächelnd an und fragte: »Wie lange irrst du schon hier herum?«

Kapitel 10

Nachdem Emilys aufgeschürftes Knie verbunden und ihre Tränen gegen das Versprechen, dass beim nächsten Essen jeder Nachtisch erlaubt sei, vergessen waren, ging Antoine nach oben, um endlich zu duschen und sich anzuziehen. Vom Wohnbereich auf der anderen Seite der Treppe her war nichts zu hören. Er trat ins Badezimmer, setzte sich auf den Wannenrand und betrachtete sich im Spiegel. Die Tür öffnete sich, und Louis steckte den Kopf herein.

»Was machen wir denn für ein langes Gesicht?«

»Dasselbe wollte ich dich gerade fragen«, gab Louis zurück.

»Sag bloß, du hattest vor, ganz spontan zu duschen.«

»Nein, aber ich wollte dir sagen, wenn du traurig bist, kannst du ruhig mit mir darüber sprechen. Dein bester Freund ist nicht Mathias, das bin ich.«

»Ich bin nicht traurig, mein Kleiner, ich bin nur ein bisschen müde.«

»Mama sagt auch immer, sie ist müde, wenn sie zu einer ihrer Reisen aufbricht.«

Antoine betrachtete seinen Sohn, der ihn von der Türschwelle aus musterte.

»Komm her zu mir«, murmelte Antoine.

Louis trat ein, und sein Vater schloss ihn fest in die Arme.

»Willst du deinem Vater einen ganz großen Gefallen tun?« Und als Louis nickte, flüsterte Antoine ihm ins Ohr: »Werde mir bloß nicht allzu schnell groß.«

Um Audreys Reportage abzuschließen, mussten sie zur Portobello Road auf der anderen Seite der Stadt fahren. Auf Mathias' Initiative hin, der seine Brieftasche nicht in seiner Jacke gefunden hatte, hatten sie beschlossen, den Bus zu nehmen. Am Sonntag war der Markt geschlossen, nur die Trödelstände ganz oben in der Straße hatten geöffnet. Audrey gab ihre Kamera nicht mehr aus der Hand, Mathias folgte ihr und ließ keine Gelegenheit aus, sie mit dem kleinen Digitalapparat zu fotografieren, den er in ihrer Videotasche gefunden hatte. Am frühen Nachmittag ließen sie sich auf der Terrasse des Mediterraneo nieder.

Antoine lief die Bute Street entlang. Er betrat Sophies Laden und fragte, ob sie den Nachmittag mit ihnen verbringen wolle. Die junge Floristin lehnte die Einladung ab. Heute wären viele Leute unterwegs, und sie habe noch mehrere Sträuße vorzubereiten.

Yvonne eilte aus der Küche zu den Tischen auf der Terrasse, die bereits zum großen Teil besetzt waren. Mehrere Gäste wurden schon ungeduldig und wollten endlich ihre Bestellung aufgeben.

»Alles in Ordnung?«, fragte Antoine.

»Nein, überhaupt nicht«, erwiderte Yvonne, »hast du gesehen, was hier los ist? In einer halben Stunde ist es brechend voll. Ich bin heute Morgen um sechs Uhr aufgestanden, um frischen Lachs zu kaufen, den ich als Tagesgericht anbieten wollte, und jetzt kann ich ihn nicht zubereiten, weil mich mein Backofen im Stich gelassen hat.«

»Funktioniert denn deine Spülmaschine?«, fragte Antoine.

Yvonne sah ihn verwundert an.

»Vertrau mir, in zehn Minuten kannst du dein Tagesgericht servieren.«

Und als er wissen wollte, ob sie Gefrierbeutel hätte, stellte Yvonne keine Fragen mehr, sie öffnete eine Schublade und gab ihm, was er verlangte.

Antoine ging zu den Kindern, die vor dem Tresen auf ihn warteten, und kniete sich nieder, um ihnen ein Angebot zu machen. Emily nahm es sofort an, Louis verlangte eine Entschädigung in Form einer Taschengelderhöhung. Antoine meinte, er sei wohl noch etwas jung für Erpressungsversuche, sein Sohn fand, es sei ein fairer Handel. Mit der Drohung, ihm den Hintern zu versohlen, war die Angelegenheit geregelt. Die beiden Kinder setzten sich an einen Tisch im Restaurantraum, Antoine verschwand in der Küche, legte eine Schürze um und kam gleich darauf mit Stift und Block wieder heraus, um die Bestellungen auf der Terrasse aufzunehmen. Als Yvonne ihn fragte, was genau er da tue, schlug er ihr in einem Ton, der keinen Widerspruch duldete, vor, sich in der Küche zu betätigen, er kümmere sich um den Rest. Er fügte hinzu, er habe für heute genug verhandelt. Der Lachs sei in zehn Minuten fertig.

Mathias stellte die Digitalkamera auf den Tisch und drückte auf den Selbstauslöser. Dann forderte er Audrey auf, sich zu ihm herüberzubeugen, damit beide im Bild wären. Belustigt über ihre Gymnastik, schlug der Kellner vor, sie zu fotografieren. Mathias nahm das Angebot gerne an.

»Wir benehmen uns wirklich wie zwei Touristen«, meinte Audrey, nachdem sie sich bei dem Kellner bedankt hatte.

»Schließlich besichtigen wir die Stadt, oder?«

»So kann man's auch sehen«, sagte sie und griff nach der Flasche, um ihr Glas zu füllen.

Mathias nahm sie ihr aus der Hand und schenkte ihr ein.

»Selten, so ein Gentleman. Du hast mir nicht ein einziges Mal von deiner Tochter erzählt«, sagte Audrey.

»Nein, das stimmt«, erwiderte Mathias und senkte die Stimme.

Audrey bemerkte, dass sich sein Gesichtsausdruck verändert hatte.

»Hast du das Sorgerecht?«

»Sie lebt bei mir.«

»Emily, das ist ein hübscher Name, wo ist sie jetzt gerade?«

»Bei Antoine, meinem besten Freund. Du bist ihm in meiner Buchhandlung begegnet, doch du wirst dich nicht erinnern. Genau genommen ist es ihm zu verdanken, dass wir uns auf dem Schulhof wiedergesehen haben.«

Der Keller brachte das Dessert, das Audrey bestellt hatte, und den Espresso für Mathias. Sie verteilte die Maronencreme auf ihrer Waffel.

»Weißt du«, fuhr Mathias fort, »am Anfang habe ich doch tatsächlich geglaubt, du seiest Louis' Lehrerin.«

»Wie bitte?«

»Die Lehrerin von Antoines Sohn.«

»Wie bist du denn darauf gekommen?«

»Das ist ein bisschen schwer zu erklären«, erwiderte Mathias und naschte von der Creme.

»Und seine Lehrerin ist hübscher als ich?«, neckte ihn Audrey.

»Oh, nein!«

»Deine Tochter und Louis verstehen sich gut?«

»Wie Bruder und Schwester.«

»Wann siehst du sie wieder?«

»Heute Abend«, erwiderte Mathias.

»Das trifft sich gut«, sagte sie und suchte eine Zigarette in ihrer Tasche. »Ich muss nämlich ein wenig Ordnung in meine Sachen bringen.«

»Du sagst das so, als hättest du die Absicht, dich morgen früh vor einen Zug zu werfen.«

»Davor werfen nicht, einsteigen wohl.«

Sie wandte sich um und bestellte auch einen Espresso.

»Du fährst weg?«, fragte er mit einer Stimme, die jede Selbstsicherheit verloren hatte.

»Ich fahre nicht weg, ich fahre nach Hause. Das ist nicht dasselbe.«

»Und wann wolltest du mir das sagen?«

»Jetzt.«

Sie rührte automatisch in der Tasse. Mathias hielt ihre Hand fest.

»Du hast gar keinen Zucker drin«, sagte er und nahm ihr den Löffel weg.

»Paris ist nur zwei Stunden und vierzig Minuten entfernt. Und schließlich kannst auch du mich besuchen, oder? Das heißt, wenn du Lust hast.«

»Natürlich habe ich Lust. Aber noch lieber wäre es mir, dass du gar nicht erst fährst und wir uns während der Woche sehen können. Ich hätte dir natürlich nicht vorgeschlagen, gleich am Montagabend mit mir essen zu gehen, ich hätte dir keine Angst machen, mich nicht aufdrängen wollen, aber vielleicht Dienstag; du hättest mir geantwortet, dass du diesen Dienstag leider schon etwas vorhast; also hätten wir uns auf Mittwoch geeinigt. Mittwoch wäre für uns beide perfekt gewesen. Natürlich wäre uns die erste Wochenhälfte unendlich lang erschienen, die zweite etwas weniger, weil wir uns ja am Wochenende sehen würden. Übrigens hätten wir nächsten Sonntag zum Brunch an diesem Tisch gesessen, der bereits unser Tisch geworden wäre.«

Audrey drückte ihre Lippen auf die von Mathias.

»Weißt du, was wir jetzt tun sollten?«, murmelte sie. »Diesen Sonntag nutzen, weil wir an unserem Tisch sitzen und wir noch einen ganzen Nachmittag für uns haben, nur für uns.«

Mathias war außerstande herauszuhören, was Audrey gerade vorgeschlagen hatte. Er wusste, dass für ihn der Nachmittag die Farbe des Trübsinns hätte. Er gab vor, sich über einen Passanten lustig zu machen. Auch wenn sie jetzt neben ihm saß, fehlte sie ihm bereits, seitdem sie angekündigt hatte, dass sie abreisen würde. Er betrachtete die Wolken am Himmel.

»Glaubst du, es wird regnen?«, fragte er.

»Keine Ahnung«, antwortete Audrey.

Mathias drehte sich um und machte dem Kellner ein Zeichen.

»Sie wollten die Rechnung?«, fragte Antoine.

»Hier«, rief ein Gast und winkte von der anderen Seite der Terrasse aus.

Antoine stapelte drei Teller auf dem Unterarm, sammelte das Besteck ein und wischte schwungvoll den Tisch mit einem Schwamm ab. Hinter ihm wartete Sophie, um den eben frei werdenden Platz zu besetzen.

»Sie scheinen Ihren Beruf zu lieben«, sagte sie und ließ sich auf den Stuhl sinken.

»Ich bin im siebten Himmel«, rief ein strahlender Antoine und reichte ihr die Karte.

»Sagst du den Kindern, sie sollen sich zu mir setzen?«

»Als Tagesgericht empfehlen wir einen köstlichen gedämpften Lachs. Und wenn ich mir einen Rat erlauben darf, bewahren Sie sich noch etwas Appetit für den Nachtisch auf. Unsere Crème caramel ist einmalig.«

Damit verschwand Antoine wieder im Restaurant.

Noch immer auf der Suche nach seiner Brieftasche, tastete Mathias erneut seine Jacke ab. Audrey versuchte, ihn zu beruhigen, er hätte sie bestimmt zu Hause vergessen. Außerdem hätte sie ihn immer bar bezahlen sehen. Mathias war trotzdem besorgt, und die Situation war ihm schrecklich peinlich.

Seit sie sich kannten, hatte sie ihn nie einladen dürfen, also war Audrey froh, sich revanchieren zu können, und bedauerte sogar, dass es nur um eine simple Waffel und einige Kaffees ging. Sie hatte so viele Männer gekannt, die peinlich darauf achteten, die Rechnung zu teilen.

»Hast du so viele gekannt?«, fragte Mathias.

»Bist du etwa ein bisschen eifersüchtig?«

»Nicht im Geringsten, und außerdem sagt Antoine dauernd, Eifersucht heißt, dem anderen nicht zu vertrauen. Das ist lächerlich und entwürdigend.«

»Sagt Antoine das, oder sind das deine Gedanken?«

»Gut, ich bin ein bisschen eifersüchtig«, räumte er ein, »aber nur so viel wie nötig. Wenn man es gar nicht ist, dann ist man auch nicht besonders verliebt.«

»Hast du noch weitere Theorien über die Eifersucht?«, fragte Audrey mit leicht ironischem Unterton und erhob sich.

Sie gingen die Portobello Road entlang. Audrey hatte sich bei Mathias untergehakt. Für ihn war jeder Schritt, der sie der Bushaltestelle näher brachte, ein Schritt, der sie voneinander entfernte.

»Ich habe eine Idee«, sagte Mathias. »Lass uns auf dieser Bank Platz nehmen. Das Viertel ist hübsch, wir brauchen nicht viel, wir bewegen uns nicht mehr vom Fleck.«

»Du willst sagen, wir bleiben unentwegt hier sitzen?«

»Genau das.«

»Wie lange?«, fragte Audrey und setzte sich.

»So lange wir wollen.«

Ein leichter Wind war aufgekommen, sie fröstelte.

»Und wenn es Winter wird?«, fragte sie.

»Dann halte ich dich noch fester umarmt.«

Audrey flüsterte ihm ins Ohr, sie hätte eine noch viel bessere Idee. Wenn sie sich beeilten, um den Bus zu erreichen, der gerade um die Ecke bog, könnten sie in höchstens einer halben Stunde in der Wohnung in Brick Lane sein. Mathias sah sie an, lächelte, und sie machten sich auf den Weg.

Der Doppeldeckerbus stoppte an der Haltestelle.

Audrey stieg auf die hintere Plattform, Mathias blieb auf dem Bürgersteig stehen. An seinem Blick erkannte sie, was los war, und machte dem Kontrolleur ein Zeichen, noch nicht das Signal zur Weiterfahrt zu geben. Sie setzte einen Fuß auf die Fahrbahn.

»Weißt du«, vertraute sie ihm leise an, »das gestern war alles andere als ein Fiasko.«

Mathias antwortete nicht, sie legte die Hand auf seine Wange und strich über seine Lippen.

»Paris ist nur zwei Stunden und vierzig Minuten entfernt«, sagte sie.

»Beeil dich, du zitterst.«

Als sich der Bus entfernte, winkte Mathias und wartete, bis er verschwunden war.

Er kehrte zu der Bank am kleinen Westbourne Grove zurück und betrachtete das Liebespaar, das vor ihm herlief. Als er in die Tasche griff, auf der Suche nach dem Kleingeld, mit dem er nach Hause zurückfahren könnte, fand er einen Zettel.

Auch Du hast mir den ganzen Nachmittag gefehlt.
Audrey.

Kapitel 11

Der Tag ging zu Ende. Sophie begleitete Antoine und die Kinder bis zur Haustür. Louis wollte, dass sie mit ihm Hausaufgaben machte, doch sie erklärte ihm, auch sie hätte noch Aufgaben zu erledigen.

»Willst du nicht bleiben?«, fragte Antoine.

»Nein, ich gehe heim, ich bin müde.«

»Hat es sich wirklich gelohnt, das Geschäft am Sonntag zu öffnen?«

»So habe ich schon einen Teil meines Monatsumsatzes hereingearbeitet und kann ein paar Tage Urlaub nehmen.«

»Fährst du weg?«

»Ein verlängertes Wochenende.«

»Und wohin?«

»Ich weiß noch nicht, das ist eine Überraschung.«

»Der Mann mit den Briefen?«

»Ja, du sagst es, der Mann mit den Briefen, ich treffe mich in Paris mit ihm, und dann bringt er mich irgendwo hin.«

»Und du weißt nicht, wohin?«, drängte Antoine.

»Wenn ich es wüsste, wäre es ja keine Überraschung mehr.«

»Erzählst du es mir hinterher?«

»Vielleicht. Ich finde dich reichlich neugierig.«

»Entschuldige meine Aufdringlichkeit«, sagte Antoine, »schließlich geht es mich nichts an. Ich spiele hier ja nur seit sechs Monaten den Cyrano de Bergerac und schreibe an deiner Stelle Liebesbriefe, aber natürlich gibt mir das nicht das Recht, gute Neuigkeiten mit dir zu teilen! … Stell bloß keine Fragen, wenn wir übers Wochenende wegfahren, Antoine, konzentrier dich aufs Schreiben, denn wenn ich zurückkomme und mich einsam oder traurig fühle, wäre ich dir dankbar, wenn du wieder zur Feder greifen und einen Brief verfassen könntest, der ihn noch verliebter macht, damit er mich wieder zu einem Wochenende einlädt, von dem ich dir natürlich auch nichts erzählen werde!«

Die Arme verschränkt, musterte Sophie Antoine und fragte: »Bist du fertig?«

Antoine antwortete nicht, er hatte den Blick auf seine Schuhspitzen gerichtet, und in diesem Moment sah er seinem Sohn mehr als ähnlich. Sophie hatte Mühe, ernst zu bleiben. Sie drückte ihm einen Kuss auf die Stirn und ging.

Die Nacht brach über Westbourne Grove herein. Eine junge Frau in einem Mantel, der zu groß für sie war, setzte sich auf die Bank an der Bushaltestelle.

»Frieren Sie?«, fragte sie.

»Nein, es geht«, antwortete Mathias.

»Es scheint Ihnen nicht gut zu gehen.«

»Manchmal sind die Sonntage so.«

»Das kenne ich auch«, meinte die junge Frau und erhob sich.

»Guten Abend«, sagte Mathias.

»Guten Abend«, gab sie zurück.

Er verabschiedete sich mit einem Nicken, das sie erwiderte, ehe sie in den Bus stieg, der jetzt vor ihr hielt. Mathias sah ihr hinterher und fragte sich, wo er sie schon einmal gesehen hatte.

Müde von ihrem Nachmittag im Park waren die Kinder nach dem Abendessen auf dem Sofa eingeschlafen. Antoine hatte sie ins Bett getragen. Jetzt saß er im Wohnraum und genoss die Ruhe. Sein Blick fiel auf Mathias' Brieftasche, die er in einer Schale im Eingang hatte liegen lassen. Er öffnete sie und zog vorsichtig an der überstehenden Ecke eines Fotos. Das im Lauf der Jahre leicht zerknitterte Bild zeigte eine lächelnde Valentine, deren Hände auf dem gerundeten Bauch ruhten – ein Zeugnis aus einer anderen Zeit. Antoine schob es vorsichtig an seinen Platz zurück.

Yvonne ging in die Dusche und drehte den Hahn auf. Das warme Wasser rann über ihren Körper. Glücklicherweise war Antoine beim Bedienen eingesprungen. Manchmal fragte sie sich, was sie ohne ihn machen würde. Sie dachte wieder an seine im Dampf der Spülmaschine gegarten Lachssteaks und lachte laut auf. Doch schnell unterbrach sie ein Hustenanfall. Erschöpft, aber gut gelaunt schlüpfte sie in ihren Bademantel und legte sich aufs Bett. Am Ende des Flurs wurde eine Tür geschlossen. Das junge Mädchen, das jetzt bei ihr wohnte, war nach Hause gekommen. Yvonne wusste nicht viel über sie, doch wie immer verließ sie sich auf ihren Instinkt. Man musste der Kleinen nur etwas unter die Arme greifen, dann würde sie es schaffen. Und auch für sie selbst war es ein Vorteil. Es tat ihr einfach gut, jemanden im Haus zu haben. Seit John die Buchhandlung aufgegeben hatte, fühlte sie sich oft sehr einsam.

Enya legte ihren Mantel ab und ließ sich aufs Bett fallen. Sie zog die Geldscheine aus ihrer Jeanstasche und zählte sie. Ein guter Tag, das Trinkgeld, das sie im Restaurant Westbourne Grove, wo sie aushalf, bekommen hatte, reichte für eine Woche. Der Wirt war zufrieden mit ihr gewesen und hatte ihr angeboten, am nächsten Wochenende wieder zu arbeiten.

Das Schicksal von Enya war schon seltsam. Zehn Jahre zuvor war ihre Familie Opfer von Dürre und Hungersnot geworden. Eine junge Ärztin hatte sie in einer Notunterkunft aufgenommen.

Eines Nachts hatte sie sich mithilfe der französischen Ärztin in einem Lastwagen versteckt. Das war der Anfang einer monatelangen Odyssee gewesen, die sie vom Süden in den Norden führte. Ihre Weggefährten waren nicht etwa unglücklich, sondern voller Hoffnung, eines Tages den Überfluss kennenzulernen.

In Tanger hatte sie das Meer überquert. Ein anderes Land, andere Täler, die Pyrenäen. Ein Schlepper erzählte ihr, früher habe man seinen Großvater bezahlt, damit er die Leute in die entgegengesetzte Richtung führte. Die Geschichte veränderte sich, nicht aber das Los der Menschen.

Ein Freund hatte ihr gesagt, auf der anderen Seite des Ärmelkanals würde sie finden, was sie seit jeher suchte: Das Recht, frei und sie selbst zu sein. In England lebten Menschen unterschiedlicher Rassen und Religionen friedlich zusammen und respektierten einander. Diesmal fuhr sie in Calais los, versteckt unter dem Drehgestell eines

Eisenbahnwagens. Während der Zug fuhr, wusste sie, dass ihre Reise ein Ende gefunden hatte.

An diesem Abend blickte sie sich glücklich um: ein Bett, das zwar schmal, aber sauber bezogen war, ein kleiner Schreibtisch mit einem hübschen Kornblumenstrauß, der das Zimmer freundlich machte, ein Fensterchen, durch das sie, wenn sie sich etwas reckte, die Dächer des Viertels überblickte. Das Zimmer war nett, die Hausherrin diskret und das Wetter seit einigen Tagen frühlingshaft.

Audrey schob die Videokassetten zwischen einige zusammengerollte Pullover und T-Shirts. Es war nicht leicht, die Einkäufe, die sie während ihres Monats in London getätigt hatte, im Koffer zu verstauen. Sie richtete sich auf und inspizierte das Zimmer ein letztes Mal, um sich zu vergewissern, dass sie nichts vergessen hatte. Sie hatte keine Lust, zu Abend zu essen, und auch wenn sie fühlte, dass es ihr schwerfallen würde, musste sie versuchen zu schlafen. Sie würde am frühen Morgen an der Gare du Nord ankommen. Sie müsste die Aufnahmen beim Sender abgeben, nachmittags an der Redaktionskonferenz teilnehmen, und falls ihre Reportage einen baldigen Sendetermin hätte, auch sofort im Schneideraum das Material sichten. Als sie die Küche betrat, fiel ihr Blick auf die im Aschenbecher ausgedrückte Zigarette und wanderte dann zu den beiden Gläsern mit Rotweinresten auf dem Tisch. Im Spülbecken stand eine Tasse. Sie nahm sie, betrachtete den Rand und fragte sich, welche Stelle Mathias mit seinen Lippen berührt hatte. Sie nahm sie mit ins Schlafzimmer und packte sie in ihren Koffer.

Der Wohnraum lag im Halbdunkel. Mathias schloss so leise wie möglich die Eingangstür und schlich zur Treppe. Sobald er den Fuß auf die erste Stufe setzte, flammte das Licht der Lampe auf dem Beistelltisch auf. Er drehte sich um und entdeckte Antoine im Sessel. Er ging zu ihm, nahm die Wasserflasche vom Couchtisch und leerte sie in einem Zug.

»Wenn sich einer von uns beiden verliebt, dann bin ich der Erste!«, sagte Antoine.

»Das kannst du machen, wie du willst«, entgegnete Mathias und stellte die Flasche zurück.

Wütend sprang Antoine auf. »Nein, das kann ich nicht machen, wie ich will, und verkauf mich nicht für dumm. Wenn ich mich verlieben würde, wäre das schon ein Verrat, aber in deinem Fall erst recht!«

»So beruhige dich doch! Glaubst du wirklich, nachdem ich alles darangesetzt habe, diese Wand zu Fall zu bringen, würde ich jetzt, wo ich endlich mit meiner Tochter zusammenwohne, wo unsere beiden Kinder glücklich sind, so glücklich, wie ich sie nie zuvor erlebt habe, das Risiko eingehen, alles zu zerstören?«

»Natürlich!«, erwiderte Antoine aus tiefster Überzeugung. Er fing an, im Zimmer hin und her zu gehen, und deutete mit einer ausholenden Handbewegung um sich. »Alles hier ist genau so, wie du es haben wolltest. Du wolltest Kinder, die lachen, und sie lachen, du wolltest Lärm im Haus, und es ist so laut, dass man sein eigenes Wort nicht mehr versteht, sogar dass der Fernseher beim Essen läuft, hast du durchgesetzt; also hör mir gut zu: Einmal in deinem Leben, nur ein einziges Mal, wirst du deinen Egoismus zurückstellen und zu deiner Wahl stehen. Solltest du also im Begriff sein, dich zu verlieben, hör sofort auf damit!«

»Findest du mich egoistisch?«, fragte Mathias betrübt.

»Du bist es viel mehr als ich.«

Mathias sah ihn lange an und ging wortlos zur Treppe.

»Achtung!«, rief Antoine in seinem Rücken. »Leg mir nicht in den Mund, was ich nicht gesagt habe … Ich habe ja nichts dagegen, dass du mit ihr schläfst.«

Auf dem Treppenabsatz hielt Mathias brüsk inne und drehte sich um. »Ja, aber ich habe etwas dagegen, dass du so von ihr sprichst.«

Antoine hob anklagend den Zeigefinger in seine Richtung. »Wusste ich es doch. Du bist verliebt, das ist der Beweis. Du wirst sie auf der Stelle verlassen!«

Die Tür von Mathias' Schlafzimmer fiel hinter ihm zu, dann schlossen sich die von Emily und Louis sehr viel leiser.

Der Zug stand seit dreißig Minuten am Bahnhof von Ashford, und der Zugbegleiter schien es für seine Pflicht zu halten, die Passagiere aufzuwecken, die schliefen und vielleicht nicht bemerkt hatten, dass der Zug hier stand.

Die Nachricht war umso bedeutender, als er hinzufügte, er könne nicht sagen, wann die Fahrt fortgesetzt würde, da es ein Problem im Tunnel gebe.

»Ich habe dreißig Jahre Physik unterrichtet, und ich hätte gerne, dass man mir erklärt, wie es zu einem Problem in einem Tunnel mit zwei parallelen Gleisen kommen kann, die jeweils nur in einer Richtung befahren werden – außer, der Führer des vorangehenden Zuges hätte im Tunnel angehalten, um sich die Beine zu vertreten«, schimpfte die alte Dame, die Audrey gegenübersaß.

Audrey, die Literatur und nicht Physik studiert hatte, wurde durch das Klingeln ihres Handys einer Antwort enthoben. Es war ihre beste Freundin, die sich auf ihre Rückkehr freute. Audrey erzählte ihr von ihren Londoner Abenteuern, vor allem von den Ereignissen, die ihr Leben in den letzten Tagen verändert hatten … Wie hatte Elodie das ahnen können? … Ja! … Sie hatte einen Mann getroffen … Ganz anders als alle anderen. Zum ersten Mal seit vielen Monaten, seit ihrer Trennung von dem, der eines Morgens seinen Koffer gepackt und ihr Herz mitgenommen hatte, hatte sie wieder Lust gehabt, sich zu engagieren. Der nicht enden wollende Liebeskummer war innerhalb eines Wochenendes so gut wie verflogen. Elodie hatte recht … Das Leben besaß diese Magie … Man musste nur Geduld haben, es wurde immer wieder Frühling. Sobald sie sich treffen würden – leider nicht heute Abend, sie musste lange arbeiten, aber morgen zum Mittagessen oder später –, ja, dann würde sie ihr alles erzählen … Jeden Augenblick, den sie in der Gesellschaft von … Mathias verbracht hatte … Ein hübscher Name, nicht wahr? Ja, ein gut aussehender Mann … Ja, er würde Elodie gefallen, kultiviert und höflich … Nein, nicht verheiratet … Ja, geschieden … Aber heutzutage war es bei alleinstehenden Männern schon ein Vorteil, wenn sie nicht mehr liiert waren … Wie hatte sie das nur erraten? … Jaaa, sie hatten die beiden letzten Tage zusammen verbracht … Sie hatte ihn auf einem Schulhof getroffen, nein, in einer Buchhandlung, das heißt, eigentlich beides … Sie würde ihr alles erzählen, ganz bestimmt, aber jetzt ging es weiter, und der Zug würde gleich in den Tunnel einfahren.

Hallo? … Hallo?

Gerührt betrachtete Audrey ihr Handy, strich zärtlich darüber, lächelte und steckte es ein. Die Physiklehrerin seufzte und konnte endlich umblättern. Zuvor hatte sie zwanzigmal dieselbe Zeile gelesen.

Mathias öffnete die Tür zu Yvonnes Bistro und fragte sie, ob er seinen Kaffee auf der Terrasse trinken dürfe.

»Ich bringe ihn dir gleich«, sagte sie und setzte die Espressomaschine in Gang.

Die Stühle waren noch aufeinandergestapelt, er nahm einen und machte es sich in der Sonne bequem. Yvonne stellte die Tasse auf den kleinen Tisch vor ihm.

»Willst du ein Croissant?«

»Zwei«, antwortete Mathias. »Soll ich dir helfen, Stühle und Tische aufzustellen?«

»Nein, weil es sonst alle Gäste machen wie du und ich nicht mehr in Ruhe in der Küche arbeiten kann. Kommt Antoine nicht?«

Mathias trank seinen Kaffee in einem Zug aus.

»Kann ich noch einen haben?«

»Alles in Ordnung?«, fragte Yvonne.

Antoine saß an seinem Schreibtisch und las seine neuen E-Mails.

Entschuldige, dass ich Dich dieses Wochenende im Stich gelassen habe. Lass uns um 13 Uhr zusammen bei Yvonne zu Mittag essen. Dein Freund Mathias.

Er antwortete.

Auch ich entschuldige mich für gestern Abend. Ich treffe Dich um 13 Uhr bei Yvonne.

Nachdem Mathias die Buchhandlung aufgeschlossen hatte, schaltete er seinen alten Apple ein und las Antoines Nachricht.

13 Uhr ist okay. Aber warum schreibst Du »auch«?

Im selben Augenblick schalteten in der Französischen Schule Emily und Louis den Computer aus, von dem sie diese Nachrichten abgeschickt hatten, nachdem sie sich in den jeweiligen Account ihrer Väter eingeloggt hatten.

Das Ufer von Calais entfernte sich, und der Eurostar raste mit einer Geschwindigkeit von dreihundertfünfzig Stundenkilometern über das französische Schienennetz. Audreys Handy klingelte, und sobald sie den Anruf annahm, legte die alte Dame ihr gegenüber ihr Buch beiseite.

Audreys Mutter freute sich so sehr auf die Rückkehr ihrer Tochter … Audreys Stimme klang verändert … Nicht wie sonst … Nein, nein, sie konnte ihr nichts vormachen, ihre Tochter hatte jemanden kennengelernt, als sie zum letzten Mal diesen Tonfall gehabt hatte, hatte Audrey ihr von ihrer beginnenden Romanze mit Romain erzählt … Ja, Audrey erinnerte sich sehr wohl, wie die Geschichte mit Romain ausgegangen war, und auch an all die Abende, an denen sie am Telefon geweint hatte. Ja … die Männer waren alle gleich … Wer war dieser neue Junge? … Doch, natürlich wusste sie, dass es einen Neuen gab … Schließlich kannte sie ihre Tochter … Ja, sie hatte jemanden getroffen, aber nein, sie war nicht verliebt… Doch es war ganz anders als bei Romain, da brauchte sie nicht noch Salz auf die Wunde zu streuen, für den Fall, dass diese noch nicht verheilt wäre… Aber das hatte sie nicht sagen wollen, nur für den Fall, dass… Nein, sie hatte seit einem halben Jahr nicht mehr mit Romain gesprochen… Nur einmal wegen eines vergessenen Koffers, der ihm offenbar mehr bedeutete als seine Würde…

Aber es ging auch gar nicht um Romain, sondern um Mathias… Ja, ein schöner Name… Buchhändler… Ja, auch ein schöner Beruf… Nein, sie wusste nicht, ob ein Buchhändler gut verdiente, aber Geld war auch nicht so wichtig, ihr Einkommen war schließlich auch bescheiden, und »ein Grund mehr«, war nicht die Antwort, die sie von ihrer Mutter erwartete…

Und wenn sie sich nicht gemeinsam darüber freuen konnten, sollten sie lieber das Thema wechseln… Ja, er wohnte in London, und Audrey wusste, dass das Leben da teuer war, sie hatte schließlich gerade einen Monat dort verbracht… Ja, ein Monat reichte aus, du bist wirklich anstrengend, Maman… Aber nein, sie hatte nicht vor umzuziehen, sie kannte ihn ja erst seit zwei Tagen… Seit fünf Tagen… Nein, sie war nicht gleich am ersten Abend mit ihm ins Bett gegangen… Ja, stimmt, bei Romain hatte sie schon nach achtundvierzig Stunden unbedingt nach Madrid gehen wollen, aber diesmal handelte es sich nicht unbedingt um den Mann ihres Lebens… Ja, sie würde sich Zeit lassen, nein, sie brauchte sich keine Sorgen um ihre Arbeit zu machen, seit fünf Jahren kämpfte sie um ihre eigene Sendung, sie würde jetzt nicht alles hinschmeißen, nur weil sie in London einen Buchhändler kennengelernt hatte! Ja, sie würde sich melden, sobald sie in Paris wäre, ja, Küsschen.

Andrey steckte das Handy wieder ein und seufzte tief. Die alte Dame ihr gegenüber griff abermals nach ihrem Buch, legte es aber sogleich erneut beiseite.

»Entschuldigung, wenn ich mich in etwas einmische, was mich nichts angeht«, sagte sie und rückte ihre Brille zurecht, »aber ging es in beiden Gesprächen um denselben Mann?« Und als Audrey sie verblüfft ansah, ohne zu antworten, brummelte sie: »Da soll mir noch mal einer sagen, die Fahrt durch diesen Tunnel hätte keine Auswirkungen auf den Organismus!«

Seit sie auf der Terrasse saßen, hatten sie kein Wort gewechselt.

»Denkst du an sie?«, fragte Antoine schließlich.

Mathias nahm ein Stück Brot und tunkte es in den Senftopf.

»Kenne ich sie?«

Diesmal griff Mathias nach seinem Glas und leerte es in einem Zug.

»Du kannst mit mir darüber reden«, fuhr Antoine fort.

Mathias stellte das Glas ab.

»Früher hast du mir alles erzählt …«, fügte Antoine hinzu.

»Früher, wie du sagst, hatten wir auch noch keine albernen Regeln aufgestellt.«

»Du warst derjenige, der keine Frauen im Haus haben wollte, ich war nur gegen den Babysitter.«

»Das war doch nicht wörtlich zu nehmen, Antoine. Also, ich komme heute Abend nach Hause, wenn es das ist, was du wissen willst.«

»Es ist doch wohl kein Drama, dass wir ein paar Regeln festgelegt haben. Sei nett und gib dir ein bisschen Mühe! Das ist wichtig für mich.«

Yvonne brachte ihnen zwei Salate, verdrehte die Augen und kehrte in ihre Küche zurück.

»Bist du wenigstens glücklich?«

»Können wir über etwas anderes reden?«

»Und über was?«

Mathias kramte in seiner Jackentasche und zog vier Flugtickets hervor.

»Du hast sie abgeholt?«, fragte Antoine, und seine Miene hellte sich auf.

»Na, das siehst du doch.«

In fünf Tagen würden sie nach der Schule mit den Kindern zum Flughafen fahren und nach Schottland fliegen.

Am Ende des Essens hatten sich die beiden ausgesöhnt. Obwohl Mathias erklärte, Regeln aufstellen mache nur Sinn, wenn man auch versuchte, sie zu übertreten.

Es war Montag, also war Antoine dran, die Kinder von der Schule abzuholen, und Mathias würde, wenn er die Buchhandlung geschlossen hätte, einkaufen gehen und das Abendessen zubereiten. Antoine würde dann die Kinder ins Bett bringen. Trotz einiger Reibereien war das häusliche Leben perfekt organisiert …

Abends bekam Antoine einen dringenden Anruf von McKenzie. Der Prototyp der Tische, die sie für Yvonnes Bistro entworfen hatten, war im Büro eingetroffen. Der Büroleiter fand das Modell gelungen, wollte aber lieber eine zweite Meinung einholen. Antoine versprach, sich gleich am nächsten Morgen darum zu kümmern, doch

McKenzie insistierte, er müsse sofort kommen, der Hersteller könne die bestellte Stückzahl in der vorgegebenen Zeit und zum gewünschten Preis nur dann liefern, wenn er die Bestellung noch an diesem Abend bekäme.

Mathias war noch nicht zurück, also nahm er den Kindern das Versprechen ab, während seiner Abwesenheit brav zu sein. Es war ihnen strikt verboten, wem auch immer die Tür zu öffnen, ans Telefon zu gehen, ausgenommen er selbst riefe an – was Emily lustig fand, denn wie konnte man den Anrufer erkennen, ehe man abgehoben hatte –, es war verboten, in die Küche zu gehen, irgendeinen elektrischen Apparat ein- oder auszustöpseln, sich über das Treppengeländer zu beugen, irgendetwas anzurühren … Emily und Louis konnten nur durch ein Gähnen die Litanei eines Vaters unterbrechen, der geschworen hatte, nicht besorgt zu sein.

Sobald Antoine das Haus verlassen hatte, lief Louis in die Küche, kletterte auf einen Hocker und nahm zwei große Gläser vom Regal, die er Emily reichte, bevor er wieder heruntersteig. Dann öffnete er den Kühlschrank, nahm zwei Dosen Limonade heraus und ordnete die verbleibenden so an, wie es sein Vater tat – rote Coladosen links, orangefarbene Fanta in der Mitte und grünes Perrier rechts. Die Strohhalme lagen in der Schublade unter der Spüle, die Aprikosentörtchen in der Keksdose und das Tablett, um das Ganze vor den Fernseher zu transportieren, stand auf der Arbeitsplatte. Alles wäre perfekt gewesen, wenn nur der Fernseher funktioniert hätte.

Nach eingehender Untersuchung der Kabel, wurde die Schuld den Batterien in der Fernbedienung zugeschrieben. Emily wusste, wo sie welche finden konnte … im Radiowecker ihres Vaters. Sie lief die Treppe hinauf und wagte kaum, das Geländer zu berühren. Als sie das Schlafzimmer betrat, fiel ihr Blick auf eine Digitalkamera, die auf dem Nachtkästchen lag. Sicher hatte ihr Vater sie für die Ferien in Schottland gekauft. Neugierig drückte sie auf alle Knöpfe. Auf dem kleinen Bildschirm auf der Rückseite des Apparats erschien ein Bild, vermutlich zum Test gemacht. Auf dem ersten sah man nur zwei Beine und ein Stück vom Gehweg, auf dem zweiten einen Teil einer Auslage auf dem Markt von Portobello, beim dritten musste man den Apparat schräg halten, damit die Straßenlaterne gerade stand … Alles letztlich nicht besonders interessant, zumindest bis zur zweiunddreißigsten Aufnahme – übrigens die einzige, die gut ausgerichtet war … Sie zeigte ein Paar auf einer Restaurantterrasse, das sich küsste …

Nach dem Essen – Emily hatte kein Wort gesagt – ging Louis hinauf ins Zimmer seiner besten Freundin und schrieb in ihr Tagebuch, die Entdeckung des Fotoapparats sei ein großer Schock für sie gewesen, immerhin hätte ihr Vater sie zum ersten Mal angelogen. Kurz vor dem Einschlafen vermerkte Emily am Rand, dass es das zweite Mal gewesen sei, nach der Sache mit dem Weihnachtsmann …

Kapitel 12

Yvonne schloss die Tür ihres Schlafzimmers und sah auf die Uhr. Als sie über den Flur ging, hörte sie Enyas Schritte hinter sich.

»Wie hübsch du heute Morgen bist«, sagte sie.

Enya küsste sie auf die Wange und meinte: »Ich habe eine gute Neuigkeit.«

»Willst du mir nicht etwas mehr erzählen?«

»Ich hatte gestern eine Vorladung bei der Einwanderungsbehörde.«

»Ach, und das ist die gute Nachricht?«, fragte Yvonne beunruhigt.

Als Enya ihr stolz die Arbeitsgenehmigung zeigte, schloss sie die junge Frau in die Arme.

»Das sollten wir bei einer Tasse Kaffee feiern.«

Sie gingen die Wendeltreppe hinunter in die Gaststube. Unten angekommen, musterte Yvonne Enya aufmerksam.

»Wo hast du den Mantel gekauft?«, fragte sie verwundert.

»Warum?«, gab Enya zurück.

»Ich habe einen Freund, der genau den gleichen hatte. Es war sein Lieblingsmantel. Als er mir sagte, er hätte ihn verloren, habe ich versucht, ihn noch einmal zu finden, aber das Modell gibt es seit Jahren nicht mehr.«

Enya lächelte, zog den Mantel aus und reichte ihn Yvonne. Die fragte sie, wie viel sie dafür haben wolle. Das sei ein Geschenk, entgegnete die junge Frau, das sie ihr mit größter Freude mache. Sie habe ihn an einem Tag, als ihr das Glück hold gewesen sei, vergessen an einem Kleiderhaken gefunden.

Yvonne ging in die Küche und öffnete die Tür zum Schrank, der ihr als Garderobe diente.

»Er wird so glücklich sein«, sagte sie fröhlich, während sie ihn auf einen Bügel hängte. »Er hat ihn immer getragen.«

Sie nahm zwei große Tassen aus dem Regal über der Spüle, gab zwei Löffel Kaffee in den oberen Teil der Espressomaschine und riss ein Streichholz an. Aus dem Brenner des Gasherds erschien eine bläuliche Flamme.

»Riechst du diesen köstlichen Duft?«, fragte Yvonne und sog das Aroma ein, das den Raum erfüllte.

Nach der Geschichte mit dem Fotoapparat hatte Emily einen Vorschlag gemacht. Jeden Mittwoch sollte jedes der beiden Kinder allein mit seinem Vater zum Mittagessen gehen. Da Louis auf Frühlingsrollen versessen war, würden die beiden Männer im Thairestaurant auf der einen Seite der Bute Street, Mathias und sie auf der anderen bei Yvonne essen, deren Crème caramel sie über alles liebte.

Yvonne, die hinter der Theke stand und Gläser polierte, beobachtete Mathias aus den Augenwinkeln. Emily beugte sich weit über ihren Teller, um die Aufmerksamkeit ihres Vaters auf sich zu lenken.

»Es wäre besser, in Schottland in Zelten zu schlafen, wir

könnten sie in den Ruinen aufstellen, da gibt es bestimmt Gespenster.«

»Sehr gut«, murmelte Mathias und schrieb auf seinem Handy eine SMS.

»Nachts machen wir ein Lagerfeuer, und du hältst Wache.«

»Ja, ja«, antwortete Mathias, ohne das Display seines Mobiltelefons aus den Augen zu lassen.

»Dort wiegen die Mücken zwei Kilo«, fuhr Emily fort und klopfte auf den Tisch, »und da sie dich heiß und innig lieben, bist du nach zwei Stichen leer.«

Yvonne brachte das Essen.

»Wie du willst, mein Liebling«, sagte Mathias.

Während die Wirtin wortlos in ihre Küche zurückkehrte, fuhr Emily ernsthaft fort: »Und ich werde von einem Turm aus meinen ersten Bungee-Sprung machen.«

»Noch eine Sekunde, mein Herzblatt, ich beantworte nur diese SMS, dann bin ich ganz für dich da.«

Mathias' Finger flogen über die Tastatur des Handys.

»Das ist toll, erst werfen sie uns runter, dann schneiden sie das Gummiband durch«, erklärte Emily.

»Was gibt es heute als Tagesgericht?«, fragte Mathias, ganz in die Lektüre der Nachricht vertieft, die auf dem Display erschien.

»Regenwurm-Salat.«

Endlich legte Mathias das Handy auf den Tisch.

»Entschuldige mich kurz, ich wasche mir nur schnell die Hände«, sagte er und erhob sich.

Er drückte seiner Tochter einen Kuss auf die Stirn und verschwand im hinteren Teil des Restaurants. Von der Theke aus hatte Yvonne alles beobachtet. Sie ging zu Emily und warf einen vorwurfsvollen Blick auf das hausgemachte Kartoffelpüree, das Mathias noch nicht angerührt hatte. Dann wanderte ihr Blick auf die andere Straßenseite hinüber, und sie lächelte Emily zu. Die verstand den Vorschlag sofort und lachte leise. Das kleine Mädchen erhob sich, nahm seinen Teller und überquerte unter Yvonnes wachsamem Blick die Straße.

Mathias betrachtete sich im Spiegel über dem Waschbecken. Es war nicht die Tatsache, dass Audrey ihren SMS-Austausch beendet hatte, die ihn beunruhigte – sie war im Schneideraum, und er verstand durchaus, dass sie arbeiten musste … Ich bin auch beschäftigt, ich esse mit meiner Tochter zu Mittag, wir sind alle sehr beschäftigt … Wenn sie an den Aufnahmen aus London arbeitet, denkt sie sowieso an mich … Wahrscheinlich ihr Cutter, der sie zurechtgewiesen hat, den Typen kann ich mir genau vorstellen, verschlossen und eifersüchtig … Ich sehe heute schlecht aus … Wie schön, dass sie geschrieben hat, sie würde mich gerne sehen … Es ist nicht ihre Art, Dinge zu sagen, die sie nicht denkt … Vielleicht sollte ich zum Friseur gehen …

Antoine und Louis saßen in einer abgeteilten Nische und machten sich gerade über die zweite Portion Frühlingsrollen her. Die Tür des Restaurants öffnete sich, Emily kam herein und setzte sich zu ihnen. Louis gab keinen Kommentar ab und begnügte sich damit, das Püree seiner besten Freundin zu kosten.

»Ist er schon wieder am Telefon?«, fragte Antoine.

Wie gewöhnlich antwortete Emily mit einem Nicken.

»Weißt du, ich denke auch, dass er im Moment Sorgen hat, mach dir keine weiteren Gedanken darüber. So etwas kommt bei Erwachsenen manchmal vor, aber das gibt sich wieder«, sagte Antoine beruhigend.

»Und du glaubst, wir haben nie Sorgen?«, fragte Emily und stibitzte eine kleine Frühlingsrolle.

Mit einem Pfeifen auf den Lippen kam Mathias zurück. Emily saß nicht mehr auf ihrem Platz. Vor ihm auf dem Tisch steckte sein Handy mitten in dem Püree auf seinem Teller. Verblüfft blickte er sich um und sah Yvonnes anklagenden Blick, der zu dem Thai-Restaurant wanderte.

Auf dem Weg zur Musikschule lief Emily mit großen Schritten, ohne ein Wort mit ihrem Vater zu wechseln. Dieser versuchte nach Kräften, sich zu entschuldigen. Er gab zu, während des Mittagessens abgelenkt gewesen zu sein, und versprach, es würde nicht wieder vorkommen. Aber manchmal hörte ja auch seine Tochter nicht zu, wenn er mit ihr sprach, zum Beispiel, wenn sie malte. Dann könnte alles um sie herum zusammenbrechen, ohne dass sie den Kopf von ihrem Blatt heben würde. Angesichts des vernichtenden Blicks, den Emily ihm zuwarf, räumte Mathias ein, der Vergleich sei nicht sehr glücklich. Als Wiedergutmachung würde er an diesem Abend in ihrem Zimmer bleiben, bis sie eingeschlafen wäre. Als sie bei ihrem Gitarrenunterricht angekommen waren, reckte Emily sich auf die Zehenspitzen, um ihrem Vater einen Kuss zu geben. Sie fragte, ob Maman sie bald besuchen kommen würde, und schloss die Tür hinter sich.

Als Mathias wieder in seiner Buchhandlung war und

zwei Kunden bedient hatte, schaltete er seinen Computer ein und rief die Homepage von Eurostar auf.

Als Antoine am nächsten Morgen ins Büro kam, legte McKenzie ihm die Pläne für die Renovierung des Restaurants vor, an denen er die ganze Nacht gearbeitet hatte. Er sah sie sich an und war angenehm überrascht von den Entwürfen seines Mitarbeiters. Das modernisierte Bistro würde sehr elegant sein, ohne etwas von seiner Identität einzubüßen. Als er das Leistungsverzeichnis und den Kostenvoranschlag sah, die zuunterst lagen, wäre ihm fast die Luft weggeblieben. Er rief sofort nach seinem Büroleiter. Kleinlaut gab McKenzie zu, vielleicht etwas leichtsinnig gewesen zu sein.

»Glauben Sie, wenn wir ihr Restaurant in einen Palast verwandeln, würde Yvonne uns abnehmen, dass wir mit gebrauchten Materialien gearbeitet haben?«, echauffierte er sich.

Nach McKenzies Ansicht war nichts zu gut für Yvonne.

»Und erinnern Sie sich daran, dass Ihr Meisterwerk innerhalb von zwei Tagen realisiert sein muss?«

»Das habe ich alles geplant«, erklärte McKenzie euphorisch.

Die Teile würden im Atelier vorgefertigt, und ein Team von zwölf Handwerkern – Maler, Schreiner und Elektriker – würden am Samstag mit der Arbeit beginnen, damit alles am Sonntagabend erledigt wäre.

»Und das Architekturbüro ist dann am Sonntag auch erledigt«, schloss Antoine resigniert.

Die Kosten für ein solches Unterfangen waren astronomisch. Den Rest des Tages wechselten die beiden Männer kein Wort mehr miteinander. Antoine hatte die Pläne des Restaurants an seine Wand geheftet. Einen Bleistift in der Hand ging er zwischen Fenster, Entwurf und Computer hin und her. Wenn er nicht zeichnete, berechnete er die Ersparnisse. McKenzie saß an seinem Arbeitsplatz und warf Antoine durch die gläserne Wand so wütende Blicke zu, als habe dieser die Königin von England beleidigt.

Am Nachmittag rief Antoine Mathias zu Hilfe. Er würde spät nach Hause kommen, Mathias müsse die Kinder von der Schule abholen und sich am Abend um sie kümmern.

»Hast du gegessen, wenn du nach Hause kommst, oder soll ich dir etwas vorbereiten?«

»Eine kalte Platte wie beim letzten Mal wäre großartig.«

»Siehst du, manchmal ist es doch gut, zu zweit zu sein.«

Gegen Mitternacht hatte Antoine den Entwurf für ein realistischeres Projekt fertiggestellt. Blieb noch die Schreinerei, mit der er arbeitete, dazu zu bringen, all die Änderungen zu akzeptieren und zu hoffen, dass ihn deren Chef bei diesem Abenteuer unterstützen würde. Die Arbeiten sollten in zwei, spätestens drei Wochen beginnen; an diesem Samstag würde er frühmorgens mit dem Wagen losfahren und ihm selbst die Pläne überbringen. Die Werkstatt war drei Stunden von London entfernt, er wäre vor Einbruch der Nacht zurück. Mathias müsste sich um Emily und Louis kümmern. Glücklich, eine Lösung gefunden zu haben, verließ Antoine sein Büro und ging nach Hause.

Zu müde, um noch etwas zu essen, ging er in sein Zimmer und ließ sich aufs Bett fallen. Noch ehe er sich ausgezogen hatte, war er eingeschlafen.

Der Morgen war eiskalt, die Bäume bogen sich unter den Windböen. Man holte wieder die Mäntel hervor, von denen man sich bei den ersten Anzeichen des Frühlings verabschiedet hatte, und während Mathias seinen Wochenumsatz ausrechnete, dachte er an die Temperaturen, die sie in Schottland erwarten würden. Das Abreisedatum näherte sich, und die Ungeduld der Kinder wuchs mit jedem Tag. Eine Kundin kam herein, blätterte in drei Büchern, die sie aus den Regalen nahm, um sie dann auf einem Tisch liegen zu lassen und zu gehen. »Warum bin ich bloß aus Paris weggegangen, um mich in diesem französischen Viertel niederzulassen«, schimpfte Mathias, während er sie an ihren Platz zurückstellte.

Antoine brauchte einen starken Kaffee, der ihn wach halten würde. Die Nacht war kurz gewesen, und die Arbeit, die ihn im Büro erwartete, ließ ihm keine Zeit zum Ausruhen.

Auf dem Weg über die Bute Street besuchte er kurz Mathias in seiner Buchhandlung und erklärte ihm, er müsse sich am Samstag um Louis kümmern, da er selbst wegfahren würde.

»Unmöglich«, rief Mathias, er könne sein Geschäft nicht schließen.

»Diesmal bist du dran, Kinder haben keinen Ruhetag«, sagte Antoine und ging.

Im Coffee Shop traf er Sophie.

»Und, wie verläuft euer gemeinsames Leben?«, erkundigte sie sich.

»Mit Höhen und Tiefen, wie bei jedem Paar.«

»Ich darf dich daran erinnern, dass ihr kein Paar seid …«

»Wir leben unter einem Dach, und jeder muss seinen Platz finden.«

»Ich glaube, wegen solcher Aussagen ziehe ich es vor, allein zu bleiben«, entgegnete Sophie.

»Ja, aber du bist es nicht wirklich …«

»Du siehst schlecht aus, Antoine.«

»Ich habe die ganze Nacht über an den Entwürfen für Yvonnes Restaurant gearbeitet.«

»Und geht es voran?«

»An dem Wochenende nach unserer Rückkehr aus Schottland fange ich mit den Arbeiten an.«

»Die Kinder sprechen nur noch von euren Ferien. Es wird recht einsam hier sein, wenn ihr weg seid.«

»Du hast ja den Mann mit den Briefen, die Zeit wird schnell vergehen.«

Ein Lächeln huschte über Sophies Gesicht. »Man könnte meinen, es stört dich, dass ich wegfahre.«, sagte sie und blies auf ihren kochend heißen Tee.

»Aber nein, wie kommst du denn darauf? Wenn du glücklich bist, bin ich es auch.«

Sophies Handy vibrierte, sie griff danach und erkannte die Nummer der Buchhandlung auf dem Display.

»Störe ich?«, fragte Mathias.

»Nie …«

»Ich wollte dich um einen großen Gefallen bitten, aber du musst mir versprechen, Antoine nichts davon zu sagen.«

»Natürlich!«

»Du sprichst so komisch.«

»Natürlich, ich freue mich.«

»Worüber?«

»Ich nehme den Zug um neun und bin dann mittags da.«

»Sitzt er dir gegenüber?«

»Genau.«

»Oh, Mist…«

»Wie du sagst, ich auch.«

Neugierig beobachtete Antoine Sophie.

»Kannst du am Samstag auf die Kinder aufpassen?«, fragte Mathias. »Antoine muss wegfahren, und ich habe etwas eminent Wichtiges zu tun.«

»Das ist leider unmöglich, ein andermal gerne.«

»Ach, du fährst dieses Wochenende?«

»Genau.«

»Gut, ich merke, dass ich störe, ich gehe«, flüsterte Antoine und erhob sich.

Sophie fasste ihn bei der Hand und hielt ihn zurück. Sie legte den Finger auf das Mikro und versprach, das Gespräch in einer Minute zu beenden.

»Ich merke, dass ich störe«, brummte Mathias. »Ich werde schon eine Lösung finden. Versprich mir, dass du ihm nichts sagst.«

»Ich schwöre es. Versuch es bei deiner Nachbarin, man kann ja nie wissen.«

Mathias legte auf, und Sophie behielt das Handy noch ein wenig am Ohr.

»Ich umarme dich auch, bis ganz bald.«

»War das der Mann mit den Briefen?«, fragte Antoine.

»Willst du noch einen Kaffee?«

»Ich verstehe nicht, warum du es mir nicht sagen willst, ich habe es ohnehin begriffen.«

»Was geht dich das an?«

Antoine schien beleidigt. »Nichts, aber früher haben wir uns alles erzählt.«

»Weißt du, dass du deinem Mitbewohner dasselbe gesagt hast?«

»Was?«

»›Früher haben wir uns alles erzählt…‹ Das ist doch lächerlich.«

»Ach, er berichtet dir von uns? Der traut sich was.«

»Ich denke, du wolltest, dass wir uns alles sagen?!«

Sophie küsste ihn auf die Wange und kehrte in ihren Laden zurück. Als Antoine sein Büro betrat, sah er, wie Mathias zu Yvonne ging.

»Ich brauche dich!«, sagte Mathias.

»Wenn du Hunger hast, bist du etwas früh dran«, rief die Wirtin aus der Küche.

»Nein, ernsthaft.«

»Ich höre«, sagte sie und nahm ihre Schürze ab.

»Kannst du Samstag auf die Kinder aufpassen? Sag ja, bitte!«

»Tut mir leid, ich mache am Samstag frei.«

»Du schließt das Restaurant?«

»Nein, aber ich habe etwas zu erledigen und werde die Kleine, die bei mir wohnt, bitten, sich um das Bistro zu kümmern; sag ihr nichts, das soll eine Überraschung sein. Aber erst will ich sie heute und morgen testen.«

»Das muss ja eine wichtige Sache sein, wenn du deinen Herd im Stich lässt. Wohin fährst du?«

»Habe ich dich gefragt, warum ich auf die Kinder aufpassen soll?«

»Ich hab ja mal wieder ein Glück, Sophie ist weg, Antoine muss aufs Land, und du, ich weiß nicht wohin – was aus mir wird, ist euch allen egal.«

»Freut mich, dass dir dein Leben in London jetzt gefällt.«

»Ich weiß nicht, was das damit zu tun hat«, schimpfte Mathias.

»Nun, früher hast du die Wochenenden allein verbracht und dich nicht darüber beklagt. Ich stelle angenehm überrascht fest, dass wir dir jetzt fehlen … Ich sehe, du änderst dich.«

»Yvonne, du musst mir helfen, es geht um Leben und Tod.«

»Am Donnerstag anzufangen, einen Babysitter fürs Wochenende zu suchen, ist ziemlich optimistisch … Also, verschwinde jetzt, ich habe zu tun, ich überlege, ob ich eine Lösung für dich finde.«

Mathias umarmte Yvonne. »Aber sag Antoine nichts, ich zähle auf dich!«

»Brauchst du jemanden, der auf die Kinder aufpasst, weil du zu einer antiquarischen Versteigerung willst?«, fragte sie.

»Ja, so ähnlich …«

»Dann habe ich mich vielleicht geirrt, du änderst dich doch nicht wirklich.«

Am Spätnachmittag rief Yvonne Mathias an; sie hatte die seltene Perle gefunden. Danièle, die ehemalige Schulleiterin, hatte zwar ihre Launen, aber sie war absolut vertrauenswürdig. Übrigens wollte sie unbedingt den Vater kennenlernen, ehe sie sich bereit erklärte, die Kinder zu beaufsichtigen. Morgen würde sie in der Buchhandlung vorbeikommen, und wenn sie sich einig würden, könnte sie die Kinder am Samstag nehmen. Mathias erkundigte sich, ob Danièle diskret sei. Yvonne ließ sich zu keiner Antwort herab, Danièle war eine ihrer drei besten Freundinnen, nicht eine von der Sorte, die jemanden verpetzte …

»Glaubst du, sie kennt sich mit Gespenstern aus?«

»Wie bitte?«

»Nein, nein … nichts, nur so eine Idee.«

Als Mathias vor der Schule wartete, war er so glücklich, dass er sich zwingen musste, eine ernste Miene aufzusetzen, sobald die Glocke läutete.

In der Buchhandlung bemerkte Emily als Erste, dass etwas nicht stimmte. Seit sie hier waren, hatte ihr Vater kein Wort gesagt, und wenn er auch vorgab, in seine Lektüre vertieft zu sein, wusste sie doch, dass das nicht stimmte – seit zehn Minuten las er dieselbe Seite. Während Louis auf einem Hocker saß und in einem Comic blätterte, ging sie hinter den Tresen und kletterte auf Mathias Schoß.

»Hast du Sorgen?«, fragte sie.

Mathias legte das Buch beiseite und sah seine Tochter ratlos an. »Ich weiß nicht, wie ich es euch sagen soll …«, begann er dann.

Louis blickte von seinem Comic auf und lauschte gespannt.

»Ich glaube, mit der Reise nach Schottland wird es nichts«, erklärte Mathias ernst.

»Aber warum?«, riefen die beiden Kinder wie aus einem Mund.

»Es ist ein bisschen meine Schuld. Bei der Reservierung habe ich nicht dazugesagt, dass wir in Begleitung von Kindern sind.«

»Aber das ist doch wohl kein Verbrechen?«, rief Emily empört. »Warum wollen die uns nicht?«

Mathias stöhnte. »Es gibt einige Regeln, die ich nicht beachtet habe.«

»Welche?«, fragte Louis.

»Sie akzeptieren Kinder, aber nur unter der Bedingung, dass sie Kenntnisse in Geisterkunde haben, das verlangen die Sicherheitsbestimmungen. Die Organisatoren wollen kein Risiko eingehen.«

»Wir können ja Bücher lesen …«, antwortete Emily. »Du hast doch bestimmt welche hier?«

»Wir fahren in drei Tagen, ich fürchte, ihr habt keine Zeit, alles zu lernen.«

»Papa, du musst eine Lösung finden!«, rief die Kleine.

»Du bist gut, ich zerbreche mir von früh bis spät den Kopf. Glaubst du etwa, ich hätte nichts unternommen? Ich habe den ganzen Vormittag darüber nachgedacht.«

»Und, ist dir etwas eingefallen?«, fragte Louis, den es nicht mehr auf seinem Hocker hielt.

»Vielleicht ja, aber ich weiß nicht recht …«

»Sag schon!«

»Es ist mir gelungen, eine Lehrerin für Geisterkunde zu finden. Wäret ihr bereit, den ganzen Samstag über an einem Intensivkurs teilzunehmen?«

Die Antwort lautete einhellig Ja. Louis und Emily stürzten los, um Spiralblock, Filz- und Buntstifte zu holen, für den Fall, dass der Unterricht auch praktische Arbeiten umfasste.

»Ach, noch eine letzte Sache«, sagte Mathias in feierlichem Ton. »Antoine liebt euch so sehr, dass er sich wegen jeder Kleinigkeit Sorgen macht. Ihm darf also kein Wort von der ganzen Sache zu Ohren kommen. Operation ›Schweigen wie ein Grab‹. Wenn er erfährt, dass die Organisatoren Bedenken hinsichtlich der Sicherheit haben, annulliert er alles. Die Sache muss also absolut unter uns bleiben.«

»Und du bist sicher, dass sie uns nach dem Geisterunterricht mitfahren lassen?«, erkundigte sich Louis beunruhigt.

»Frag meine Tochter nach der Effizienz, die ich bei den Dinosauriern an den Tag gelegt habe.«

»Wir sind in guten Händen, das garantiere ich dir«, sagte Emily bestimmt, »seit der Sache mit dem Planetarium wollen alle, dass ich Klassensprecherin werde.«

An diesem Abend bemerkte Antoine nicht, dass sich Mathias und die Kinder verschwörerisch zublinzelten. Sie hatten sich um alles im Haus gekümmert. Antoine fand das Familienleben immer angenehmer.

Mathias hörte nicht auf die Komplimente, die Antoine ihm machte. Er war mit den Gedanken woanders. Er musste noch ein letztes wichtiges Detail mit Yvonnes Freundin regeln, dann könnte auch er seinen Samstag planen.

Enya saß an der Theke und studierte die Stellenangebote in der Zeitung. Yvonne brachte ihr einen Kaffee und bat sie, ihr kurz zuzuhören. Die junge Frau legte die Zeitung beiseite.

»Kannst du mir heute im Restaurant helfen? Ich bezahle dich natürlich dafür.«

»Sie sind es, die mir einen Gefallen tun«, sagte Enya.

Sie ging zum Garderobenschrank, band eine Schürze um und begann, die Tische zu decken. Zum ersten Mal seit Jahren konnte sich Yvonne den ganzen Vormittag ihren Töpfen widmen. Sobald sich die Tür öffnete, warf sie einen Blick hinaus, um festzustellen, dass Enya schon die Bestellung aufgenommen oder gar serviert hatte. Wie ein Profi bediente die junge Frau die Kaffeemaschine. Als der Mittagsservice vorbei war, hatte Yvonne ihre Entscheidung getroffen. Enya verfügte über alle nötigen Fähigkeiten, um sie am Samstag zu vertreten. Sie war freundlich zu den Gästen, vermochte aber auch diplomatisch die in ihre Schranken zu weisen, denen es an Höflichkeit mangelte. Und noch dazu war es ihr gelungen, McKenzies Aufmerksamkeit auf sich zu ziehen, der im Übrigen nicht in Hochform zu sein schien. Mathias war gekommen, um einen Kaffee zu trinken, und hatte sich mit der neuen Bedienung unterhalten. Er war sicher, ihr schon irgendwo begegnet zu sein. Yvonne nahm ihn beiseite und sagte ihm, wenn das ein Versuch sei, mit Enya zu flirten, sei die Methode etwas veraltet, schon zu ihrer Zeit bedienten sich die Männer eines so albernen Vorwands, um ins Gespräch zu kommen. Mathias schwor bei seiner Ehre, dem sei nicht so, er war sicher, Enya schon getroffen zu haben.

Yvonne unterbrach ihn und deutete auf die Wanduhr, er war mit Danièle verabredet.

Mathias kehrte in seine Buchhandlung zurück.

Von ihrer Zeit als Schulleiterin hatte Danièle eine gewisse Autorität und ein untadeliges Äußeres zurückbehalten. Sie betrat die Buchhandlung, schüttelte ihren Regenschirm auf der Fußmatte aus, nahm eine Zeitschrift aus dem Ständer und beschloss, Mathias zunächst zu beobachten. Diese Methode hatte sie während ihrer gesamten Laufbahn angewandt. Bei Schulbeginn hatte sie sich zunächst die Eltern auf dem Pausenhof angesehen und so oft mehr über sie erfahren als bei den Elternabenden. Ihr Motto lautete: »Im Leben hat man nie ein zweites Mal Gelegenheit, einen ersten Eindruck zu machen.« Als sie meinte, genug zu wissen, stellte sie sich Mathias vor und erklärte, Yvonne habe sie geschickt.

Er zog Danièle in das Hinterzimmer, um ihre Fragen zu beantworten.

Ja, Emily und Louis waren beide reizend und gute Schüler … Nein, nein, keine Probleme mit der elterlichen Autorität. Ja, es war das erste Mal, dass sie einen Babysitter in Anspruch nahmen … Antoine war dagegen … Wer war Antoine? Sein bester Freund … Und Emilys Pate! … Ja, die Mutter arbeitete in Paris … Ja, bedauerlich, die Trennung … Natürlich für die Kinder … Aber das Wichtigste war, dass es ihnen nicht an Liebe mangelte … Nein, sie waren nicht verwöhnt … Ja, gute Schüler, sehr fleißig … Emilys Lehrerin fand, dass sie eher mathematisch orientiert war … Und Louis? Leider habe er den letzten Elternsprechtag verpasst … Nein, er war nicht zu spät gekommen, ein Kind war in einen Baum geklettert, und er hatte es gerettet … Ja, eigenartige Geschichte, aber niemand war verletzt, das war das Wichtigste … Nein, die Kinder hatten keine besondere Ernährung, ja, sie aßen Süßigkeiten … Aber in vernünftigem Maße! Emily nahm Gitarrenunterricht … Aber keine Sorge, sie übte nie am Samstag …

Als sie sah, dass Mathias nervös an seinen Fingernägeln kaute, konnte Danièle nicht länger ernst bleiben. Sie hatte ihn genug gequält und ausreichend Stoff, um sich mit Yvonne zu amüsieren, wenn sie ihr, wie abgemacht, von ihrem Besuch erzählen würde.

»Warum lachen Sie?«, fragte Mathias.

»Ich weiß nicht, ob es Ihr Rechtfertigungsversuch für die Süßigkeiten oder die Sache mit dem Baum war. Also Schluss mit dem Theater, nachdem Louis der Sohn von Antoine ist, nehme ich an, dass es sich bei Emily um Ihre Tochter handelt?«

»Sie kennen Antoine?«, fragte Mathias erschrocken.

»Ich bin eine von Yvonnes besten Freundinnen, von Zeit zu Zeit sprechen wir über Sie; also kenne ich Antoine. Aber keine Sorge, ich bin verschwiegen wie ein Grab!«

Mathias kam auf das Honorar zu sprechen, aber die Freude, den Tag mit Emily und Louis zu verbringen, genügte Danièle. Für die ehemalige Schulleiterin war es hart, keine Enkelkinder zu haben, und das würde sie ihrem Sohn so schnell nicht verzeihen.

Mathias könnte in aller Ruhe seinen Samstag genießen. Danièle würde sich etwas einfallen lassen, damit der Tag aufregend würde. Aufregend? Mathias kannte vielleicht einen Weg, ihn unvergesslich zu machen.

Danièle fand die Idee hervorragend! Den Kindern einige Kenntnisse über die Geschichte der Örtlichkeiten beizubringen, an denen sie ihre Ferien verbringen würden, schien ihr vernünftig. Sie kannte Schottland recht gut und hatte mehrmals die Highlands besucht … Aber was verstand Mathias genau unter Geisterkunde? Der ging zu einem Regal und zog mehrere dicke Bücher hervor: *Schottland – Mythen & Legenden, Die verwunschenen Lochs, Tiny Mac Timid, Das Gespenst aus Schottland.*

»Damit sind Sie unschlagbar«, sagte er und legte den Stapel vor sie hin.

Er begleitete sie zur Tür der Buchhandlung.

»Ein Geschenk des Hauses. Und vergessen Sie vor allem den kleinen schriftlichen Test am Ende des Tages nicht …«

Als Danièle, mit Büchern beladen, auf die Straße trat, begegnete sie Antoine.

»Das Geschäft scheint ja zu laufen«, meinte dieser, als er eintrat.

»Was kann ich für dich tun?«, fragte Mathias mit Unschuldsmiene.

»Ich fahre morgen in aller Herrgottsfrühe. Hast du ein Programm für die Kinder?«

»Alles in Ordnung«, antwortete Mathias.

Am Abend hatte Mathias größte Mühe, ruhig am Tisch sitzen zu bleiben. Unter dem Vorwand, einen Pullover holen zu müssen – es war kalt im Haus –, ging er eine SMS von Audrey lesen: *Ich arbeite das ganze Wochenende im Schneideraum.* Später in seinem Zimmer – hatte er nicht gerade den Radiowecker oben gehört? – erfuhr er, dass sie an den Aufnahmen ihres gemeinsamen Londoner Abenteuers arbeitete: *Mein Cutter rauft sich die Haare, alle Aufnahmen sind schlecht ausgerichtet.* Und als er zehn Minuten später im Badezimmer eingeschlossen war, teilte er Audrey seine Verwunderung darüber mit: *Ich schwöre Dir, dass auf dem Monitor alles perfekt war!*

Der Abendbetrieb ging seinem Ende entgegen. Yvonne seufzte erleichtert, als sie die letzten Gäste verabschiedete. Hinter der Theke spülte Enya die Gläser.

»Das war doch ein guter Abend, nicht wahr?«, fragte die junge Bedienung.

»Dreißig Gedecke, nicht schlecht für einen Freitagabend. Ist etwas vom Tagesgericht übrig geblieben?«

»Nein, alles aus.«

»Dann war es ein guter Abend. Du wirst das morgen schon schaffen«, sagte Yvonne, während sie die letzten Tische abräumte.

»Morgen?«

»Ich mache morgen frei und vertraue dir das Restaurant an.«

»Wirklich?!«

»Stell die Stielgläser nicht auf dieses Regal, es vibriert, wenn die Espressomaschine läuft... Wechselgeld findest du in der Kasse, und denk daran, morgen Abend die Einnahmen mit in dein Zimmer zu nehmen. Ich habe es nicht gerne, wenn sie hier unten bleiben, man weiß ja nie.«

»Warum vertrauen Sie mir so sehr?«

»Warum sollte ich nicht?«, fragte Yvonne, die den Boden fegte.

Die junge Frau trat zu ihr und nahm ihr den Besen aus der Hand.

»Die Lichtschalter sind im Schrank hinter dir, ich gehe jetzt ins Bett.«

Yvonne stieg die Treppe hinauf und verschwand in ihrem Schlafzimmer. Sie wusch sich und legte sich schlafen. Ein Klirren drang aus der Gaststube zu ihr herauf. Enya hatte ein Glas zerbrochen. Yvonne lächelte und schaltete das Licht aus.

Antoine ging zur gleichen Zeit schlafen wie die Kinder. Die Nacht würde kurz werden. Mathias schloss sich in seinem Zimmer ein und tauschte weiter SMS-Nachrichten mit Audrey aus. Etwa eine Stunde vor Mitternacht teilte sie ihm mit, sie würde in die Cafeteria gehen. Die Kantine befand sich im Untergeschoss, wo sie keinen Empfang hätte. Sie sagte ihm auch, sie verginge vor Lust, in seinen Armen zu liegen. Mathias öffnete seinen Schrank und breitete alle seine Hemden auf dem Bett aus. Nach mehreren Versuchen entschloss er sich für ein weißes mit italienischem Kragen, das stand ihm am besten.

Sophie schloss den kleinen Koffer, der auf ihrem Bett lag. Sie nahm ihre Fahrkarte, überprüfte die Abfahrtszeit und ging ins Bad. Dort trat sie vor den Spiegel und untersuchte ihre Haut, schnitt eine Grimasse und streckte ihrem Spiegelbild die Zunge heraus. Sie schlüpfte in ein T-Shirt, das an dem Haken hinter der Tür hing, und kehrte in ihr Schlafzimmer zurück. Nachdem sie den Wecker gestellt hatte, legte sie sich ins Bett, machte das Licht aus und hoffte, bald einschlafen zu können. Morgen wollte sie gut aussehen und keine Ränder unter den Augen haben.

Die Brille auf der Nasenspitze, beugte sich Danièle über das große Spiralheft. Sie nahm ein Lineal und unterstrich die Überschrift des Kapitels, das sie gerade abgeschrieben hatte, mit einem gelben Marker. Band zwei der *Schottischen Legenden* lag auf ihrem Schreibtisch. Laut las sie den dritten Absatz der vor ihr aufgeschlagenen Seite vor.

Emily öffnete leise die Tür. Auf Zehenspitzen überquerte sie den Flur und kratzte an Louis' Tür. Der Junge öffnete im Pyjama. Sie schlichen die Treppe hinunter. Sobald sie in der Küche waren, öffnete Louis die Kühlschranktür ein wenig, um etwas Licht zu haben. Unter tausend Vorsichtsmaßnahmen, deckten die Kinder den Frühstückstisch. Während Emily Orangensaft in ein Glas schenkte und die verschiedenen Müslipackungen aufreihte, setzte sich Louis an den Schreibtisch seines Vaters, seine Finger glitten über die Tastatur des Computers. Jetzt kam der kritischste Augenblick der Operation, er schloss die Augen, drückte auf »print« und betete, der Drucker möge nicht die beiden Väter aufwecken. Nach wenigen Augenblicken nahm er das Blatt heraus. Der Text schien ihm perfekt. Er faltete es in der Mitte, damit es besseren Stand hatte und reichte es Emily. Ein letzter Blick, um sich zu überzeugen, dass alles in Ordnung war, dann gingen die beiden Kinder wieder schlafen.

Kapitel 13

Halb sechs am Morgen. Der Himmel über South Kensington färbte sich blassrosa, der Tag brach an. Enya schloss das Fenster und legte sich wieder ins Bett.

Der Wecker zeigte 5 Uhr 45. Antoine nahm einen dicken Pullover aus dem Schrank und legte ihn um die Schultern. Er griff nach seiner Aktentasche, öffnete sie und überzeugte sich, dass nichts fehlte. Die Pläne waren an ihrem Platz, die Entwürfe ebenfalls. Er schloss die Tasche und ging die Treppe hinunter. Als er in die Küche kam, sah er den gedeckten Frühstückstisch. Er nahm das zusammengefaltete Blatt, das vor seinem Teller stand. *Far vorsichtich und halt Dich an die Geschwindigkeitsbegrenzung, schließ den Sicherheitsgurt (auch wenn Du hinten sitzt). Ich habe Dir für unterwegs eine Termoskanne vorbereitet. Ich er warte Dich zum Abendessen und fergiss nicht, den Kindern eine Kleinigkeit mitzubringen, das freut sie immer, wenn Du auf Reisen gehst. Ich umame dich, Mathias.*

Gerührt nahm Antoine die Thermoskanne, griff nach seinen Schlüsseln und verließ das Haus. Sein Wagen parkte am Ende der Straße. Die Luft roch nach Frühling, der Himmel war wolkenlos, die Fahrt würde angenehm werden.

Sophie streckte sich und trat in die kleine Küche ihrer Wohnung. Sie machte sich einen Kaffee und sah auf die Uhr an der Mikrowelle. Sechs. Wenn sie ihren Zug nicht verpassen wollte, musste sie sich etwas beeilen. Sie zögerte kurz, was sie anziehen sollte, betrachtete die Kleider im Schrank und entschied sich dann für eine Jeans und eine Bluse.

Halb sieben. Yvonne schloss die Hintertür. Einen kleinen Koffer in der Hand, setzte sie ihre Sonnenbrille auf und lief die Bute Street Richtung U-Bahn South Kensington entlang. Enyas Fenster war erleuchtet. Das Mädchen war wach, sie konnte in aller Ruhe wegfahren. Die Kleine hatte Erfahrung, und es war so viel besser, als einen ganzen Tag zu schließen.

Danièle sah auf ihre Uhr, genau sieben, sie liebte Pünktlichkeit und drückte auf den Klingelknopf. Mathias öffnete ihr und bot ihr Kaffee an. Die Kanne stand auf der Arbeitsplatte, die Tassen auf dem Ablaufbrett und der Zucker im Schrank über der Spüle. Die Kinder schliefen noch. Samstags standen sie im Allgemeinen gegen neun Uhr auf, sie hatte also noch zwei Stunden für sich. Er schlüpfte in seinen Trenchcoat, rückte vor dem Spiegel seinen Hemdkragen zurecht, brachte sein Haar in Ordnung und dankte ihr tausendmal. Er wäre spätestens um sieben abends zurück. Der Anrufbeantworter war eingeschaltet, sie sollte auf keinen Fall ans Telefon gehen, es könnte ja Antoine sein; wenn er sie erreichen wollte, würde er es zweimal klingeln lassen, auflegen und noch einmal anrufen. Mathias ging die Straße entlang und hielt auf der Old Brompton Street ein Taxi an.

Allein in dem großen Wohnraum, öffnete Danièle ihre Aktentasche und zog zwei Hefte heraus, den Umschlag des einen zierte ein blaues Gespenst, den anderen ein rotes.

Als sie über den zu dieser frühen Stunde verlassenen Sloane Square fuhren, sah Mathias auf seine Uhr; er würde die Waterloo Station rechtzeitig erreichen.

Der U-Bahnausgang lag gleich neben der Waterloo Bridge. Yvonne nahm die Rolltreppe. Sie überquerte die Straße und betrachtete die großen Fenster des Saint Vincent Hospital. Es war halb acht, sie hatte noch etwas Zeit. Ein schwarzes Taxi fuhr in Richtung Bahnhof vorbei.

8 Uhr. Ihren kleinen Koffer in der Hand, winkte Sophie ein vorbeifahrendes Taxi heran. »Waterloo International«, sagte sie und schloss die Tür. Das Taxi fuhr die Sloane Avenue entlang. Die Stadt war prachtvoll; rund um den Eaton Square blühten Magnolien, Mandel- und Kirschbäume. Die große Esplanade vor dem Königspalast füllte sich langsam mit Touristen, die auf die Wachablösung warteten. Der schönste Teil der Fahrt begann, als das Taxi in den Birdcage Walk einbog. Hier sah man in wenigen Metern Entfernung Graureiher, die über die gepflegten Rasenflächen des St. James Parks stolzierten. Ein junges Paar lief über einen der Wege, zwischen ihnen ein kleines Mädchen, das sie bei den Händen hielten und mit Riesensprüngen hüpfen ließen. Sophie beugte sich zu der Trennscheibe vor und sagte etwas zu dem Fahrer; an der nächsten Ampel machte der Wagen kehrt.

»Und dein Kricketspiel? Ist nicht heute das Finale?«, fragte Yvonne.

»Ich habe dich nicht um Erlaubnis gebeten, dich begleiten zu dürfen, du hättest es mir sowieso abgeschlagen«, sagte John.

»Ich weiß nicht, wozu es gut sein soll, dass du den Morgen über hier auf mich wartest. Bei der Untersuchung darf niemand dabei sein.«

»Sobald wir die Ergebnisse haben – und ich zweifele nicht daran, dass sie zufriedenstellend sein werden –, gehen wir im Park Mittagessen, und wenn es noch früh genug ist, sehen wir uns heute Nachmittag den zweiten Teil des Spiels an.«

8 Uhr 15. Yvonne legte am Aufnahmeschalter ihre Terminbestätigung vor. Eine Krankenschwester kam mit einem Rollstuhl auf sie zu.

»Wenn Sie alles tun, damit man sich krank fühlt, wie soll man da gesund werden?«, schimpfte Yvonne, die sich nicht in den Rollstuhl setzen wollte.

Die Schwester bedauerte, doch es gab hier bestimmte Regeln, die eingehalten werden mussten. Die Versicherungen verlangten, dass die Patienten auf diese Weise befördert wurden.

Wütend gab Yvonne nach.

»Warum lächelst du?«, fragte sie John.

»Weil ich feststelle, dass du zum ersten Mal in deinem Leben gezwungen bist, das zu tun, was man dir sagt … Allein um das einmal zu sehen, würde ich jedes Kricket-Endspiel versäumen.«

»Diese kleine Freude wirst du mir hundertfach bezahlen!«

John lachte. »Selbst wenn es tausendfach wäre, hat sich die Sache gelohnt.«

Die Krankenschwester schob Yvonne davon. Sobald John allein war, erstarb sein Lächeln. Er seufzte tief, und seine hochgewachsene Gestalt bewegte sich langsam zu den Bänken im Wartesaal. Die Wanduhr zeigte neun, es würde ein langer Vormittag werden.

Wieder zu Hause, öffnete Sophie ihren Koffer und hängte ihre Sachen zurück in den Schrank. Sie zog ihren weißen Kittel an und verließ das Haus. Auf dem Weg zum Geschäft schrieb sie eine SMS. *Leider kann ich dieses Wochenende nicht kommen, umarm die Eltern von mir, in Liebe, Deine Schwester.* Sie schickte die Nachricht ab.

9 Uhr 30. Mathias saß am Fenster und sah die Landschaft vorüberziehen. Eine Stimme verkündete über Lautsprecher, der Zug würde gleich in den Tunnel einfahren.

»Haben Sie bei der Fahrt unter dem Meer keine Probleme mit den Ohren?«, fragte Mathias die Dame, die ihm gegenübersaß.

»Doch, ein leichtes Rauschen. Ich fahre einmal pro Woche hin und zurück, und ich weiß, dass es bei manchen Leuten wesentlich schlimmere Auswirkungen hat«, antwortete sie und las weiter.

Antoine setzte den Blinker und verließ die M1 – die Küstenstraße war ihm der liebste Teil der Reise. Bei dem Tempo würde er die Schreinerwerkstatt eine halbe Stunde zu früh erreichen. Er griff nach der Thermoskanne auf dem Beifahrersitz, klemmte sie zwischen die Schenkel und schraubte mit einer Hand den Verschluss auf. Er führte sie an den Mund und seufzte.

»So ein Idiot – das ist ja Orangensaft!«

Ein Eurostar schoss in der Ferne vorbei. In weniger als einer Minute würde er im Tunnel unter dem Ärmelkanal verschwinden.

Die Bute Street war um diese Zeit noch ruhig. Sophie zog das Eisengitter vor ihrem Schaufenster hoch. Wenige Meter entfernt stellte Enya die Tische und Stühle vor dem Restaurant auf. Sophie lächelte ihr zu. Enya verschwand und kam kurz darauf mit einer Tasse in der Hand zurück.

»Vorsicht, er ist sehr heiß«, sagte sie und reichte ihr den Cappuccino.

»Danke, wie nett! Ist Yvonne nicht da?«

»Sie hat sich einen freien Tag genommen«, antwortete Enya.

»Stimmt, das hat sie ja gesagt, ich bin wirklich zerstreut. Sagen Sie ihr nicht, dass Sie mich gesehen haben, das muss sie nicht wissen.«

»Ich habe keinen Zucker reingetan, ich wusste nicht, ob Sie welchen nehmen«, sagte Enya und kehrte zu ihrer Arbeit zurück.

In ihrem Laden strich Sophie über die Arbeitsplatte, auf der sie ihre Blumen schnitt. Sie ging auf die andere Seite, bückte sich und nahm die Schachtel mit den Briefen heraus. Sie zog einen aus dem Stapel und stellte das Kästchen zurück. Im Schutz ihres Tresens auf dem Fußboden sitzend, las sie ihn ganz leise, und ihre Augen wurden feucht. Wie blöd, das war doch wirklich Selbstquälerei! Dabei war erst Samstag, und Sonntag der schlimme Tag. Manchmal war die Einsamkeit so groß, dass sie außerstande war, Trost bei den Ihren zu suchen. Natürlich hätte sie die Einladung ihres Bruders annehmen können. Er hätte sie, wie vereinbart, am Bahnhof abgeholt.

Ihre Schwägerin und ihre Nichte hätten ihr unterwegs tausend Fragen gestellt. Hätte sich ihr Vater oder ihre Mutter bei ihrer Ankunft erkundigt, wie es ihr ging, wäre sie vermutlich in Tränen ausgebrochen. Wie hätte sie ihnen erklären sollen, dass sie seit drei Jahren nicht mehr in den Armen eines Mannes gelegen hatte? Dass sie manchmal beim Frühstück das Gefühl hatte zu ersticken, wenn sie ihre einsame Tasse sah. Wie hätte sie die Schwere ihrer Beine beschreiben sollen, wenn sie abends nach Hause ging? Die einzige Unterbrechung war der Urlaub, wenn sie Freunde besuchte, aber auch der ging zu Ende, und die Einsamkeit kehrte zurück. Wenn sie also hinfuhr, um zu weinen, konnte sie ebenso gut hier weinen, da sah sie wenigstens niemand.

Und auch wenn ihr eine innere Stimme zuflüsterte, dass es noch immer Zeit war, den Zug zu nehmen – wozu?

Wenn sie morgen Abend nach Hause käme, wäre es noch schlimmer. Darum hatte sie ihren Koffer lieber wieder ausgepackt, es war besser so.

Die Schlange, die vor der Gare du Nord wartete, schien endlos. Mathias brauchte eine Dreiviertelstunde, bis er endlich ein Taxi ergattert hatte. Seit in der Umgebung rund um den Bahnhof Bauarbeiten durchgeführt würden, erklärte ihm der Fahrer, wollten seine Kollegen nicht mehr herkommen. Da sich die Straßenführung von Tag zu Tag änderte, war das An- und Abfahren ein Abenteuer der besonderen Art. Alle wären sich einig, dass der Verantwortliche für die Umleitungen nicht in Paris wohnen könnte oder aber direkt einem Roman von Orwell entsprungen sein müsste. Der Fahrer interessierte sich für die Verkehrsentwicklung im Zentrum von London, seit man dort Gebühren erhob, doch Mathias interessierte sich nur für die Geschwindigkeit auf dem Tacho. Dem Stau auf dem Boulevard de Magenta nach zu urteilen, würden sie nicht so bald die Esplanade der Tour Montparnasse erreichen.

Die Krankenschwester schob den Rollstuhl bis zu der weißen Markierung. Yvonne sah gut aus.

»Kann ich jetzt aufstehen?«

John sagte sich, das Personal würde ihr sicher nicht nachtrauern. Aber er täuschte sich. Die junge Frau küsste Yvonne zum Abschied auf beide Wangen. Sie erklärte, so sehr habe sie schon lange nicht mehr gelacht. Die Szene, als Yvonne den Oberarzt Gisbert angefahren habe, würde ihr und ihren Kollegen für immer in Erinnerung bleiben. Noch im Rentenalter würde sie über das Gesicht ihres Chefs lachen müssen, als Yvonne ihn gefragt hatte, ob er einen Doktor in Medizin oder in Schwachsinn gemacht habe.

»Was haben sie gesagt?«, fragte John leise.

»Dass du mich noch einige Jahre wirst ertragen müssen.«

Yvonne setzte ihre Brille auf, um die Rechnung zu studieren, die ihr der Angestellte unter der Scheibe des Schalters durchschob.

»Sagen Sie, das Geld fließt doch nicht etwa in die Tasche des Arztes, der mich untersucht hat?«

Der Kassierer beruhigte sie in dieser Hinsicht und lehnte den Scheck ab, den sie ihm reichte. Seine Ehrlichkeit verbot es ihm, ein zweites Mal die Gebühren einzustreichen. Der Herr hinter ihr hatte die Summe bereits entrichtet.

»Warum hast du das getan?«, fragte Yvonne, als sie das Gebäude verließen.

»Du hast keine Versicherung, und der Preis für die Untersuchung würde dich ruinieren. Ich möchte gerne etwas für dich tun, Yvonne, aber du lässt mir kaum Gelegenheit dazu. Deshalb habe ich die Gunst der Stunde genutzt.«

Sie reckte sich auf die Zehenspitzen und drückte John einen zärtlichen Kuss auf die Stirn.

»Dann mach noch etwas weiter und lad mich zum Essen ein, ich habe einen Bärenhunger.«

Enyas erste Gäste nahmen auf der Terrasse Platz. Das Paar studierte die Karte und erkundigte sich, ob es noch das Tagesgericht der letzten Woche gebe. Es handelte sich um einen köstlichen gedämpften Lachs auf einem Salatbett.

Zweihundert Kilometer entfernt fuhr ein Austin durch ein Ziegeltor in den Hof einer großen Schreinerwerkstatt. Antoine stellte den Wagen ab und begab sich zum Büro. Der Chef empfing ihn mit offenen Armen und bat ihn herein.

Offenbar waren die Götter heute nicht auf seiner Seite. Nachdem er das Verkehrsabenteuer hinter sich gebracht hatte, stand Mathias nun verloren auf der Esplanade der Tour Montparnasse. Ein freundlicher Wachmann erklärte ihm den Weg. Die Fernsehstudios befanden sich auf der anderen Seite. Wenn er sich beeilte, wäre er in zehn Minuten da. Mathias hielt kurz bei einem Straßenverkäufer an, erstand einen großen Rosenstrauß und erreichte schließlich den Eingang der Studios. Ein Sicherheitsbeamter bat ihn, sich auszuweisen, und suchte in seinem Heft die Nummer der Bildregie. Er informierte einen Cutter, dass Audrey am Empfang erwartet wurde.

Sie trug Jeans und einen engen Pulli, der ihre Brust vorteilhaft zur Geltung brachte. Als sie Mathias sah, röteten sich ihre Wangen.

»Was machst du denn hier?«, fragte sie.

»Ich gehe spazieren.«

»Was für eine schöne Überraschung, aber ich bitte dich, versteck die Blumen. Nicht hier, wo uns alle beobachten«, flüsterte sie.

»Ich sehe nur zwei, drei Typen am Fenster.«

»Ja, und die zwei, drei Typen sind der Redaktionsleiter, der Nachrichtenchef und eine Journalistin, ihres Zeichens die größte Klatschbase im Haus – ich bitte dich also, diskret zu sein. Sonst kocht die Gerüchteküche für zwei Wochen.«

»Hast du einen Moment Zeit?«, fragte Mathias und verbarg den Blumenstrauß hinter seinem Rücken.

»Ich sage ihnen Bescheid, dass ich eine Stunde Pause mache. Warte im Café auf mich, ich komme gleich.«

Mathias sah ihr hinterher, als sie durch die Schiebetür ging. Hinter der Scheibe sah man das Aufnahmestudio, von dem aus die Nachrichten zur Mittagszeit direkt übertragen wurden. Er trat einen Schritt näher, der Sprecher war ihm bekannt. Audrey drehte sich um, riss die Augen auf und deutete mit dem Finger auf den Ausgang. Resigniert gehorchte Mathias und machte kehrt.

Er wartete auf einer Bank am Ende der Straße, bis sie kam. Hinter seinem Rücken wurde auf drei öffentlichen Tennisplätzen gespielt.

Audrey nahm die Rosen und setzte sich neben ihn. »Sie sind wunderschön«, sagte sie und küsste ihn.

»Sei vorsichtig, hinter uns spielen drei Agenten der SDEC gegen drei ihrer Freunde von der DGSE.«

»Tut mir leid wegen vorhin, aber du kannst dir nicht vorstellen, was dort los ist.«

»Aufnahmen in einem Fernsehstudio zum Beispiel?«

»Ich will Privatleben und Arbeit nicht vermischen.«

»Verstehe«, brummte Mathias und betrachtete die Blumen, die Audrey auf ihren Schoß gelegt hatte.

»Bist du mir böse?«

»Nein, ich habe heute Morgen in aller Frühe den Zug genommen, und ich weiß nicht, ob dir klar ist, wie sehr ich mich freue, dich zu sehen.«

»Ich mich doch auch«, sagte sie und küsste ihn wieder.

»Ich mag keine Liebesgeschichten, bei denen man sich verstecken muss. Wenn ich etwas für dich empfinde, dann möchte ich es auch aller Welt zeigen können. Ich möchte, dass die Leute in meiner Umgebung mein Glück teilen.«

»Und ist das so?«, fragte Audrey und lächelte.

»Noch nicht… Aber das kommt bald. Außerdem weiß ich nicht, was daran so lustig ist. Warum lachst du?«

»Weil du ›Liebesgeschichte‹ gesagt hast, das macht mir wirklich Freude.«

»Du bist also ein bisschen glücklich, mich zu sehen?«

»Dummkopf! Gehen wir, auch wenn ich, wie du sagst,

für einen freien Fernsehsender arbeite, kann ich nicht frei über meine Zeit verfügen.«

Mathias fasste Audrey bei der Hand und zog sie zu der Terrasse eines Cafés.

»Wir haben die Blumen auf der Bank liegen lassen«, sagte sie und verlangsamte den Schritt.

»Lass sie da, sie sind nicht schön, ich habe sie auf der Esplanade an einem billigen Stand gekauft. Ich hätte dir gerne einen richtigen Strauß geschenkt, aber ich bin losgefahren, ehe Sophies Geschäft geöffnet war.« Und da Audrey nichts mehr sagte, fügte Mathias hinzu: »Eine Freundin, die einen Blumenladen in der Bute Street hat, siehst du, du bist auch ein bisschen eifersüchtig.«

Ein Kunde betrat das Geschäft, und Sophie strich ihren Kittel glatt.

»Guten Tag, ich komme wegen des Zimmers«, sagte der Mann und reichte ihr die Hand.

»Welches Zimmer?«, fragte Sophie verwundert.

Er sah aus wie ein Forschungsreisender, aber doch recht verloren. Er erklärte, er sei am Morgen aus Australien angekommen und mache in London Zwischenstation, ehe er am nächsten Tag nach Mexiko weiterzöge. Er hatte via Internet reserviert und das Zimmer auch angezahlt, und jetzt war er bei der Adresse, die auf der Reservierungsbestätigung angegeben war. Davon konnte sich Sophie überzeugen.

»Ich habe wilde Rosen, Sommerröschen, Pfingstrosen – die Saison hat gerade angefangen, und sie sind übrigens prachtvoll –, aber ich habe kein Gästezimmer«, antwortete sie und lachte herzlich. »Ich glaube, man hat Sie betrogen.«

Fassungslos stellte der Mann seinen Koffer neben einer

Hülle ab, die, der Form nach zu urteilen, ein Surfbrett enthielt.

»Kennen Sie einen bezahlbaren Ort, an dem ich heute Abend schlafen könnte?«, fragte er mit einem Akzent, der seine australische Herkunft verriet.

»Ganz in der Nähe gibt es ein hübsches Hotel. Wenn Sie die Straße hinaufgehen, liegt es auf der anderen Seite der Old Brompton Road, es ist die Nummer 16.«

Der Mann bedankte sich herzlich und nahm seine Sachen.

»Ihre Pfingstrosen sind wirklich sehr schön«, sagte er im Hinausgehen.

Der Chef der Schreinerwerkstatt sah sich die Pläne an. McKenzies Entwurf wäre ohnehin in der vorgegebenen Zeit schwierig zu realisieren gewesen. Antoines Zeichnungen vereinfachten die Arbeiten erheblich. Das Holz war noch nicht zugeschnitten, und es war also kein Problem, den ersten Auftrag durch diesen zu ersetzen. Die Sache wurde per Handschlag besiegelt. Antoine könnte in aller Ruhe nach Schottland fahren. Am Samstag nach seiner Rückkehr würde ein Lastwagen die Möbel zu Yvonnes Restaurant bringen. Die Schreiner, die den Transport begleiteten, würden sich gleich an die Arbeit machen, und am Sonntagabend wäre alles fertig. Die anderen laufenden Projekte würden sie beim Mittagessen in dem knapp zehn Kilometer entfernten Wirtshaus besprechen.

Mathias sah auf seine Uhr. Schon zwei!

»Und wenn wir noch etwas hier sitzen bleiben würden?«, fragte er fröhlich.

»Ich habe eine bessere Idee«, antwortete Audrey und nahm ihn bei der Hand.

Sie wohnte in einem kleinen Appartement in einem Hochhaus gegenüber dem Port de Javel. Mit der Metro wären sie in einer knappen Viertelstunde dort. Während die Bahn ein Stück oberirdisch über eine Brücke fuhr, rief Audrey in der Redaktion an, um mitzuteilen, dass sie später käme, und Mathias telefonierte, um seine Zugreservierung zu verschieben. Der Zug hielt an der Station Bir-Hakeim. Sie liefen eilig die breiten Metallstufen herunter und weiter über den Quai de Grenelle. Als sie den Platz vor dem Hochhaus erreichten, rang Mathias außer Atem nach Luft.

»Welcher Stock?«, fragte er keuchend.

Der Aufzug brachte sie in die siebenundzwanzigste Etage. Die Kabine war nicht verglast, und Mathias konzentrierte sich ganz auf Audrey.

Als sie das Appartement betraten, zog sie als Erstes die Gardine vor der Fensterfront zu, um Mathias vor einem Schwindelanfall zu schützen, und löste dafür einen Taumel ganz anderer Art bei ihm aus, als sie ihren Pulli auszog und die Jeans an den Beinen heruntergleiten ließ.

Auf der Terrasse war noch immer jeder Platz besetzt. Enya lief von Tisch zu Tisch, kassierte bei einem Australier und erklärte sich gerne bereit, sein Surfbrett aufzubewahren. Er sollte es im Büro an die Wand lehnen. Er könnte es am Abend abholen, das Restaurant war bis 22 Uhr geöffnet. Sie zeigte ihm den Weg und bediente weiter.

John küsste Yvonnes Hand. »Wie lange noch?«, fragte er und strich ihr über die Wange.

»Habe ich doch gesagt, ich werde hundert.«

»Und was haben die Ärzte gesagt?«

»Denselben Blödsinn wie immer.«

»Vielleicht dass du dich schonen sollst?«

»Ja, so was, aber bei dem Akzent, den die haben, versteht man sowieso nur die Hälfte.«

»Geh in Rente und komm zu mir nach Kent.«

»Also, wenn ich auf dich hören würde, würde ich wirklich meine Lebensdauer verkürzen. Du weißt genau, dass ich mein Restaurant nicht allein lassen kann.«

»Heute hast du es doch auch getan …«

»John, wenn mein Bistro nach meinem Tod schließen würde, würde mich das ein zweites Mal umbringen. Außerdem liebst du mich, wie ich bin, und genau darum liebe ich dich auch.«

»Nur darum?«, fragte John mit einem schelmischen Lächeln.

»Nein, auch wegen deiner großen Ohren. Gehen wir in den Park, sonst verpassen wir noch das Finale.«

Doch heute war John das Kricketspiel gleichgültig. Er nahm den Rest Brot aus dem Korb, zahlte und fasste Yvonne beim Arm. Er führte sie zum See, wo sie gemeinsam die Enten fütterten.

Antoine bedankte sich für die Essenseinladung. Sie fuhren zur Schreinerwerkstatt zurück. Er erklärte dem Meister seine Zeichnungen. In spätestens zwei Stunden könnte er sich auf den Heimweg machen. Ohnehin gab es keinen Grund, sich zu beeilen, die Kinder waren ja in Mathias' Obhut.

Audrey zündete sich eine Zigarette an und schmiegte sich wieder an Mathias.

»Ich mag den Geschmack deiner Haut«, sagte sie und streichelte seine Brust.

»Wann kommst du nach London?«, fragte er und nahm einen Zug.

»Du rauchst?«

»Ich habe aufgehört«, sagte er und hustete.

»Du verpasst deinen Zug.«

»Soll das heißen, dass du zurück ins Studio musst?«

»Wenn ich dich in London besuchen soll, muss zuerst die Reportage fertig geschnitten sein, und das ist noch lange nicht der Fall.«

»Waren die Aufnahmen so schlecht?«

»Schlimmer noch, ich muss mir Material aus dem Archiv besorgen; ich frage mich, warum du so besessen von meinen Knien bist, sie sind fast das Einzige, was du gefilmt hast.«

»Das liegt an dem Monitor, nicht an mir«, antwortete Mathias, während er sich anzog.

Audrey sagte, er solle nicht auf sie warten, sie wollte die Gelegenheit nutzen, um sich umzuziehen und etwas zum Abendessen einzupacken. Um die verlorene Zeit aufzuholen, würde sie die ganze Nacht durcharbeiten.

»War es wirklich verlorene Zeit?«, fragte Mathias.

»Nein, du Dummkopf«, antwortete sie und küsste ihn.

Als Mathias schon auf dem Hausflur stand, musterte Audrey ihn lange.

»Warum schaust du mich so an?«, fragte er und drückte auf den Aufzugknopf.

»Gibt es noch jemand anderes in deinem Leben?«

»Ja, meine Tochter …«

»Dann beeil dich!«

Und die Tür des Appartements schloss sich, nachdem sie ihm einen Kuss zugeworfen hatte.

»Wann geht dein Zug?«, fragte Yvonne.

»Da du nicht willst, dass wir zu dir gehen, und Kent dir zu weit ist, was würdest du dann davon halten, wenn wir in einem Luxushotel übernachten?«

»Du und ich im Hotel? John, hast du gesehen, wie alt ich bin?«

»In meinen Augen hast du kein Alter, und ich auch nicht, wenn ich mit dir zusammen bin. Ich werde dich nie anders sehen als die junge Frau, die eines Tages meine Buchhandlung betreten hat.«

»Da bist du aber der Einzige! Erinnerst du dich an unsere erste Nacht?«

»Ich erinnere mich, dass du haltlos geweint hast.«

»Ich habe geweint, weil du mich nicht angerührt hast.«

»Ich habe es nicht getan, weil du Angst hattest.«

»Und ich habe geweint, weil du es gemerkt hast, du Dummkopf.«

»Ich habe eine Suite reserviert.«

»Lass uns schon mal in deinem Luxushotel zu Abend essen, dann sehen wir weiter.«

»Darf ich versuchen, dich zu verführen?«

»Ich glaube, das tust du schon, seit ich dich getroffen habe«, sagte Yvonne und drückte seine Hand.

19 Uhr 30. Der Austin preschte über die Landstraße. Sussex war eine wundervolle Gegend. Antoine lächelte, in der

Ferne stand der Eurostar mitten in der Landschaft. Die Fahrgäste würden so schnell nicht ihr Ziel erreichen, während er in etwa zwei Stunden in London wäre…

19 Uhr 32. Der Zugbegleiter hatte eine einstündige Verspätung durchgesagt. Mathias versuchte, Danièle anzurufen, um ihr Bescheid zu sagen. Es gab keinen Grund, dass Antoine vor ihm heimkam, aber es war besser, sich ein Alibi zurechtzulegen. Die Landschaft war wunderschön, doch leider hatte sein Handy hier kein Netz.

»Ich hasse Kühe«, sagte er, den Blick aus dem Fenster gerichtet.

Der Tag ging seinem Ende entgegen. Sophie sammelte die verstreuten Blütenblätter ein und warf sie in die dafür vorgesehene Schublade. Anschließend zog sie ihren Kittel aus, ließ das Eisengitter vor dem Geschäft herunter und ging durch die Hintertür. Es war kühl, aber das Licht war noch viel zu schön, um nach Hause zu gehen. Enya lud sie ein, sich einen der vielen freien Tische auszusuchen. Im Restaurant speiste ein Mann, der aussah wie ein verlorener Forschungsreisender, allein. Sie erwiderte sein Lächeln, zögerte und machte Enya ein Zeichen, dass sie mit dem jungen Mann essen würde. Sie hatte immer von einer Reise nach Australien geträumt und hätte ihm tausend Fragen zu stellen.

20 Uhr. Der Zug fuhr endlich in die Waterloo Station ein. Mathias sprang auf den Bahnsteig, rannte über den Rollteppich und rempelte dabei einige Passanten an, die ihm im Weg standen. Als Erster erreichte er die Taxistation

und versprach dem Fahrer ein üppiges Trinkgeld, wenn er ihn in einer halben Stunde nach South Kensington fahren würde.

Die Uhr am Armaturenbrett zeigte zehn Minuten nach acht. Antoine zögerte und bog dann in die Bute Street ein. Das Eisengitter des Blumengeschäfts war natürlich geschlossen, Sophie war ja übers Wochenende weggefahren. Er drehte um und fuhr zurück zum Clareville Grove. Er fand einen Platz genau vor dem Haus und parkte ein. Aus dem Kofferraum holte er die beiden Miniaturen, die der Werkstattmeister für ihn gemacht hatte: einen hölzernen Vogel für Emily und ein Flugzeug für Louis. Mathias könnte ihm nicht vorwerfen, dass er vergessen hätte, den Kindern eine Kleinigkeit mitzubringen.

Als er ins Wohnzimmer trat, fiel ihm Louis um den Hals. Emily hob kaum den Kopf, sie war dabei, mit Tante Danièle eine Zeichnung zu beenden.

Die Vorspeise hatte Sophie in Sydney eingenommen, die Seezunge in Perth filetiert, und die Crème caramel in Brisbane genossen. Jetzt war es beschlossene Sache: Eines Tages würde sie nach Australien fahren. Bis ihr Bob Walley als Führer dienen könnte, würde es allerdings noch ein Weilchen dauern; seine Weltreise führte ihn am nächsten Tag weiter nach Mexiko. Ein Ferienzentrum am Meer hatte ihm für sechs Monate einen Job als Surflehrer angeboten. Und dann? Das wusste er nicht, das Leben würde ihm eine Richtung weisen. Er träumte davon, nach Argentinien zu fahren, und von dort – sofern es seine Mittel erlaubten – nach Brasilien und nach Panama. Die Westküste der Vereinigten Staaten wäre die erste Etappe seines Abenteuers, das er im nächsten Jahr beginnen würde. Er hatte sich im Frühjahr mit Freunden verabredet, um die große Welle zu erleben.

»Wo genau an der Westküste?«, fragte Sophie.

»Irgendwo zwischen San Diego und Los Angeles.«

»Sie haben ja sehr präzise Ziele.« Sie lachte. »Wie wollen Sie dann Ihre Freunde finden?«

»Das spricht sich rum, irgendwie treffen wir uns immer. Die Welt der Surfer ist eine kleine Familie.«

»Und anschließend?«

»San Francisco, ich muss unbedingt unter der Golden Gate Bridge durchsurfen, danach suche ich mir ein Frachtschiff, das bereit ist, mich mitzunehmen, und weiter geht's nach Hawaii.«

Bob Walley wollte mindestens zwei Jahre im Pazifik bleiben, es gab dort so viele Atolle zu entdecken. Als er die Rechnung verlangte, erinnerte Enya den jungen Surfer an sein Brett, das sie für ihn aufbewahrt hatte. Es stand im Büro an der Wand.

»Wollten sie es im Hotel nicht nehmen?«, fragte Sophie.

»Ich hatte ein bezahlbares Zimmer gesucht«, antwortete Bob verlegen.

Um sein Vorhaben zu verwirklichen, musste er sparsam mit seinem Budget umgehen, er konnte nicht für eine Nacht so viel bezahlen, wie er in Südamerika für einen ganzen Monat brauchen würde. Aber Sophie sollte sich keine Sorgen machen. Es war mild draußen, die Londoner Parks waren wundervoll, und er schlief gerne unter dem Sternenhimmel. Daran war er gewöhnt.

Sophie bestellte zwei Kaffee. Ein australischer Forschungsreisender, der nach Mexiko aufbrach und erst im nächsten Jahrhundert von seiner Reise zurückkehren würde… Und sie sollte sich nicht beunruhigen, wenn er draußen schlief? … Da kannte er sie aber schlecht! Sie hatte plötzlich Schuldgefühle, weil sie ihn am Morgen nicht gut beraten hatte, es war schließlich auch ein wenig ihre Schuld, wenn dieser hübsche Surfer plötzlich kein erschwingliches Dach über dem Kopf hatte… Wie süß seine Grübchen waren… Nur um mein schlechtes Gewissen zu beruhigen, nur deshalb… Unglaublich, wie tief sie sind, wenn er lächelt… Und die schönen Hände… Wenn er doch noch einmal lächeln würde, nur einmal… Sie musste nur den Mut finden… So schwer konnte es ja nicht sein, es auszusprechen…

»Sie kennen die Gegend nicht, was ja normal ist, aber in London kann es jederzeit zu regnen anfangen… Vor allem nachts… Und wenn es regnet, dann richtig…«

Sophie zog vorsichtig die Rechnung auf ihren Schoß, knüllte sie zusammen und warf sie unter den Tisch. Sie machte Enya ein Zeichen, dass sie morgen bezahlen würde.

Kurz darauf ließ Bob Walley Sophie an der Tür zu ihrer Wohnung den Vortritt. John Glover machte es mit Yvonne in der im Carlton reservierten Suite genauso, und als Mathias den Schlüssel ins Schloss schob, öffnete ihm Antoine die Tür. Er hatte gerade Danièle zum Taxi gebracht…

Die Bilder spulten in voller Geschwindigkeit zurück. Audrey drückte auf einen Knopf am Schneidetisch, um das Band anzuhalten. Auf dem Bildschirm erkannte sie das ehemalige Elektrizitätswerk mit den vier riesigen Türmen.

Sie stand mit dem Mikro in der Hand auf dem Platz davor und lächelte; ihr Gesicht war völlig verschwommen, aber sie erinnerte sich genau daran, dass sie gelächelt hatte. Sie erhob sich und beschloss, sich in der Cafeteria einen heißen Kaffee zu holen. Es würde eine lange Nacht werden.

Mathias stand an der Spüle und trocknete das Geschirr ab. Neben ihm reinigte Antoine, eine Schürze um die Taille gebunden und Gummihandschuhe an den Händen, energisch einen hölzernen Schöpflöffel.

»Zerkratzt die Scheuerseite nicht das Holz?«, fragte Mathias.

Antoine ignorierte ihn. Den ganzen Abend über hatte er kein Wort gesagt. Nach dem Essen hatten sich Emily und Louis, die das drohende Gewitter spürten, zurückgezogen, um das am Tag Erlernte zu wiederholen – ehe sie ging, hatte Danièle ihnen Aufgaben gegeben.

»Du bist krankhaft unflexibel!«, rief Mathias und stellte den Teller zurück aufs Ablaufbrett.

Antoine trat auf den Fußhebel des Mülleimers und warf den Schöpflöffel hinein, dann den Schwamm. Er bückte sich, um einen neuen aus dem Schrank zu nehmen.

»Na gut, ich habe eine deiner heiligen Regeln übertreten!«, fuhr Mathias fort und hob die Arme zum Himmel. »Ich musste am Spätnachmittag zwei Stunden weg, nur zwei lächerliche Stunden, und ich habe mir erlaubt, eine Freundin von Yvonne zu bitten, auf die Kinder aufzupassen, das ist doch kein Drama! … Außerdem vergöttern die Kinder sie.«

»Ein Babysitter!«, knurrte Antoine.

»Du wäschst einen Plastikbecher ab!«, rief Mathias.

Antoine nahm seine Schürze ab, knüllte sie zusammen und warf sie auf den Boden. »Ich darf dich daran erinnern, dass wir gesagt haben …«

»Wir haben gesagt, dass wir uns amüsieren, nicht dass wir Meister Proper Konkurrenz machen würden.«

»Du hältst dich an nichts«, antwortete Antoine. »Wir haben drei Regeln aufgestellt, nur drei kleine Regeln.«

»Vier!«, rief Mathias. »Und ich habe noch keine einzige Zigarre im Haus angezündet, also bitte! Außerdem nervst du mich, ich gehe schlafen. Na, das werden ja Superferien!«

»Das hat nichts mit den Ferien zu tun.«

Mathias ging die Treppe hinauf und blieb auf der letzten Stufe stehen. »Hör mir gut zu, Antoine, ab jetzt ändere ich die Regeln. Wir verhalten uns wie ein normales Paar, und wenn wir einen Babysitter brauchen, holen wir einen«, erklärte er und ging in sein Zimmer.

Antoine stand allein in der Küche, zog die Gummihandschuhe aus und blickte zu den Kindern hinüber, die im Schneidersitz auf dem Boden hockten. Emily hatte eine Schere in der Hand, Louis griff nach dem Leim. Sorgfältig klebten sie ausgeschnittene Fotos ein und verglichen ihre Collagen.

»Was macht ihr da eigentlich?«, fragte Antoine.

»Einen Aufsatz über das Familienleben«, antworteten die beiden und versteckten ihre Hefte.

Antoine zögerte kurz. »Zeit zum Schlafengehen, morgen müssen wir in aller Frühe aufstehen, sonst verpassen wir das Flugzeug nach Schottland. Also, ab ins Bett!«

Emily und Louis ließen sich nicht lange bitten und räumten ihre Sachen auf. Nachdem Antoine seinen Sohn zugedeckt hatte, blieb er eine Weile im Dunkeln stehen.

»Den Aufsatz über das Familienleben … den zeigt ihr mir aber, ehe ihr ihn eurer Lehrerin gebt.«

Im Badezimmer traf er auf Mathias, der sich, schon im Schlafanzug, die Zähne putzte.

»Außerdem darf ich dich darauf hinweisen, dass ich den Babysitter bezahlt habe«, erklärte er. Damit ging Mathias hinaus.

Fünf Sekunden später öffnete Antoine die Tür und rief ihm nach: »Leiste dir nächstes Mal lieber Französischunterricht, dein Brief heute Morgen strotzte vor Rechtschreibfehlern!«

Aber Mathias war schon in seinem Zimmer.

Die letzten Gäste waren gegangen. Enya schloss die Tür ab und schaltete die Neonröhre über dem Eingang aus. Sie machte die Gaststube sauber, richtete die Stühle an den Tischen aus und ging ins Büro. Sie überzeugte sich noch einmal, dass alles in Ordnung war und trat hinter die Theke, um die Kasse zu leeren, wie Yvonne es ihr aufgetragen hatte. Nachdem sie die Abrechnung gemacht hatte, zählte sie das Trinkgeld heraus und schob die Scheine in einen Umschlag. Sie würde ihn unter ihrer Matratze verstecken, um ihn Yvonne bei ihrer Rückkehr zu überreichen. Sie wollte die Geldlade der Kasse wieder schließen, doch sie war blockiert. Sie schob die Hand hinein und fühlte ganz hinten etwas, das störte. Es war eine sehr alte Brieftasche aus brüchigem Leder. Neugierig öffnete Enya sie. Darin steckte ein vergilbtes Blatt, das sie vorsichtig auseinanderfaltete.

7. August 1943

Meine geliebte Tochter,

dies ist der letzte Brief, den ich Dir schreibe. In einer Stunde werde ich erschossen. Ich werde hocherhobenen Hauptes sterben, stolz, nicht geredet zu haben. Sei nicht traurig über das große Unglück, das uns zugestoßen ist. Ich sterbe nur einmal, aber die Dreckskerle, die auf mich schießen, werden jedes Mal sterben, wenn die Geschichte ihren Namen erwähnt. Ich lasse Dir als Erbe einen Namen, auf den Du stolz sein kannst.
Ich wollte mich nach England durchschlagen, nun werde ich im Hof eines französischen Gefängnisses verbluten, doch Deine Freiheit und die Frankreichs sind mein Leben wert. Ich habe für eine bessere Welt gekämpft, und ich vertraue darauf, dass Du die Träume verwirklichen wirst, die ich nicht mehr haben kann.
Was auch immer Du tust, gibt nie auf, das ist der Preis für die Freiheit der Menschen.
Meine kleine Yvonne, ich erinnere mich an den Tag, als ich mit Dir auf der Place des Ternes Riesenrad gefahren bin. Du warst so hübsch in deinem geblümten Röckchen. Du zeigtest mit dem Finger auf die Dächer von Paris. Ich erinnere mich an das Gelübde, das Du abgelegt hast. So habe ich vor meiner Verhaftung etwas Geld für Dich in einem Schließfach deponiert, es wird Dir nützlich sein. Ich weiß jetzt, dass Träume keinen Preis haben, aber es wird Dir vielleicht doch etwas helfen, den Deinen zu erfüllen. Ich lege den Schlüssel in diese Brieftasche, Deine Mutter wird Dich an den richtigen Ort führen.

Ich höre Schritte, sie nähern sich, ich habe keine Angst, höchstens um Dich.
Jetzt wird der Schlüssel im Schloss meiner Zelle umgedreht, und ich lächele, weil ich an Dich, meine Tochter, denke. Wenn ich unten im Hof an den Pfahl gebunden werde, sage ich Deinen Namen.
Auch wenn ich tot bin, werde ich immer bei Dir sein. In der Ewigkeit wirst Du der Grund meines vergangenen Lebens sein.
Verwirkliche Deine Träume, Du bist mein Ruhm und mein Stolz.

Dein Papa, der Dich über alles liebt.

Verwirrt faltete Enya das Blatt wieder zusammen und steckte es zurück in die Brieftasche. Sie schob die Geldlade der Kasse zu und machte die Lichter aus. Als sie die Treppe hinaufging, hatte sie den Eindruck, hinter ihr würde das Holz der Stufen unter dem Schritt eines Vaters knarren, der seine Tochter nie verlassen hatte.

Kapitel 14

Die Kinder hatten sich abgesprochen, jeweils den Vater des anderen zu wecken. Louis machte einen Hechtsprung auf Mathias' Bett, und Emily zog Antoine mit einem Ruck die Decke weg. Eine Stunde später, nach viel Aufregung und großem Geschrei – Mathias konnte die Tickets nicht finden, Antoine war nicht sicher, das Gas abgestellt zu haben –, fuhr das Taxi Richtung Flughafen Gatwick. Sie mussten den Terminal im Laufschritt durchqueren, um als Letzte an Bord des Flugzeugs zu gehen. Die Boeing 737 der British Midland landete zur Mittagszeit in Schottland. Mathias hatte, als er in London ankam, geglaubt, die englische Sprache wäre für ihn die Hölle, doch sein Zusammentreffen mit dem Autovermieter am Flughafen von Edinburgh bewies ihm, dass er bislang nur das Fegefeuer kennengelernt hatte.

»Ich verstehe kein Wort von dem, was der Typ da erzählt. Ein Auto ist schließlich ein Auto, oder? Ich schwöre dir, der Kerl hat eine Kartoffel im Mund«, schimpfte Mathias.

»Lass mich das machen«, antwortete Antoine und schob ihn beiseite.

Eine halbe Stunde später fuhren sie mit einem apfelgrünen Kangoo auf der Autobahn M9 Richtung Norden. Als sie die Stadt Lilinthgow hinter sich ließen, versprach

Mathias dem Ersten, der den Namen korrekt aussprechen könnte, eine Eistüte mit sechs Kugeln. Nachdem sie sich auf der Umgehungsstraße von Falkirk verfahren hatten, erreichten sie bei Einbruch der Dunkelheit das bezaubernde Städtchen Airth, dessen Schloss den Forth-River überragte. Dort würden sie heute übernachten.

Der Hoteldiener war ebenso zuvorkommend wie hässlich. Sein Gesicht war von Narben entstellt und das linke Auge mit einer Augenklappe abgedeckt. Seine hohe Fistelstimme passte so gar nicht zu seinem Äußeren, das eher an das eines Seeräubers erinnerte. Auf Drängen der Kinder erklärte er sich, trotz der späten Stunde, zu einer Führung durch das Schloss bereit. Emily und Louis zappelten vor Aufregung, als er die Türen zu zwei Geheimgängen öffnete, die vom großen Salon abgingen. Einer führte zur Bibliothek, der andere zur Küche. Auf dem Weg zur letzten Etage des Turms erklärte er, die Suiten 3, 9 und 23 wären nachts kühler als die anderen, was nicht weiter verwunderlich sei, schließlich spuke es dort. Der Reservierung entsprechend, hätte er übrigens die beiden letzten für sie vorgesehen, von denen jede über zwei Betten verfüge.

Antoine flüsterte Mathias zu: »Berühr ihn!«

»Was redest du da?«

»Du sollst ihn berühren, um dich zu überzeugen, dass er real ist.«

»Bist du betrunken?«

»Sieh dir doch sein Gesicht an … Wer sagt dir, dass er kein Gespenst ist? Du wolltest, dass wir hier übernachten, also sieh zu, wie du es anstellst. Du kannst ihn streifen, wenn dir das lieber ist, aber ich will mit eigenen Augen sehen, dass deine Hand nicht durch seinen Körper fährt.«

»Du machst dich lächerlich, Antoine.«

»Wenn du es nicht tust, gehe ich keinen Schritt weiter.«

»Wie du willst…«

Im Schutz des Halbdunkels kniff er den Hoteldiener in den Hintern, was dieser mit einem heftigen Zusammenzucken quittierte.

»Bist du nun zufrieden?«, flüsterte Mathias.

Verblüfft wandte sich der Mann um und sah die beiden Freunde mit seinem einen Auge eindringlich an.

»Vielleicht ist es Ihnen lieber, dass wir die beiden Kinder in einem Zimmer unterbringen, und Sie das andere nehmen?«

Mathias, der eine gewisse Ironie in der Frage wahrnahm, versicherte sofort ernsthaft, jeder Vater würde mit seinem Kind schlafen.

Zurück in der Halle, trat Antoine zu Mathias. »Kann ich dich kurz sprechen?«, flüsterte er.

»Was ist denn jetzt schon wieder?«

»Die Sache mit den Gespenstern ist doch nur ein Witz, oder? Glaubst du, in dem Schloss spukt es wirklich?«

»Würdest du mich im Sessellift fragen, ob es in den Bergen wirklich Schnee gibt?«

Antoine hüstelte und kehrte zu dem Hoteldiener zurück.

»Wir haben es uns überlegt, wir werden alle in einem Zimmer übernachten, ein großes Bett für die Kinder, eins für die Eltern, wir können zusammenrücken. Denn wie Sie sagten, ist es nicht besonders warm, und so erkälten wir uns nicht!«

Emily und Louis waren euphorisch, die Ferien fingen gut an. Nachdem sie im Speisesaal am knisternden Kaminfeuer zu Abend gegessen hatten, wurde einstimmig beschlossen, schlafen zu gehen. Mathias führte den kleinen Trupp an, der sich die Turmtreppe hinaufbewegte. Die Suite, die sie bewohnten, war prachtvoll. Zwei große geschnitzte Betten mit Baldachin und roten Vorhängen standen den Fenstern gegenüber, die auf den Fluss hinausgingen. Emily und Louis schliefen ein, sobald das Licht ausgeschaltet war. Bald darauf begann Mathias im Tiefschlaf zu schnarchen. Beim ersten Ruf des Käuzchens presste sich Antoine an ihn und rührte sich die ganze Nacht über nicht mehr.

Am nächsten Morgen vor der Abreise wurde ihnen ein üppiges Frühstück serviert. Und kurz danach war der Kangoo auch schon auf dem Weg zum nächsten Etappenziel. Den Nachmittag verbrachten sie mit der Besichtigung von Stirling Castle. Der eindrucksvolle Bau thronte auf einem vulkanischen Felsen. Der Führer erzählte ihnen die Geschichte von Lady Rose. Diese verwirrende und schöne Frau verdankte ihren Namen der Farbe des Seidenkleids, das sie als Geist trug.

Einige behaupteten, es handele sich um Mary, die 1553 in der alten Kapelle gekrönte Königin von Schottland, andere zogen es vor zu glauben, es sei eine leidgeprüfte Witwe auf der Suche nach ihrem Mann, der 1304 bei der blutigen Belagerung durch Edward I. ums Leben gekommen war.

Der Ort wurde auch vom Geist der Lady Grey, Mary Stewarts Hofdame, heimgesucht, die Letztere vor dem sicheren Tod gerettet hatte, indem sie die Flammen der in Brand geratenen Laken erstickte. Leider verhieß die Erscheinung der Lady Grey dem Schloss jedes Mal ein bevorstehendes Unglück!

»Wenn ich daran denke, dass wir die Ferien in aller Ruhe im Club Med verbringen könnten«, knurrte Antoine.

Emily bat ihn zu schweigen, da sie den Führer nicht mehr verstehen konnte.

Am Abend müssten sie aufmerksam lauschen, um die geheimnisvollen Schritte zu vernehmen, die von den Strebepfeilern widerhallen würden. Das wäre dann Margaret Tudor, die allnächtlich auf die Rückkehr ihres Gemahls James IV. wartete, der seit der Schlacht gegen das Heer seines Schwagers Henry III. verschwunden war.

»Ich kann verstehen, dass sie ihn verloren hat, wie soll man sich bei all diesen Zahlen noch zurechtfinden?«, rief Mathias aus.

Diesmal war es Louis, der ihn zur Ordnung rief.

Am nächsten Vormittag waren Emily und Louis ungeduldiger denn je. Heute würden sie das Glamis Castle besichtigen, das bekannt dafür war, nicht nur eines der schönsten, sondern auch eines der am heftigsten von Geistern heimgesuchten Schlössern Schottlands zu sein. Der Wächter war erfreut über ihren Besuch, der Führer war krank, aber er konnte ihnen sogar mehr als dieser erzählen. Auf dem Weg durch Gemächer, Korridore und Türme erklärte ihnen der alte Mann mit dem gebeugten Rücken, hier habe die Königin Mutter als Kind gewohnt. Und sie sei zurückgekommen, um die reizende Prinzessin Margaret zur Welt zu bringen. Doch die Geschichte des Schlosses begann in grauer Vorzeit, denn es war auch der Sitz des niederträchtigsten aller schottischen Könige gewesen: Macbeth!

In diesen Gemäuern wimmelte es nur so von Gespenstern.

Mathias nutzte eine Pause – die Stufen zum Uhrenturm hatten ihren Führer ermüdet – und sonderte sich ein wenig von der Gruppe ab. Zu seiner großen Verzweiflung hatte sein Handy noch immer kein Netz. Es war schon zwei Tage her, dass er die letzte SMS an Audrey hatte senden können. Auf dem Weg durch die folgenden Gemächer erfuhren sie, dass man hier dem Geist eines jungen Dieners begegnen könne, der im Schlossgraben erfroren war, außerdem dem einer Frau ohne Zunge, die bei Einbruch der Nacht über die Gänge kroch. Aber das größte Mysterium war das verschwundene Zimmer. Von außen sah man das Fenster, doch im Inneren konnte niemand einen Zugang finden. Der Legende zufolge hatte der Earl of Glamis dort mit Freunden Karten gespielt und nicht aufhören wollen, als die Turmglocke den Sonntag einläutete. Da habe sich ein Fremder in einem schwarzen Cape zu ihnen gesellt. Als ein Diener das Essen brachte, traf er seinen Herrn an, der in einem Feuerkreis mit dem Teufel spielte. Der Raum soll daraufhin zugemauert worden und der Zugang für immer verloren gegangen sein. Aber der Führer fügte hinzu, am Abend könnten sie von ihren Zimmern aus hören, wie die Karten ausgeteilt würden.

Zurück im Park gestand Antoine, er hielte all diese Gespenstergeschichten nicht länger aus und wolle weder von einem jungen erfrorenen Diener das Tablett serviert bekommen, falls er nachts den Zimmerservice bemühen sollte, noch eine Frau ohne Zunge als Zimmernachbarin haben.

Empört warf Louis ein, er kenne sich mit Gespenstern eben nicht aus, und da sein Vater nicht verstand, worauf er hinauswollte, kam ihm Emily zu Hilfe.

»Gespenster und lebende Tote haben nichts miteinander zu tun. Wenn du dich etwas informiert hättest, wüsstest du, dass es drei Kategorien von Geistern und Gespenstern gibt – die leuchtenden, die subjektiven und die objektiven –, und selbst wenn sie dir Angst machen, sind sie ungefährlich; die lebenden Toten hingegen können sehr bösartig sein. Also, du siehst, das eine hat nichts mit dem anderen zu tun, weil es nicht dasselbe ist!«

»Gespenster und lebende Tote hin oder her, ich schlafe heute Abend in einem *Holiday Inn*! Und darf ich erfahren, seit wann ihre beiden Gespenster-Experten seid?«, fuhr Antoine fort und musterte die Kinder.

Da griff Mathias ein: »Du willst dich doch wohl nicht darüber beklagen, dass unsere Kinder kultiviert sind?«

In der Tasche seines Regenmantels spielte er mit seinem Handy. In einem modernen Hotel hätte er größere Chancen, einen Anruf tätigen zu können, das war der geeignete Augenblick, seinem Freund zu Hilfe zu kommen. Er erklärte den Kindern, heute Abend würde jeder sein eigenes Zimmer nehmen. Auch wenn die Betten in den schottischen Schlössern riesig wären, schliefe er nicht sehr gut, seit er das seine mit Antoine teile … Selbst wenn die Führer warnten, die Zimmer seien eisig, wäre ihm doch letzte Nacht viel zu warm gewesen.

Und als sie vor Emily und Louis, die noch immer wütend hinter ihnen her trödelten, zurück zum Wagen gingen, hätten die Schlossgespenster ein eigenartiges Gespräch belauschen können …

»Doch, ich schwöre es dir, du hast dich an mich gepresst … Erst wälzt du dich dauernd hin und her, dann presst du dich an mich.«

»Nein, tue ich nicht. Du hingegen schnarchst …«

»Also das würde mich sehr wundern, noch nie hat mir eine Frau gesagt, ich würde schnarchen.«

»Aha, und wie lange liegt deine letzte Nacht mit einer Frau zurück? Schon Caroline Leblond hat erzählt, dass du schnarchst.«

»Halt die Klappe!«

Als sie abends im *Holiday Inn* eincheckten, rief Emily ihre Mama an, um ihr von ihren Tagen in den Schlössern zu erzählen. Valentine freute sich, ihre Stimme zu hören. Natürlich fehlte sie ihr, jeden Abend vor dem Einschlafen küsste sie ihr Foto, und im Büro sah sie sich dauernd die kleine Zeichnung an, die Emily in ihre Visitenkartenmappe geschoben hatte. Ja, auch ihr war die Zeit lang, sie würde sie bald besuchen kommen, vielleicht schon am Wochenende nach ihrer Rückkehr. Sie sollte ihr den Papa geben, wenn er neben ihr stünde, sie würde gleich alles mit ihm besprechen. Am Samstag hatte sie ein Seminar, aber danach würde sie den nächsten Zug nehmen. Und am Sonntagmorgen würde sie Emily dann abholen, das war versprochen, und sie könnten den Tag zusammen verbringen, nur sie beide … Ja, wie früher. Aber jetzt musste Emily an die schönen Schlösser denken und die wunderbaren Ferien genießen, die ihr der Papa bot … Und Antoine … ja, natürlich!

Mathias sprach mit Valentine und reichte Emily den Hörer zurück. Als diese auflegte, machte er Antoine ein Zeichen, Louis zu beobachten. Der Junge saß alleine vor dem Fernseher und starrte auf den Bildschirm … der schwarz war.

Antoine zog seinen Sohn an sich und drückte ihn so fest, als würde er von vier Armen umschlungen.

Während Antoine sich um die Kinder kümmerte, gab Mathias vor, seinen Pullover im Auto vergessen zu haben, und nutzte die Gelegenheit, um zur Rezeption zurückzukehren.

Mühsam gestikulierend gelang es ihm, sich dem Portier am Empfang verständlich zu machen. Leider verfügte das Hotel nur über einen Computer im Büro der Buchhalterin, der jedoch den Gästen nicht zur Verfügung stand. Doch der Mann erbot sich freundlicherweise, eine Mail für ihn zu verschicken, sobald sein Chef nicht da wäre. Kurz darauf reichte Mathias ihm ein Blatt, auf das er eine Nachricht gekritzelt hatte.

Eine Stunde nach Mitternacht erhielt Audrey folgende E-Mail:

> Bin mit den Kundern in Scottland, komme nexten Samstag zurick, unmoglich Dich zu erruchen. Du fiehlst mir fruchtbar. Matthiew.

Und am nächsten Tag, als Antoine schon am Steuer des Kangoo saß und die Kinder auf der Rückbank ihre Gurte angelegt hatten, kam der Portier angelaufen und gab Mathias einen Umschlag.

> *Mein Matthiew,*
> *ich habe mir Sorgen gemacht, weil ich Dich nicht erreichen konnte, ich liebe Scottland und die Scotten. Ich*

komme Dich bald besuchen, du fiehlst mir auch…
fruchtbar viel.
Deine Hepburn.

Glücklich faltete er das Blatt zusammen und schob es in seine Tasche.

»Was ist das?«, fragte Antoine.

»Der Durchschlag der Hotelrechnung.«

»Ich zahle, und du bekommst die Rechnung!«

»Du kannst sie auch nicht absetzen, ich schon! Statt zu reden, konzentrier dich lieber auf den Weg, der Karte nach musst du an der nächsten Kreuzung rechts abbiegen… Rechts habe ich gesagt, warum fährst du dann links?«

»Weil du die Karte falsch rum hältst, du Trottel!«

Der Wagen fuhr nach Norden, Richtung Highlands. Sie hielten in dem entzückenden Dorf Speyside, das bekannt für seine Whiskybrennereien war, und nach dem Mittagessen würden sie alle zusammen das berühmte Cawdor Castle besichtigen. Emily erzählte, dass es gleich dreifach darin spuke, einmal ein violett gekleidetes Ektoplasma, dann der berühmte John Campbell von Cawdor und schließlich eine traurige Frau ohne Hände. Als er von dem dritten Schlossbewohner hörte, legte Antoine eine solche Vollbremsung hin, dass eine Bremsspur von fünfzig Metern zurückblieb.

»Was ist denn mit dir los?«

»Entscheidet euch auf der Stelle! Entweder essen wir zu Mittag oder wir besuchen die Frau mit den Armstümpfen, beides mache ich nicht mit! Was zu viel ist, ist zu viel!«

Die Kinder schüttelten den Kopf und enthielten sich

jeden Kommentars. Gemeinschaftlich wurde die Lösung gefunden, dass Antoine von dem Besuch freigestellt war und in dem Gasthaus auf sie warten würde.

Kaum waren sie angekommen, verschwanden Emily und Louis im Souvenirladen und ließen Antoine und Mathias allein am Tisch sitzen.

»Was mich fasziniert, ist die Tatsache, dass wir seit drei Tagen an Orten übernachten, einer furchterregender als der andere, und dass du Geschmack daran zu finden scheinst! Bei der Schlossbesichtigung heute Morgen hast du dich aufgeführt wie ein Vierjähriger«, sagte Antoine.

»Apropos Geschmack«, antwortete Mathias, der in die Speisekarte vertieft war, »nimmst du das Tagesgericht? Es ist immer gut, die örtlichen Spezialitäten zu probieren.«

»Was ist es denn?«

»Haggis.«

»Das sagt mir zwar gar nichts, aber dann probiere ich eben Haggis«, sagte Antoine zu der Bedienung, die kam, um die Bestellung aufzunehmen.

Zehn Minuten später stellte sie einen Teller mit gefüllten Schafspansen vor ihn hin, und Antoine überlegte es sich anders, zwei Spiegeleier wären ausreichend, eigentlich hatte er keinen großen Hunger. Nach dem Essen fuhren Mathias und die Kinder zu ihrer Besichtigung und ließen Antoine zurück.

Am Nachbartisch unterhielt sich ein junges amerikanisches Paar über seine Zukunftspläne. Antoine lauschte und verstand, dass der Mann Architekt war wie er selbst. Da er sich außerdem allein an seinem Tisch langweilte, hatte er zwei gute Gründe, ein Gespräch anzufangen.

Er stellte sich vor, und der Mann erkundigte sich, ob er

wirklich Franzose sei, wie er glaube verstanden zu haben. Antoine solle das nicht falsch auffassen, sein Englisch sei hervorragend, aber da er selbst einige Jahre in Paris gelebt habe, könne er den leichten Akzent sofort identifizieren.

Antoine liebte die Vereinigten Staaten und wollte wissen, in welcher Stadt sie wohnten – auch er hatte den Akzent erkannt.

Das Paar stammte von der Westküste, lebte in San Francisco und verbrachte seinen wohlverdienten Urlaub in Schottland.

»Sind Sie nach Schottland gekommen, um die Gespenster zu sehen?«, fragte Antoine.

»Nein, da bin ich zu Hause bestens bedient, ich brauche nur meinen Wandschrank zu öffnen«, sagte der junge Mann und sah seine Gefährtin an, die ihm unter dem Tisch einen Fußtritt versetzte.

Er hieß Arthur, sie Lauren, die beiden reisten durch Europa und folgten der Route, die ein befreundetes Paar, Georges Pilguez und seine Frau, im letzten Jahr absolut begeistert hatte. Sie hatten übrigens in Italien geheiratet.

»Und sind Sie auch gekommen, um hier zu heiraten?«, fragte Antoine neugierig.

»Nein, noch nicht«, antwortete die bezaubernde junge Frau.

»Aber wir feiern ein anderes glückliches Ereignis«, fuhr Arthur fort, »Lauren ist schwanger, wir erwarten im Spätsommer ein Baby. Aber das dürfen Sie nicht weitersagen, im Moment ist es noch ein Geheimnis.«

»Ich will nur nicht, dass man es im Memorial Hospital erfährt, Arthur!«, sagte Lauren. »Ich habe dort gerade eine Planstelle bekommen«, erklärte sie dann freundlich an Antoine gewandt, »und ich will nicht, dass gleich über Fehlzeiten spekuliert wird. Das ist doch normal, nicht wahr?«

»Sie ist seit letztem Sommer Chefärztin der neurologischen Abteilung und reichlich von ihrem Beruf besessen«, meinte Arthur.

Das Gespräch setzte sich fort, die junge Ärztin war unglaublich schlagfertig, und Antoine war begeistert von der Art, wie die beiden miteinander umgingen. Als sie sich entschuldigten – sie hatten noch eine lange Fahrt vor sich –, beglückwünschte Antoine das Paar zu dem Baby und sicherte ihnen seine Diskretion zu. Falls er eines Tages nach San Francisco käme, würde er hoffentlich keinen Grund haben, sich zum Memorial Hospital zu begeben.

»Das weiß man nie, glauben Sie mir… Das Leben hat viel mehr Fantasie als wir.«

Ehe sie losfuhren, reichte Arthur ihm seine Karte, und er musste versprechen, sie anzurufen, wenn er irgendwann nach Kalifornien käme.

Mathias und die Kinder kehrten begeistert von ihrem nachmittäglichen Ausflug zurück. Antoine hätte mitkommen sollen, Cawdor Castle war wundervoll.

»Hättest du Lust, nächstes Jahr nach San Francisco zu fahren?«, fragte Antoine, als sie aufbrachen.

»Hamburger sind nicht mein Ding«, erwiderte Mathias.

»Haggis sind auch nicht meins, und ich bin trotzdem hier.«

»Na, das werden wir nächstes Jahr sehen. Willst du nicht etwas mehr Gas geben? Wir schleichen im Schneckentempo dahin.«

Am folgenden Tag fuhren sie gen Süden und machten

eine lange Pause am Loch Ness. Mathias wettete hundert Pfund Sterling, dass sich Antoine nicht trauen würde, auch nur einen Fuß in den See zu tauchen, und er gewann.

Am Freitagvormittag gingen die Ferien schon zu Ende. Am Flughafen von Edinburgh bombardierte Mathias Audrey mit SMS-Nachrichten. Eine schickte er verborgen hinter einem Zeitungsständer, zwei andere von der Toilette aus, wo er seine vergessene Tasche hatte holen müssen, eine vierte, während Antoine durch die Sicherheitskontrolle ging, und die letzte, während sein Freund die Jacken der Kinder im Gepäckfach verstaute. Audrey freute sich, dass er zurück war, und verging vor Lust, ihn zu sehen, sie würde sehr bald kommen.

Auf dem Rückflug stritten Antoine und Mathias – wie schon auf dem Hinweg –, weil keiner von beiden am Fenster sitzen wollte.

Antoine mochte nicht am Ende der Sitzreihe eingezwängt sein, Mathias erinnerte ihn daran, dass er unter Schwindelanfällen litt.

»Es ist allgemein bekannt, dass im Flugzeug niemandem schwindlig wird, das ist doch Unsinn«, murrte Antoine und setzte sich widerwillig ans Fenster.

»Mir schon, wenn ich auf die Spitze der Tragfläche schaue.«

»Dann guck doch woanders hin! Kannst du mir überhaupt erklären, welchen Sinn es hat, sich die Spitze der Tragfläche anzusehen? Hast du Angst, dass sie abbricht?«

»Ich habe keine Angst. Du hast Angst, dass sie abbricht, darum willst du nicht am Fenster sitzen. Wer ballt denn hier bei der geringsten Turbulenz die Hände zu Fäusten?«

Zurück in London, beschrieb Emily die Freundschaft zwischen den beiden Männern mit treffenden Worten. Sie notierte in ihrem Tagebuch, Antoine und Mathias seien sich eben völlig ähnlich – nur auf ganz unterschiedliche Weise. Und diesmal fügte Louis nichts am Rand hinzu.

Kapitel 15

Außer sich vor Freude erfuhr Audrey an diesem Freitagvormittag im Büro des Nachrichtenchefs die Neuigkeit.

Die Redaktion des Fernsehsenders war so zufrieden mit ihrer Arbeit, dass man beschlossen hatte, ihr mehr Verantwortung zu übertragen. Um ihre Reportage abzuschließen, sollte sie nach Ashford fahren, wo viele Franzosen lebten. Am besten wäre es, am Samstagnachmittag mit den Eltern zu sprechen, die ihre Kinder von der Schule abholten. Audrey sollte auch die Gelegenheit nutzen, um einige Szenen nachzudrehen, die wegen einer Sache, die der Nachrichtenchef absolut nicht verstand, unbrauchbar waren. In seiner ganzen Laufbahn hatte er noch nie gehört, dass »ein Monitor die Einstellung verfälschen konnte«. Nun gut, einmal ist immer das erste Mal … In London bekäme sie einen professionellen Kameramann. Sie hatte gerade noch Zeit, nach Hause zu fahren und ihren Koffer zu packen. In drei Stunden ging ihr Zug.

Die Tür hatte sich geöffnet, aber Mathias hatte es nicht für nötig gehalten, sein Hinterzimmer zu verlassen. Die meisten Kunden, die zu dieser Stunde kamen, blätterten nur in den Zeitschriften, um die Zeit bis zum Schulschluss zu überbrücken. Als er eine leicht raue Stimme hörte, die fragte, ob er den Legrand et Michard, *18. Jahrhundert* hätte, ließ er sein Buch fallen und lief nach vorn.

Sie sahen einander an, beide erstaunt und glücklich über dieses unverhoffte Wiedersehen. Mathias schloss sie in die Arme, und diesmal war sie es, der beinahe schwindelig geworden wäre. Wie lange würde sie bleiben? … Warum schon von ihrer Abreise sprechen, wo sie doch gerade erst angekommen war? … Weil ihm die Zeit so lang vorgekommen war … vier Tage … das war zwar eigentlich kurz … Ihre Haut war so weich, er begehrte sie … In der Tasche ihres Regenmantels war der Schlüssel zu der Wohnung in Brick Lane … Ja, er würde jemanden finden, der auf seine Tochter aufpasste, Antoine würde sich um sie kümmern … Antoine? … Der Freund, mit dem er in die Ferien gefahren war … Aber er hatte jetzt genug geredet! Er war so glücklich, sie zu sehen, er wollte ihre Stimme hören … Sie musste ihm etwas gestehen, sie schämte sich ein bisschen … Aber es war so kompliziert gewesen, ihn in Schottland zu erreichen … hm, es fiel ihr schwer … Aber es war besser, es zuzugeben, sie hatte schließlich geglaubt, dass er sie angelogen hätte, ja, dass er verheiratet wäre … All die SMS-Nachrichten und immer vor dem Essen und dann den Abend über nichts mehr … Es tat ihr leid, aber das waren die Wunden der Vergangenheit … Natürlich war er ihr deshalb nicht böse … Im Gegenteil, jetzt war alles klar, es war besser, wenn die Dinge klar waren. Natürlich wusste Antoine von ihnen, er hatte in Schottland dauernd von ihr gesprochen … Sein Freund verging vor Neugier, sie kennenzulernen … Vielleicht nicht dieses Wochenende, nachdem sie nur so wenig Zeit hatten … Er wollte lieber mit ihr allein sein … Sie würde am frühen Abend zurückkommen, jetzt hätte sie eine Verabredung in Pimlico mit einem Kameramann, der sie nach Ashford begleiten würde … Ja, leider wäre sie morgen nicht da, vielleicht auch am Sonntag nicht, ja, es würden ihnen nur noch zwei Tage bleiben … Sie musste sich jetzt wirklich beeilen, sie war schon spät dran … Nein, er konnte nicht mit nach Ashford kommen, der Sender hatte auf einem professionellen Kameramann bestanden … Er hatte keinen Grund, so ein Gesicht zu machen, ihr Kollege war verheiratet, und seine Frau erwartete ein Baby … Er musste sie jetzt gehen lassen, sie würde zu spät zu ihrer Verabredung kommen … Ja, sie wollte ihn auch noch einmal küssen. Sie würde ihn bei Yvonne treffen … gegen acht Uhr.

Audrey sprang in ein Taxi, und Mathias griff zum Telefon. Antoine war in einer Sitzung, aber McKenzie solle ihm einfach ausrichten, er möge doch den Kindern das Essen machen und vor allem nicht auf ihn warten. Nichts Schlimmes, ein Freund aus Paris, der kurzfristig nach London gekommen war und ihn in seiner Buchhandlung besucht hatte. Seine Frau hatte ihn gerade verlassen und verlangte das Sorgerecht für die Kinder. Seinem Freund ging es schlecht, und er wollte sich heute Abend um ihn kümmern. Er hätte ihn gerne mit nach Hause gebracht, aber das war vielleicht keine so gute Idee – wegen der Kinder. Da war McKenzie ganz seiner Meinung, das war sicher eine schlechte Idee! Es tat ihm wirklich leid für Mathias' Freund, ein Trauerspiel … Und apropos Kinder, wie nahmen die seines Freundes die Sache auf?

»Hören Sie, McKenzie, ich werde ihn heute Abend fragen, und morgen rufe ich Sie an, um Ihnen alles zu erzählen!«

McKenzie hüstelte und versprach, Antoine Bescheid zu geben. Mathias legte auf.

Audrey kam zu spät zu ihrem Termin. Der Kameramann hörte sich an, was sie von ihm erwartete, und erkundigte sich, ob die Hoffnung bestünde, dass sie noch am selben Abend zurückkehrten.

Audrey hatte auch keine Lust, in Ashford zu übernachten, doch die Arbeit ging vor. Sie verabredeten sich für den ersten Zug am nächsten Morgen auf dem Bahnsteig.

Zurück in South Kensington, ging sie bei Mathias vorbei. Er hatte drei Kunden, von der Straße aus machte sie ihm ein Zeichen, sie würde bei Yvonne auf ihn warten.

Audrey nahm an der Theke Platz.

»Soll ich Ihnen einen Tisch reservieren?«, fragte die Wirtin.

Audrey wusste nicht, ob sie hier essen würden. Sie wartete lieber an der Bar. Sie bestellte etwas zu trinken. Da das Restaurant leer war, kam Yvonne zu ihr, um zu plaudern.

»Sie sind doch die Journalistin, die eine Reportage über uns macht, nicht wahr?«, fragte Yvonne. »Wie lange bleiben Sie diesmal?«

»Nur vier Tage.«

»Dann dürfen Sie am Wochenende auf keinen Fall die große Blumenschau von Chelsea verpassen«, sagte Sophie, die sich neben sie gesetzt hatte.

Das Ereignis fand nur einmal im Jahr statt, dort wurden die Kreationen der bekanntesten Blumenhändler und Landschaftsgärtner ausgestellt. Man konnte neue Züchtungen von Rosen und Orchideen bewundern und kaufen.

»Das Leben scheint angenehm auf dieser Seite des Ärmelkanals«, sagte Audrey.

»Fragt sich immer für wen«, antwortete Yvonne. »Aber ich muss zugeben, wenn man einmal seinen Platz in diesem Viertel gefunden hat, möchte man es nicht mehr verlassen.«

Zu Sophies großer Freude fügte sie hinzu, im Lauf der Zeit seien die Bewohner der Bute Street so etwas wie eine große Familie geworden.

»Auf alle Fälle scheinen Sie eine Clique von richtig guten Freunden zu sein«, fuhr Audrey fort und sah Sophie an. »Sie wohnen wohl alle schon lange hier?«

»In meinem Alter zählt man nicht mehr«, meinte Yvonne. »Antoine hat sein Architekturbüro ein Jahr nach der Geburt seines Sohnes aufgemacht, und wenn ich mich recht erinnere, ist Sophie kurz darauf gekommen.«

»Vor acht Jahren!«, präzisierte diese und sog an ihrem Strohhalm. Mathias ist der Letzte«, schloss sie.

Yvonne machte sich Vorwürfe, ihn fast vergessen zu haben.

»Er ist ja auch erst so kurze Zeit hier«, entschuldigte Sophie sie.

Audrey wurde rot.

»Was ist los, haben wir etwas Falsches gesagt?«, fragte Yvonne.

»Nein, nein. Ich hatte nur Gelegenheit, ihn ebenfalls zu interviewen, und den Eindruck, er würde schon ewig in England leben.«

»Er ist genau am 2. Februar hier angekommen«, bekräftigte Yvonne.

Dieses Datum würde sie nie vergessen – der Tag, an dem John in Pension gegangen war.

»Zeit ist relativ«, fügte sie hinzu, »Mathias hat sicher den Eindruck, sich schon vor langer Zeit hier niedergelassen zu haben. Er hat nach seinem Umzug bestimmt einige Enttäuschungen erlebt.«

»Inwiefern?«, frage Audrey wie beiläufig.

»Er würde mich umbringen, wenn ich darüber spräche. Aber, was soll's, er ist der Einzige, der nicht weiß, was in aller Munde ist.«

»Ich glaube, du hast recht, Yvonne, Mathias würde dich sicher umbringen«, unterbrach Sophie sie.

»Vielleicht, aber all diese offenen Geheimnisse gehen mir auf die Nerven, und heute habe ich Lust zu erzählen«, fuhr die Hausherrin fort und schenkte sich etwas Rotwein nach. »Mathias ist nie über die Trennung von Valentine hinweggekommen … der Mutter seiner Tochter. Und auch wenn er das Gegenteil schwören würde, er ist zum großen Teil hergekommen, um sie zurückzuerobern. Aber er hatte kein Glück, sie hat sich, sobald er da war, nach Paris versetzen lassen. Er wäre noch verärgerter über das, was ich jetzt sage: Das Leben hat ihm einen großen Gefallen getan. Valentine wird nie zu ihm zurückkehren.«

»Jetzt würde er dich, glaube ich, wirklich umbringen«, wiederholte Sophie, um ihr das Wort abzuschneiden. »All diese Geschichten interessieren doch die junge Dame nicht.«

Yvonne musterte die beiden Frauen, die an ihrer Theke saßen, und zuckte mit den Schultern. »Wahrscheinlich hast du recht, außerdem habe ich zu tun.«

Sie nahm ihr Glas und kehrte in ihr Büro zurück.

»Der Tomatensaft geht auf Rechnung des Hauses«, fügte sie noch hinzu.

»Tut mir leid«, meinte Sophie verlegen. »Normalerweise ist Yvonne nicht schwatzhaft … außer wenn sie traurig ist. Und wenn man sich die Zahl der Gäste ansieht, lässt sich der Abend nicht gerade gut an.«

Audrey schwieg. Sie stellte ihr Glas ab.

»Geht es Ihnen nicht gut?«, fragte Sophie. »Sie sind ganz blass geworden«.

»Ich bin diejenige, die sich entschuldigen muss. Das muss die Zugfahrt sein, mir war die ganze Reise über schlecht«, erklärte Audrey. Sie hatte größte Mühe, die Last zu verbergen, die plötzlich auf ihrer Brust lag. Es war nicht so sehr, weil Yvonne ihr enthüllt hatte, warum Mathias Paris verlassen hatte. Aber als der Name Valentine fiel, hatte sie sich in eine Welt versetzt gefühlt, die nicht die ihre war, und der Schmerz war heftig gewesen.

»Ich sehe sicher furchtbar aus, was?«, fragte Audrey dann.

»Nein, Sie kriegen langsam wieder Farbe«, entgegnete Sophie. »Kommen Sie mit, wir wollen ein paar Schritte gehen.«

Sie bot ihr an, sich im Hinterzimmer ihres Blumenladens frisch zu machen.

»So, jetzt sehen Sie schon viel besser aus«, erklärte Sophie, »das muss ein Virus sein, mir ist auch schon seit heute Morgen übel.«

Audrey wusste nicht, wie sie ihr danken sollte.

Mathias betrat das Geschäft. »Da bist du ja! Ich habe dich überall gesucht«, rief er.

»Du hättest hier anfangen sollen, ich bin immer hier«, gab Sophie zurück.

Aber Mathias sah nur Audrey an.

»Ich habe inzwischen die Blumen bewundert«, erwiderte diese.

»Gehen wir?«, fragte Mathias. »Ich habe die Buchhandlung zugesperrt.«

Sophie sagte nichts, ihr Blick wanderte von Audrey zu Mathias und von Mathias wieder zu Audrey. Und als die beiden gingen, konnte sie nicht umhin zu denken, dass sie sich mit Yvonne nicht getäuscht hatte. Wenn Mathias eines Tages von ihrem Gespräch erführe, hätte er wirklich Lust sie umzubringen.

Das Taxi fuhr die Old Brompton Road hinauf. An der Kreuzung Clareville Grove zeigte ihr Mathias sein Haus.

»Sieht groß aus«, sagte Audrey.

»Vor allem hat es viel Charme.«

»Zeigst du es mir irgendwann?«

»Ja, irgendwann …«, erwiderte Mathias.

Sie lehnte den Kopf an die Scheibe, Mathias streichelte ihre Hand, sie sagte nichts.

»Bist du sicher, dass du nicht essen gehen willst?«, erkundigte sich Mathias. »Du bist so merkwürdig.«

»Mir ist etwas übel, doch das vergeht gleich wieder.«

Mathias schlug ihr vor, ein Stück zu Fuß zu gehen, die Abendluft würde ihr guttun. Das Taxi setzte sie an der Themse ab. Sie ließen sich auf einer Bank am Ende des Kais nieder. Vor ihnen spiegelten sich die Lichter des OXO-Tower im Wasser.

»Warum bist du hierhergekommen?«, fragte Audrey.

»Seit unserem Wochenende war ich mehrmals da. Das ist ein bisschen unser Ort.«

»Das war nicht meine Frage, aber das macht nichts.«

»Was ist los mit dir?«

»Nichts, ganz bestimmt nicht, nur alberne Gedanken, die mir durch den Kopf gegangen sind. Aber ich habe sie vertrieben.«

»Und hast du jetzt wieder Hunger?«

Audrey lächelte. »Glaubst du, dass du eines Tages dort hinauffahren kannst?«, fragte sie und deutete mit dem Kopf auf den Tower.

Im letzten Stock waren die Fenster eines Restaurants erleuchtet.

»Eines Tages, vielleicht«, entgegnete Mathias nachdenklich.

Er zog Audrey zu der Promenade, die am Ufer entlangführte.

»Was wolltest du mich vorhin fragen?«

»Ich habe mir überlegt, warum du nach London gezogen bist.«

»Vermutlich, um dir zu begegnen«, antwortete Mathias.

Als sie die Wohnung in Brick Lane betraten, führte Audrey Mathias ins Schlafzimmer. Den Rest des Abends verbrachten sie eng umschlungen im Bett, und mit der Zeit verblasste die Erinnerung an den unangenehmen Moment in Yvonnes Bar. Um Mitternacht hatte Audrey Hunger, aber der Kühlschrank war leer. Sie zogen sich schnell an und liefen in Richtung Spitalfields. Dort nahmen sie in einem der Restaurants Platz, welche die ganze Nacht über geöffnet haben. Die Klientel war äußerst gemischt. Am Nachbartisch saßen Musiker, mit denen sie bald ins Gespräch kamen. Während sich Audrey ereiferte und ihren Standpunkt verteidigte, Chet Baker sei ein besserer Trompetenspieler gewesen als Miles Davis, verschlang Mathias sie mit Blicken.

Die Straßen von London waren schön, wenn sie an seinem Arm ging. Sie lauschten auf das Geräusch ihrer Schritte, spielten mit ihrem Schatten, der sich im Schein der Laterne auf dem Pflaster abzeichnete. Mathias begleitete Audrey bis zu dem roten Backsteinhaus, ließ sich noch einmal hineinziehen und kehrte erst heim, als sie ihn – viel zu spät in der Nacht – fortschickte. In wenigen Stunden musste sie den Zug nehmen und hatte einen harten Arbeitstag vor sich. Sie wusste nicht, wann sie aus Ashford zurückkäme. Sie würde ihn morgen anrufen, das versprach sie ihm.

Als Mathias nach Hause kam, traf er Antoine an seinem Schreibtisch bei der Arbeit an.

»Du bist noch wach?«

»Emily hatte einen Albtraum, ich bin aufgestanden, um sie zu beruhigen, und konnte nicht wieder einschlafen, also hole ich Versäumtes auf.«

»Geht es ihr gut?«, erkundigte sich Mathias beunruhigt.

»Ich habe nicht gesagt, dass sie krank ist, ich habe gesagt, dass sie einen Albtraum hatte. Kein Wunder bei euren Gespenstergeschichten!«

»Ich hoffe, du hast nicht vergessen, warum wir nach Schottland gefahren sind.«

»Nächstes Wochenende fange ich mit dem Umbau bei Yvonne an.«

»Arbeitest du an dem Entwurf?«

»Unter anderem.«

»Zeigst du ihn mir?«, fragte Mathias und zog seine Jacke aus.

Antoine öffnete eine Zeichenmappe und breitete die Pläne vor seinem Freund aus.

Mathias war begeistert. »Das wird super, sie wird sich freuen.«

»Das kann sie auch.«

»Und du bezahlst wirklich die Arbeiten?«

»Ich will nicht, dass sie es erfährt, verstehst du?«

»Wird das Projekt teuer?«

»Die Arbeitszeit des Büros nicht mitgerechnet, verliere ich den Verdienst von zwei anderen Bauvorhaben.«

»Hast du so viel Geld?«

»Nein.«

»Warum machst du es dann?«

Antoine musterte Mathias lange. »Du hast doch heute Abend auch einen Freund getröstet, den seine Frau hat sitzen lassen, und dabei leidest du noch unter deiner eigenen Trennung«, sagte er dann.

Ohne zu antworten, beugte sich Mathias erneut über die Pläne und versuchte, sich vorzustellen, wie das Restaurant bald aussehen würde.

»Wie viele Stühle sind es insgesamt?«

»So viele, wie es Plätze gibt, sechsundsiebzig!«

»Und wie teuer ist so ein Stuhl?«

»Warum willst du das wissen?«, fragte Antoine.

»Weil ich sie ihr schenken will …«

»Willst du nicht eine gute Zigarre im Garten rauchen?«, fragte Antoine und legte Mathias die Hand auf die Schulter.

»Weißt du, wie spät es ist?«

»Du willst doch jetzt wohl nicht die Rollen vertauschen, dies ist die schönste Stunde, bald wird es Tag, gehen wir?«

Als sie auf der Mauer hockten, zog Antoine zwei Montecristo aus der Tasche. Er schnupperte am Deckblatt und erwärmte es an der Flamme eines Streichholzes. Dann schnitt er die Spitze ab, reichte Mathias die Zigarre und bereitete anschließend seine eigene vor.

»Was ist denn das für ein Freund, der so verzweifelt ist?«

»Ein gewisser David.«

»Den hast du nie erwähnt«, meinte Antoine.

»Bist du sicher? Das wundert mich … Habe ich nie von David erzählt?«

»Mathias … Du hast Gloss auf deinen Lippen! Wenn du mich weiter zum Narren hältst, ziehe ich die Wand wieder hoch.«

Audrey schlief die ganze Fahrt über. Bei der Einfahrt in den Bahnhof von Ashford musste der Kameramann sie wach rütteln. Der Tag war anstrengend, aber die beiden verstanden sich gut. Als er sie bat, ihren Schal abzunehmen, der ihn bei der Großaufnahme störte, hatte sie den dringenden Wunsch, zu unterbrechen und zu ihrem Handy zu greifen. Aber die Leitung der Buchhandlung war ständig besetzt; Louis hatte einen großen Teil des Nachmittags im Hinterzimmer vor dem Computer verbracht. Er tauschte E-Mails mit Afrika aus, und Emily korrigierte seine Rechtschreibfehler. Das war ein gutes Mittel, um ihre Ungeduld zu bezähmen, die von Stunde zu Stunde wuchs … aus gutem Grund.

Abends bei Tisch verkündete sie die große Neuigkeit. Ihre Mama hatte angerufen, sie würde spätnachts ankommen und im Hotel auf der anderen Seite der Bute Street schlafen. Morgen früh würde sie sie abholen. Es würde ein toller

Sonntag werden, den die beiden ganz alleine miteinander verbringen würden.

Nach dem Essen nahm Sophie Antoine beiseite und bot ihm an, Louis mit zur Blumenschau nach Chelsea zu nehmen. Sein Sohn brauchte dringend etwas weibliche Gesellschaft. Wenn sein Vater dabei war, war er verschlossener. Sophie las in den Augen des Jungen wie in einem offenen Buch.

Gerührt bedankte sich Antoine. Das war ihm sehr recht, so könnte er seinen Tag im Büro verbringen und seine liegen gebliebene Arbeit aufholen. Mathias sagte nichts. Sollten sie nur alle ihr kleines Programm organisieren und ihn vergessen, er hatte sein eigenes! … Vorausgesetzt, Audrey würde aus Ashford zurückkommen. Ihre letzte SMS besagte: *Im schlimmsten Fall morgen, am späten Nachmittag.*

Antoine verließ das Haus im Morgengrauen. Als er sein Büro betrat, ruhte die Bute Street noch in tiefem Schlaf. Er schaltete die Kaffeemaschine ein, öffnete die Fenster weit und setzte sich an die Arbeit.

Wie versprochen, holte Sophie Louis um acht Uhr ab. Der Junge hatte unbedingt seinen Blazer anziehen wollen, und Mathias hatte, noch völlig verschlafen, alle Mühe gehabt, die kleine Krawatte zu binden. Die Blumenschau von Chelsea hatte ein ganz eigenes Flair, und im Allgemeinen waren die Besucher sehr elegant gekleidet. Als Sophie mit einem großen Hut auf dem Kopf ins Wohnzimmer trat, brach Emily in schallendes Gelächter aus.

Sobald Louis und Sophie gegangen waren, lief sie hinauf in ihr Zimmer. Auch sie wollte sich schön machen. Sie würde ihre blaue Latzhose anziehen, Turnschuhe und das rosa T-Shirt – so fand ihre Mutter sie zum Anbeißen süß. Es klingelte an der Tür, sie wollte sich noch kämmen, dann müsste ihre Mama eben warten, schließlich wartete sie schon seit zwei Monaten.

Mit struppigem Haar und im Morgenmantel empfing Mathias Valentine.

»Sexy«, sagte sie, als sie ihn sah, und trat ein.

»Ich habe nicht so früh mit dir gerechnet.«

»Ich bin seit sechs Uhr auf und warte in meinem Hotelzimmer. Ist Emily schon wach?«

»Sie ist auf Hochtouren, aber psst!, ich habe nichts gesagt; ich glaube, sie zieht sich zum zehnten Mal um, du kannst dir nicht vorstellen, wie das Badezimmer aussieht.«

»Das Kind hat doch einiges von seinem Vater geerbt«, bemerkte Valentine und lachte. »Machst du mir einen Kaffee?«

Mathias ging hinter die Küchentheke.

»Schön habt ihr es hier«, rief Valentine aus und blickte sich um.

»Antoine hat viel Geschmack … Warum lachst du?«

»Weil du das auch von mir gesagt hast, wenn Freunde zum Essen kamen«, sagte Valentine und nahm auf einem Barhocker Platz.

Mathias schenkte ihr Kaffee ein.

»Hast du Zucker?«

»Du nimmst doch keinen«, antwortete Mathias.

Valentine ließ den Blick durch die Küche schweifen. In den Regalen stand ordentlich aufgereiht alles an seinem Platz.

»Unglaublich, was ihr gemeinsam aufgebaut habt.«

»Machst du dich über mich lustig?«, fragte Mathias und schenkte sich ebenfalls eine Tasse Kaffee ein.

»Nein, ehrlich, ich bin beeindruckt.«

»Ich habe dir ja gesagt, das ist zum großen Teil Antoines Verdienst.«

»Vielleicht, aber hier scheint das Glück zu Hause zu sein, und das ist vor allem dein Verdienst.«

»Sagen wir, ich gebe mir Mühe.«

»Nur um mich zu beruhigen: Streitet ihr euch auch manchmal?«

»Antoine und ich? Nie!«

»Ich sagte, du sollst mich beruhigen!«

»Na gut, jeden Tag ein kleines bisschen.«

»Glaubst du, Emily braucht noch lange?«

»Was soll ich sagen? Das Kind hat eben auch einiges von seiner Mutter geerbt.«

»Du kannst dir nicht vorstellen, wie sehr sie mir fehlt.«

»Doch, mir hat sie drei Jahre lang gefehlt.«

»Ist sie glücklich?«

»Das weißt du doch, du rufst sie schließlich jeden Tag an.«

Valentine streckte sich und gähnte.

»Willst du noch einen Kaffee?«, fragte Mathias und wandte sich zur Kaffeemaschine.

»Den könnte ich gut gebrauchen, die Nacht war kurz.«

»Bist du gestern spät angekommen?«

»Nein, es geht, aber ich habe schlecht geschlafen … Zu ungeduldig, meine Tochter zu sehen. Meinst du, ich kann nicht doch raufgehen und sie in die Arme nehmen? Das ist eine richtige Qual.«

»Wenn du ihr die Freude verderben willst, geh. Ansonsten halt durch, bis sie runterkommt. Sie bereitet ihr Outfit seit gestern Abend vor.«

»Auf alle Fälle finde ich, dass du in Hochform bist, sogar im Morgenmantel«, erklärte Valentine und strich Mathias über die Wange.

»Es geht mir auch gut, Valentine, sehr gut.«

Valentine spielte mit einem Stück Zucker.

»Weißt du, dass ich wieder angefangen habe, Gitarre zu spielen?«

»Sehr schön, ich habe dir immer gesagt, du hättest nicht aufhören sollen.«

»Ich dachte, du würdest gestern Abend zu mir ins Hotel kommen, du kennst ja die Zimmernummer …«

»Das ist vorbei, Valentine …«

»Hast du jemand anderes?«

Mathias nickte.

»Und es ist so ernst, dass du plötzlich treu bist? Du hast dich wirklich verändert … Sie kann sich glücklich schätzen.«

Emily stürmte die Treppe herunter und fiel ihrer Mama in die Arme. Mutter und Tochter wurden von einem Wirbelsturm von Küssen erfasst. Mathias beobachtete sie, und das Lächeln auf seinem Gesicht zeugte davon, dass die Jahre gemeinsamen Glücks nicht gänzlich auszulöschen waren.

Valentine nahm ihre Tochter bei der Hand. Mathias begleitete sie. Er öffnete die Haustür, aber Emily hatte ihren Rucksack in ihrem Zimmer vergessen. Während sie nach oben lief, wartete Valentine auf den Stufen vor dem Haus.

»Ist es in Ordnung, wenn ich sie gegen sechs Uhr zurückbringe?«

»Beim Picknick kannst du natürlich machen, was du willst, aber ich schneide ihr immer die Rinde vom Toastbrot ab. Es ist natürlich deine Sache … Aber sie mag es lieber ohne Rinde.«

Valentine strich liebevoll über Mathias' Wange. »Keine Sorge, wir beide kommen schon klar.«

Dann beugte sie sich über seine Schulter und rief Emily zu, sie solle sich beeilen.

»Schnell, mein Liebes, wir vergeuden nur Zeit.«

Aber die Kleine kam schon angelaufen, fasste sie bei der Hand und zog sie auf den Bürgersteig.

Valentine kam zurück und flüsterte ihm ins Ohr: »Ich freue mich für dich, du hast es verdient, du bist ein wunderbarer Mann.«

Mathias blieb eine Weile vor dem Haus stehen und sah Emily und Valentine nach, die sich auf dem Clareville Grove entfernten.

Als er ins Haus zurückkam, klingelte sein Handy. Vergeblich suchte er es überall. Schließlich fand er es auf der Fensterbank und nahm gerade noch rechtzeitig ab, um Audreys Stimme zu hören.

»Bei Tageslicht«, sagte sie traurig, »ist die Fassade noch schöner, und deine Frau ist bezaubernd.«

Die Journalistin hatte Ashford im Morgengrauen verlassen, um den Mann, in den sie sich verliebt hatte, zu überraschen. Jetzt klappte sie ihr Handy zu und verließ ebenfalls den Clareville Grove.

Kapitel 16

In dem Taxi, das sie nach Brick Lane zurückbrachte, sagte sich Audrey, dass es vielleicht das Beste wäre, nie wieder zu lieben. Alles auslöschen, alle Versprechen vergessen, das Gift ausspucken, das nach Verrat schmeckte. Wie viele Tage und Nächte würde es diesmal dauern, bis die Wunden vernarbt wären? Vor allem jetzt nicht an die kommenden Wochenenden denken. Lernen, den Herzschlag zu kontrollieren, wenn man glaubt, die Gestalt des anderen hinter einer Straßenecke verschwinden zu sehen. Nicht den Blick senken, wenn man an einer Bank vorbeiläuft, auf der sich ein Liebespaar küsst. Und nie, nie mehr darauf warten, dass das Telefon klingelt.

Sich nicht das Leben des Mannes vorstellen, den man geliebt hat. Das Glück haben, nicht an seinen Tagesablauf zu denken, ihn nicht vor Augen haben, wenn man sie schließt. Herausschreien, dass man wütend ist, dass man betrogen wurde.

Was war aus der Zeit der Zärtlichkeit geworden, aus der Zeit, als man sich bei der Hand hielt, wenn man nebeneinander herging?

Im Rückspiegel sah der Fahrer, dass die Frau weinte.

»Alles in Ordnung, Miss?«

»Nein«, antwortete Audrey und schluchzte auf.

Sie bat ihn anzuhalten, und das Taxi blieb am Straßenrand stehen. Audrey öffnete die Tür, stieg aus und beugte sich über ein Geländer. Und während sie sich von all ihrem Kummer entleerte, stellte der Fahrer den Motor aus, kam zu ihr und legte ungeschickt eine Hand auf ihre Schulter. Er war einfach da. Als er den Eindruck hatte, der schlimmste Teil des Gewitters sei vorüber, setzte er sich wieder ans Steuer, schaltete das Taxameter aus und fuhr sie nach Brick Lane.

Mathias war in Hemd und Hose geschlüpft und hatte die erstbesten Turnschuhe angezogen. Er war über die Old Brompton Road gerannt, aber zu spät gekommen. Jetzt lief er seit zwei Stunden durch die Straßen von Brick Lane, die alle gleich aussahen. Es war nicht diese und auch nicht die andere, in die er gerade eingebogen war, und schon gar nicht die Sackgasse dort drüben. An jeder Kreuzung schrie er Audreys Namen, doch kein Fenster öffnete sich.

Verloren kehrte er um und ging zum Markt, dem einzigen Ort, den er kannte. Der Kellner auf einer Caféterrasse begrüßte ihn herzlich, die Straßen waren schwarz vor Menschen. Verzweifelt ging er zu einer Bank zurück, die ihm vertraut war. Plötzlich spürte er, dass jemand hinter ihm stand.

»Als Romain mich verlassen hat, hat er mir gesagt, er würde mich lieben, aber er müsse mit seiner Frau leben. Glaubst du, der Zynismus hat keine Grenzen?«, fragte Audrey und setzte sich neben ihn.

»Ich bin nicht Romain.«

»Ich war drei Jahre lang seine Geliebte – sechsunddreißig Monate des Wartens auf die Erfüllung eines Versprechens, das er nie gehalten hat. Was stimmt bei mir nicht, dass ich mir wieder einmal einen Mann ausgesucht habe, der eine andere will? Ich habe keine Kraft mehr, Mathias. Ich will nie mehr auf meine Uhr schauen und mir sagen, dass der Mann, den ich liebe, gerade nach Hause gekommen ist, dass er sich mit einer anderen Frau zu Tisch setzt, ihr dieselben Dinge sagt und so tut, als hätte es mich nie gegeben … Ich will mir nie wieder sagen, dass ich nur ein Zwischenspiel war, ein Abenteuer, das sie einander erneut angenähert hat, dass er durch mich begriffen hat, wie sehr er sie liebt … Ich habe meine Würde so sehr verloren, dass ich am Schluss sogar Mitleid mit ihr hatte; ich schwöre dir, eines Tages habe ich mich dabei ertappt, dass ich wütend war über die Lügen, die er ihr aufgetischt hatte. Wenn sie ihn gehört hätte, seine Augen, sein Verlangen gesehen hätte, wenn wir uns heimlich trafen … Ich mache mir heute noch Vorwürfe, so blöd gewesen zu sein. Ich will nie wieder zum Trost von einer Freundin hören, dass er vielleicht die andere betrogen hat; und vor allem will ich nie wieder hören, es wäre sicher besser so! Ich will nie wieder ein halbes Leben. Ich habe Monate gebraucht, um mich davon zu überzeugen, dass auch ich Anrecht auf ein ganzes habe.«

»Ich lebe nicht mehr mit Valentine, sie hat nur ihre Tochter abgeholt.«

»Das Schlimmste, Mathias, war nicht, dass sie dich umarmt hat – du im Morgenmantel und sie so schön, wie ich es nie sein werde …«

»Sie hat mich nicht umarmt, sie wollte mir etwas zuflüstern, das Emily nicht hören sollte«, unterbrach Mathias sie.

»Nein, Mathias, das Schlimmste war die Art, wie du sie angeschaut hast.«

Und da er schwieg, versetzte sie ihm eine Ohrfeige.

Den Rest des Nachmittags über gestand Mathias ihr alles, sein neues Leben, die Freundschaft mit Antoine, die Verbundenheit, die sie trotz aller Unterschiede aufgebaut hatten. Sie hörte ihm schweigend zu, und später, als er ihr von den Ferien in Schottland erzählte, hatte sie fast ihr Lächeln wiedergefunden.

Am Abend wollte sie lieber alleine bleiben, sie war erschöpft, Mathias konnte das verstehen. Er schlug vor, sie am nächsten Tag abzuholen, sie würden zusammen ins Restaurant zum Essen gehen. Audrey nahm die Einladung an, aber sie hatte eine andere Idee …

Als er den Clareville Grove erreichte, sah er Valentines Taxi gerade um die Ecke biegen. Antoine und die Kinder erwarteten ihn im Wohnzimmer. Louis hatte mit Sophie einen wundervollen Tag verbracht; Emily war ein bisschen traurig, aber in den Armen ihres Vaters fand sie alle Zärtlichkeit der Welt. Am Abend klebten sie die Urlaubsfotos in ein Album. Als Antoine zu Bett gegangen war, klopfte Mathias an seine Tür und trat ein.

»Ich bitte dich ausnahmsweise um die Aufhebung der Regel Nummer zwei, du wirst mir keine Fragen stellen und Ja sagen.«

Kapitel 17

Im Haus herrschte ungewöhnliche Ruhe. Die Kinder machten ihre Hausaufgaben, Mathias deckte den Tisch, Antoine kochte. Emily legte ihr Buch beiseite und sagte halblaut die auswendig gelernte Seite aus ihrem Geschichtsbuch her. Als sie ins Stocken geriet, tippte sie Louis, der über sein Heft gebeugt saß, auf die Schulter.

»Wer kam nach Heinrich IV.?«, fragte sie.

»Ravaillac«, antwortete Antoine und öffnete den Kühlschrank.

»Niemals«, protestierte Louis.

»Frag Mathias, dann wirst du's sehen!«

Die beiden Kinder wechselten einen vielsagenden Blick und vertieften sich wieder in ihre Bücher. Mathias stellte die Flasche, die er gerade geöffnet hatte, auf den Tisch.

»Was hast du uns denn Schönes gekocht?«, fragte er honigsüß.

Der Himmel grollte, und strömender Regen schlug gegen die Fenster.

»Gewitterpause!«, rief Antoine.

Später sollte Emily ihrem Tagebuch anvertrauen, dass das Gericht, das ihr Vater am meisten verabscheute, Zucchiniauflauf war, und Louis schrieb an den Rand, sein

Papa habe an diesem Abend einen Zucchiniauflauf gemacht.

Es läutete, Mathias warf einen letzten Blick in den kleinen Spiegel in der Diele und öffnete Audrey die Tür.

»Komm schnell herein, du bist ja ganz nass.«

Sie zog ihren Trenchcoat aus und reichte ihn Mathias. Antoine strich seine Schürze glatt und kam sie ebenfalls begrüßen. Sie war unwiderstehlich in ihrem schwarzen Kleid.

Der Tisch war für drei Personen gedeckt. Mathias servierte den Auflauf, das Gespräch war angeregt. Mit Leib und Seele Journalistin, war Audrey es gewöhnt, Diskussionen zu führen. Das beste Mittel, nicht über sich selbst zu sprechen, war, Fragen zu stellen – eine umso wirkungsvollere Strategie, als sie dem Gesprächspartner nicht auffiel. Am Ende des Essens hatte Audrey viel über Architektur gelernt, während Antoine Mühe gehabt hätte, die Arbeit einer freien Journalistin zu beschreiben.

Als Audrey sich nach ihren Ferien in Schottland erkundigte, war es Antoine eine Freude, ihr die Fotos zu zeigen. Er erhob sich, holte erst eins, dann zwei, dann drei Alben aus dem Regal und zog seinen Stuhl zu ihr heran. Er kommentierte die Seiten mit Anekdoten, die unweigerlich endeten mit einem Blick auf seinen besten Freund und einem: »Stimmt's Mathias?«

Und wenn dieser auch Mühe hatte, seinen Ärger im Zaum zu halten, zog er es doch vor, sich zurückzuhalten, um die aufkommende Sympathie zwischen Antoine und Audrey nicht zu stören.

Am Ende des Essens kamen Louis und Emily im Schlafanzug herunter, um guten Abend zu sagen, und es war unmöglich, ihnen zu verweigern, am Tisch zu bleiben. Emily setzte sich neben Audrey und löste Antoine ab. Eifrig erklärte sie alle Fotos, diesmal die vom Wintersport im vergangenen Jahr. Damals, so erklärten Emily und Louis, hätten Papa und Papa noch nicht zusammengewohnt, aber die Ferien hätte man immer gemeinsam verbracht.

Audrey blätterte das dritte Album durch, und Mathias, der in der Küche stand, ließ sie nicht aus den Augen. Als seine Tochter die Hand auf Audreys Arm legte, erhellte ein Lächeln sein Gesicht – er hatte es gewusst!

»Ihr Essen war köstlich«, sagte Audrey an Antoine gewandt.

Er bedankte sich für das Kompliment und deutete auf ein Foto, das schief eingeklebt war.

»Das war kurz bevor Mathias auf der Krankentrage von der Piste gebracht wurde. Unter der roten Kapuzenmütze, das bin ich, die Kinder sind nicht mit im Bild. Letztlich hatte Mathias keine ernsthaften Verletzungen, der Sturz sah gefährlicher aus, als er war.«

Und da Mathias, um den es schließlich ging, an den Nägeln kaute, schlug ihm Antoine leicht auf die Finger.

»Gut, wir wollen vielleicht nicht bis zu den Ferien der Grundschule zurückgehen«, sagte Mathias aufgebracht und fing wieder an zu kauen.

Diesmal zupfte ihn Antoine am Ärmel.

»Mousse von drei Schokoladen mit Orangenschale«, verkündete Antoine halblaut. »Für gewöhnlich will jeder das Rezept, aber diesmal ist sie zusammengefallen, ich weiß auch nicht warum …«, fügte er hinzu und rührte mit dem Schöpflöffel in der Schüssel.

Er schien so verärgert, als er sein Dessert betrachtete, dass Audrey eingriff.

»Haben Sie zerstoßenes Eis?«, fragte sie.

Mathias erhob sich und brachte ein Schälchen mit Eiswürfeln.

»Das ist alles, was wir haben.«

Audrey ließ die Würfel in ihre Serviette gleiten, knotete sie zusammen und schlug sie wiederholt kräftig auf die Arbeitsplatte. Sie öffnete sie wieder, und ein dicker weißer Schnee kam zum Vorschein; sie hob ihn schnell unter die Mousse, die sogleich wieder ihre ursprüngliche Konsistenz erlangte.

»Bitteschön«, sagte sie und gab unter Antoines verblüfftem Blick den Kindern jeweils eine Portion.

»Dessert und dann ab ins Bett«, sagte Mathias zu Emily.

»Du hattest ihnen einen Film versprochen«, fiel ihm Antoine ins Wort.

Emily und Louis saßen schon auf dem Sofa im Wohnraum, Audrey teilte weiter die Mousse au Chocolat aus.

»Für ihn nicht zu viel«, sagte Antoine, »das liegt ihm abends zu schwer im Magen.«

Antoine ignorierte den vernichtenden Blick, den Mathias ihm zuwarf. Er schob seinen Stuhl zurück, um Audrey vorbeizulassen.

»Kommen Sie, ich helfe Ihnen«, beharrte sie, als Antoine ihr die Teller aus der Hand nehmen wollte.

»Sie waren also immer Journalistin«, fuhr er liebenswürdig fort, während er die Teller abspülte.

»Seit ich fünf Jahre alt bin«, erklärte Audrey.

Mathias erhob sich, nahm Audrey das Geschirrtuch aus

der Hand und schlug ihr vor, zu den Kindern zu gehen. Sobald sie sich entfernt hatte, beugte er sich zu Antoine und raunte ihm zu: »Und du Idiot, warst du immer Architekt?«

Antoine zuckte nur mit den Schultern und sah zu Audrey hinüber. Emily und Louis hatten sich an sie geschmiegt, und die Neigung ihrer Köpfe verhieß, dass der Schlaf nicht mehr lange auf sich warten lassen würde. Sogleich ließen Antoine und Mathias Geschirr und Trockentuch stehen, um sie ins Bett zu bringen.

Audrey beobachtete, wie sie die Treppe hinaufstiegen, jeder einen schlafenden kleinen Engel auf dem Arm. Oben angekommen, bemerkte keiner der Erwachsenen das verschwörerische Augenzwinkern, das Emily und Louis tauschten. Als die beiden Väter kurz darauf zurückkamen, hatte Audrey schon ihren Regenmantel angezogen und wartete im Wohnraum.

»Ich gehe nach Hause, es ist spät«, sagte sie, »vielen Dank für den schönen Abend.«

Mathias nahm seinen Trenchcoat vom Haken und erklärte Antoine, er würde sie begleiten.

»Ich würde mich freuen, wenn Sie mir irgendwann das Rezept für diese Mousse geben könnten«, sagte Audrey und küsste Antoine auf die Wange.

An Mathias' Arm schritt sie die Treppe hinab, und Antoine schloss die Haustür hinter ihnen.

»Auf der Old Brompton Road finden wir sicher ein Taxi. Ein netter Abend, oder?«, fragte Mathias.

Audrey schwieg und lauschte dem Widerhall ihrer Schritte in der menschenleeren Straße.

»Emily mag dich.«

Audrey stimmte mit einem leichten Nicken zu.

»Was ich meine«, sagte Mathias, »ist, wenn du und ich eines Tages …«

»Ich habe verstanden, was du sagen wolltest«, unterbrach ihn Audrey. Sie blieb stehen und sah ihn an. »Ich habe heute Nachmittag einen Anruf von meiner Redaktion bekommen. Sie haben mich übernommen, ich habe eine feste Stelle.«

»Ist das nicht eine gute Neuigkeit?«, fragte Mathias.

»Eine sehr gute! Ich bekomme endlich eine eigene Sendung … in Paris«, sagte sie und senkte den Blick.

Mathias sah sie zärtlich an. »Ich nehme an, dafür kämpfst du schon sehr lange?«

»Seit ich fünf Jahre alt bin …«, antwortete Audrey mit einem kleinen Lächeln.

»Das Leben ist schon kompliziert, oder?«, fuhr Mathias fort.

»Das wirklich Komplizierte ist, Entscheidungen zu treffen«, entgegnete Audrey. »Kommst du mit mir zurück nach Frankreich?«

»Ist das dein Ernst?«

»Vor fünf Minuten wolltest du mir sagen, dass du mich liebst. War das dein Ernst?«

»Natürlich war das ernst gemeint, aber Emily …«

»Ich will Emily gerne lieben … Aber in Paris.«

Audrey hob die Hand, und ein Taxi hielt vor ihnen.

»Und dann ist da die Buchhandlung …«, murmelte Mathias.

Sie legte die Hand auf seine Wange und trat einen Schritt zurück.

»Antoine und du, ihr habt euch etwas Wunderbares aufgebaut, du hast großes Glück, du hast dein Gleichgewicht gefunden.«

Sie stieg ein und schlug die Tür zu. Dann beugte sie sich zum Fenster hinaus und betrachtete Mathias, der verloren auf dem Bürgersteig stand.

»Ruf nicht an, es ist so schon schlimm genug«, sagte sie traurig, »ich habe deine Stimme auf meiner Mailbox, ich werde sie mir noch ein paar Tage lang anhören, dann lösche ich sie, versprochen!«

Mathias trat zu ihr, ergriff ihre Hand und küsste sie. »Ich darf dich also nicht wiedersehen?«, fragte er.

»Doch …«, sagte Audrey, »im Fernsehen.«

Sie machte dem Fahrer ein Zeichen, und Mathias sah dem Taxi hinterher, das in der Nacht verschwand.

Langsam ging er auf der verlassenen Straße zurück. Er hatte den Eindruck, Audreys Fußabdrücke noch auf dem nassen Asphalt zu erkennen. Er lehnte sich an einen Baum, nahm den Kopf zwischen beide Hände und ließ sich am Stamm hinabgleiten.

Der Wohnraum wurde nur von der kleinen Lampe auf dem Beistelltisch erhellt. Antoine saß in dem Ledersessel und wartete.

Mathias hatte gerade das Haus betreten.

»Ich gebe zu, vorher war ich dagegen, aber in diesem Fall …«, rief Antoine aus.

»Ja, in diesem Fall …«, antwortete Mathias und sank in den Sessel gegenüber.

»Nein, weil in diesem Fall … Sie ist wirklich bezaubernd.«

»Wenn du davon überzeugt bist, umso besser!«, antwortete Mathias und biss die Zähne zusammen. Dann erhob er sich und ging zur Treppe.

»Ich frage mich, ob wir ihr nicht etwas Angst gemacht haben?«, meinte Antoine.

»Das brauchst du dich nicht mehr zu fragen.«

»Haben wir nicht etwas zu sehr wie ein Paar gewirkt?«

»Wie kommst du denn darauf?«, rief Mathias. Er trat zu Antoine und ergriff seine Hand. »Aber ganz und gar nicht! Und vor allem hast du nichts dazu getan … Sieht das etwa nach einem Paar aus?«, sagte er und versetzte der Hand einen Klaps. »Nein, das sieht ganz und gar nicht nach einem Paar aus«, wiederholte er und schlug erneut zu. »Sie ist so bezaubernd, dass sie mich gerade verlassen hat!«

»Stopp, schieb mir nicht alle Schuld zu, die Kinder haben auch das Ihre dazu beigetragen.«

»Halt die Klappe, Antoine!«, sagte Mathias und ging zur Eingangstür.

Antoine lief ihm nach und hielt ihn zurück.

»Aber was hast du dir denn vorgestellt? Dass das einfach für sie wäre? Wann wirst du das Leben anders als mit deinen Augen sehen?«

Und während er von seinen Augen sprach, sah er, wie sie sich mit Tränen füllten. Sein Zorn war sogleich verflogen. Er zog Mathias an sich, der seinem Kummer freien Lauf ließ.

»Es tut mir leid, mein Junge, beruhig dich«, sagte Antoine und drückte ihn fester, »vielleicht ist ja nicht alles verloren?«

»Doch«, sagte Mathias und verließ das Haus.

Antoine sah ihm hinterher, während er sich auf der Straße entfernte.

Mathias musste jetzt allein sein.

An der Old Brompton Road blieb er stehen. Hier hatte er letztes Mal ein Taxi mit Audrey genommen. Ein Stück weiter kam er an der Werkstatt eines Klavierstimmers vorbei; Audrey hatte ihm anvertraut, dass sie manchmal spielte und davon träumte, wieder Unterricht zu nehmen. Doch jetzt sah er in der Scheibe nur sein eigenes Spiegelbild, das er verabscheute.

Sein Weg führte ihn in die Bute Street. Unter der Jalousie von Yvonnes Restaurant drang ein schmaler Lichtstreifen hindurch. Er trat in den Durchgang und klopfte an die Hintertür.

Yvonne legte ihre Karten beiseite und erhob sich.

»Entschuldigt mich kurz«, sagte sie zu ihren drei Freundinnen.

Danièle, Colette und Martine schimpften im Chor.

Wenn Yvonne aufstehen würde, hätte sie die Partie von Haus aus verloren.

»Hast du Besuch?«, fragte Mathias und kam in die Küche.

»Wenn du willst, kannst du mitspielen … Danièle kennst du ja schon, sie ist hartnäckig, aber sie blufft auch dauernd, Colette ist etwas angeheitert und Martine leicht zu schlagen.«

Mathias öffnete den Kühlschrank und fragte: »Hast du eine Kleinigkeit zu essen?«

»Es ist noch Braten von heute Abend übrig«, antwortete Yvonne und musterte Mathias.

»Ich hätte lieber etwas Süßes … Ja, das würde mir guttun, etwas Süßes. Aber geh nur, mach dir keine Sorgen um mich, ich finde mein Glück schon da drin.«

»Deinem Gesicht nach zu urteilen wirst du es wohl kaum im Kühlschrank finden.«

Yvonne kehrte zu ihren Freundinnen in die Gaststube zurück.

»Du hast verloren, meine Liebe!«, rief Danièle und sammelte die Karten ein.

»Sie hat gemogelt!«, verkündete Colette und schenkte sich etwas Weißwein nach.

»Und ich?«, fragte Martine und hielt ihr das Glas hin. »Habe ich etwa gesagt, ich hätte keinen Durst?«

Colette betrachtete prüfend die Flasche, der Inhalt reichte noch, um Martines Glas zu füllen. Yvonne nahm Danièle die Karten aus der Hand. Während sie mischte, wandten ihre drei Freundinnen die Köpfe zur Küche. Und da die Hausherrin nichts sagte, zuckten sie nur mit den Schultern und vertieften sich wieder in ihr Spiel.

Colette hüstelte. Mathias, der gerade eingetreten war, nahm an ihrem Tisch Platz und begrüßte sie. Ungefragt gab Danièle ihm Karten.

»Wie hoch ist der Einsatz?«, erkundigte sich Mathias mit einem beunruhigten Blick auf den Geldhaufen auf dem Tisch.

»Hundert und Mund halten!«, antwortete Danièle.

»Ich passe!«, verkündete Mathias und warf seine Karten auf den Tisch.

Die vier Freundinnen, die nicht einmal Zeit gehabt hatten, ihre eigenen anzusehen, bedachten ihn mit einem vernichtenden Blick, ehe auch sie ihr Spiel zurücklegten. Danièle sammelte die Karten ein, ließ Mathias abheben und gab eine neue Runde. Und wieder verkündete Mathias, sobald er seine Karten gesehen hatte, er würde passen.

»Vielleicht willst du reden?«, fragte Yvonne.

»Oh nein! Da du ausnahmsweise mal nicht bei jedem Stich losplapperst, wird geschwiegen!«

»Sie hat ja nicht Martine gemeint, sondern ihn!«, erklärte Colette und deutete auf Mathias.

»Er soll auch nicht reden!«, fiel Martine ein. »Sobald ich ein Wort sage, werde ich zurechtgewiesen. Er hat dreimal hintereinander gepasst, also soll er jetzt geben und den Mund halten!«

Mathias griff nach den Karten und verteilte sie.

»Mit zunehmendem Alter wirst du immer schlimmer«, fuhr Danièle an Martine gewandt fort. »Man hat dir nicht gesagt, du sollst während des Spiels reden, sondern ihn reden lassen! Siehst du nicht, dass er Kummer hat?«

Martine ordnete ihre Karten und wiegte den Kopf.

»Na gut, das ist etwas anderes, wenn er reden muss, dann soll er reden, was kann ich dazu sagen!«

Sie legte einen Dreierpasch mit Assen aus und strich den Einsatz ein.

Mathias nahm sein Glas und leerte es in einem Zug.

»Es gibt Leute, die jeden Tag zwei Stunden brauchen, um zur Arbeit zu fahren«, sagte er zu sich selbst.

Die vier Freundinnen sahen sich schweigend an.

»Paris ist schließlich auch nur zwei Stunden und fünfundvierzig Minuten entfernt«, fuhr Mathias fort.

»Wollen wir jetzt die Entfernung zu allen europäischen Hauptstädten ausrechnen oder Poker spielen?«, schimpfte Colette.

Danièle versetzte ihr einen Rippenstoß, um sie zum Schweigen zu bringen.

Mathias sah eine nach der anderen an, ehe er seinen

Monolog fortsetzte. »Es ist ja nicht leicht, umzuziehen und nach Paris zurückzukehren …«

»Meiner Meinung nach ist das wesentlich einfacher, als im Jahr 1934 von Polen zu immigrieren!«, knurrte Colette und legte eine Karte ab.

Diesmal versetzte ihr Martine einen Rippenstoß.

Yvonne warf Mathias einen tadelnden Blick zu. »Zu Beginn des Frühjahrs war das aber scheinbar nicht der Fall«, sagte sie.

»Wie meinst du das?«

»Du hast mich sehr gut verstanden!«

»Nein, wir verstehen kein Wort von der ganzen Sache«, riefen ihre Freundinnen im Chor.

»Nicht die reale Distanz zerstört ein Paar, sondern die innere. Darum hast du auch Valentine verloren, und nicht etwa, weil du sie betrogen hast. Sie liebte dich viel zu sehr, um dir das nicht eines Tages zu verzeihen. Aber du hattest dich zu weit von ihr entfernt. Es wäre an der Zeit, dass du endlich erwachsen wirst, versuch es zumindest, ehe deine Tochter reifer ist als du! Und jetzt halt den Mund, du bist am Zug!«

»Vielleicht mache ich uns noch eine Flasche auf«, sagte Colette und erhob sich.

Mathias hatte seinen Kummer in Gesellschaft der vier Dalton-Sisters ertränkt. Als er an diesem Abend die Treppe hinaufstieg, war ihm wirklich schwindelig.

Am nächsten Morgen brachte Antoine die Kinder zur Schule und fuhr sofort weiter ins Büro. Wegen des Umbaus bei Yvonne hatte er viel Arbeit. Und da Mathias, um auf andere Gedanken zu kommen, zum Joggen in den Park gegangen war, passte Sophie für zwei Stunden auf die Kinder auf. Emily sagte sich, wenn ihr Vater auf andere Gedanken kommen wollte, hätte er sich etwas Besseres ausdenken sollen; durch den Park zu rennen war in seinem Zustand nicht gerade die beste Idee. Seit ihr Papa von dem Zucchiniauflauf gegessen hatte, sah er wirklich schrecklich aus, und seine Schwindelanfälle schienen sich zu verschlimmern. Und da das nun schon den zweiten Tag so war, brütete er vielleicht eine Krankheit aus.

Nach Rücksprache mit Louis beschlossen die beiden, sich jeden Kommentars zu enthalten. Wenn sie Glück hätten, würde Sophie zum Abendessen bleiben, und wenn sie da war, hieß das für die Kinder: Fernseh-Dinner und spät ins Bett.

An diesem Abend vertraute Emily ihrem Tagebuch an, sie hätte wohl bemerkt, dass etwas nicht stimmte. Als sie den Sturz auf der Treppe hörte, hätte sie zu Louis gesagt, er solle sofort Hilfe holen, und Louis schrieb an den Rand, die Hilfe sei sein Papa gewesen.

Antoine ging auf dem Krankenhausflur unruhig hin und her. Das Wartezimmer war brechend voll. Die Leute blätterten in den zerfledderten Zeitschriften, die auf einem kleinen Tisch lagen. Aber er war so nervös, dass er nicht lesen konnte.

Schließlich kam der Arzt aus dem Untersuchungsraum zu ihm und bat ihn mitzukommen.

»Sie hat keine Gehirnerschütterung, nur einen großen Bluterguss auf der Stirn. Die Röntgenaufnahmen geben keinen Anlass zur Besorgnis. Vorsichtshalber haben wir auch eine Ultraschalluntersuchung gemacht. Man sieht nicht viel, aber ich kann Ihnen versichern, dass dem Baby nichts passiert ist.«

Kapitel 18

Die Tür der Kabine öffnete sich. Sophie trug noch den blauen Kittel und die Füßlinge, die man ihr für die Untersuchung angezogen hatte.

»Warte draußen auf mich!«, sagte sie zu Antoine.

Er nahm auf einem Stuhl gegenüber der Aufnahme Platz. Als sie zu ihm kam, wirkte Sophie verlegen.

»Wie lange hättest du noch gewartet, um mit mir darüber zu sprechen?«

»Über was zu sprechen? … Das ist schließlich keine Krankheit.«

»Der Vater, ist das der Typ, dem ich die Briefe schreibe?«

Die Frau an der Kasse winkte die junge Frau heran, der Bericht war geschrieben, sie konnte die Rechnung begleichen.

»Ich bin müde, Antoine, ich bezahle, und du bringst mich nach Hause.«

Der Schlüssel drehte sich im Schloss. Mathias legte seine Brieftasche in die Schale im Eingang. Antoine saß in seinem Ledersessel und las im Schein der Lampe auf dem Beistelltischchen.

»Entschuldige, es ist spät, aber ich hatte wahnsinnig viel Arbeit.«

»Hmmh.«

»Was?«

»Nichts, du hast jeden Abend wahnsinnig viel Arbeit.«

»Na und, ich habe eben jeden Abend wahnsinnig viel Arbeit!«

»Nicht so laut, Sophie schläft im Arbeitszimmer.«

»Musstest du weg?«

»Was redest du da?… Es ging ihr nicht gut.«

»Mist, ist es schlimm?«

»Sie hat sich übergeben und ist ohnmächtig geworden.«

»Hat sie von deiner Mousse au Chocolat gegessen?«

»Eine Frau, die sich übergibt und ohnmächtig wird – brauchst du Untertitel?«

»Oh, verdammt!«, sagte Mathias und ließ sich in den anderen Sessel sinken.

Spät am Abend saßen Antoine und Mathias einander am Küchentisch gegenüber. Mathias hatte noch immer nicht gegessen, Antoine holte eine Flasche Rotwein, den Brotkorb und eine Käseplatte.

»Das 21. Jahrhundert ist schon großartig«, sagte Mathias, »man lässt sich wegen jeder Kleinigkeit scheiden, die Frauen machen Kinder mit Surfern auf der Durchreise, und dann sagen sie, wir wären nicht mehr so selbstsicher wie früher …«

»Ja, und die Männer leben zu zweit unter einem Dach … Hast du noch mehr solchen Blödsinn auf Lager?«

»Gib mir lieber die Butter«, sagte Mathias und schmierte sich sein Brot.

Antoine entkorkte die Flasche. »Wir müssen ihr helfen«, sagte er und schenkte sich ein Glas ein.

Mathias nahm sie ihm aus der Hand, um sich ebenfalls zu bedienen. »Was willst du machen?«, fragte er.

»Es gibt keinen Vater … Ich werde das Kind als meines anerkennen.«

»Und warum du?«, beharrte Mathias.

»Aus Pflichtgefühl – und weil ich es als Erster gesagt habe.«

»Ah, das sind natürlich zwei wirklich gute Gründe.« Mathias überlegte kurz und trank Antoines Glas in einem Zug leer. »Das geht auf keinen Fall, sie wird niemals einen Vater wollen, der total blind ist«, erklärte er dann mit einem Lächeln auf den Lippen.

Die beiden Freunde musterten einander schweigend, und da Antoine die Anspielung nicht verstand, fuhr Mathias fort: »Seit wann schreibst du die Briefe an dich selbst?«

Aus dem Arbeitszimmer tauchte Sophie im Pyjama und mit geröteten Augen auf; sie starrte die beiden an.

»Abscheulich, eure Unterhaltung!«, rief sie.

Sie suchte ihre Sachen zusammen, klemmte sie unter den Arm und rannte auf die Straße.

»Sage ich doch, du bist vollkommen blind«, wiederholte Mathias.

Antoine sprang auf. Sophie war schon ein Stück entfernt, er lief ihr nach und holte sie schließlich ein. Sie lief jedoch weiter.

»Bleib stehen!«, rief er und nahm sie in die Arme. Ihre Lippen kamen einander näher, streiften sich, und zum ersten Mal küssten sie sich. Es war ein langer Kuss, dann hob Sophie die Augen zu Antoine.

»Ich will dich nicht mehr sehen, Antoine, nie wieder, weder aus der Nähe noch aus der Ferne und ihn auch nicht.«

»Sag nichts!«, flüsterte Antoine.

»Du kochst für zehn, aber du setzt dich nie an den Tisch, du hast Mühe, über die Runden zu kommen, aber du renovierst Yvonnes Bistro. Und obwohl du es nicht wirklich wolltest, bist du mit deinem besten Freund zusammengezogen, weil er einsam war. Glaubst du wirklich, ich würde dich mein Kind erziehen lassen? Und weißt du, was das Schlimmste ist? Aus all diesen Gründen bin ich seit jeher in dich verliebt. Jetzt mach deine Arbeit und lass mich in Ruhe!«

Mit hängenden Schultern sah Antoine Sophie hinterher, die sich in Richtung Old Brompton Road entfernte.

Als er nach Hause kam, fand er Mathias auf dem Mäuerchen im Garten vor.

»Wir sollten uns eine zweite Chance geben.«

»Solche zweiten Chancen funktionieren nie«, brummte Antoine.

Mathias zog eine Zigarre aus der Tasche, rollte das Deckblatt zwischen den Fingern und zündete sie an.

»Stimmt«, sagte er, »aber bei uns ist das etwas anderes, wir schlafen nicht miteinander.«

»Du hast recht, das ist wirklich ein Vorteil!«, antwortete Antoine ironisch.

»Was riskieren wir schon?«, fragte Mathias und betrachtete die Rauchspiralen.

Antoine erhob sich, nahm ihm die Zigarre aus der Hand und ging zurück zum Haus. Auf der Schwelle drehte er sich um. »Nichts, außer uns zu amüsieren«, rief er. Dann trat er in den Wohnraum und nahm einen tiefen Zug aus der Zigarre.

Die guten Vorsätze wurden gleich am nächsten Tag in die Tat umgesetzt. Die Haare voller Schaum, schmetterte Mathias in seiner Badewanne lauthals *La Traviata* – auch wenn er mit dem Herzen nicht wirklich bei der Sache war. Mit den Zehen drehte er den Hahn an, um warmes Wasser nachlaufen zu lassen. Der Strahl war eiskalt. Auf der anderen Seite der Wand scheuerte sich Antoine, eine Badekappe auf dem Kopf, unter der heißen Dusche mit einer Bürste den Rücken. Mathias trat ins Badezimmer von Antoine, riss die Tür der Kabine auf, drehte das warme Wasser ab und kehrte in seine Badewanne zurück, wobei er eine Spur weißer Schaumflöckchen auf dem Parkett hinterließ.

Eine Stunde später trafen sich die Freunde auf dem Treppenabsatz, beide trugen den gleichen bis zum Kinn geschlossenen Morgenmantel. Jeder ging in das Zimmer seines Kindes, um es ins Bett zu bringen. Sobald sie wieder auf der Treppe waren, ließen sie die Mäntel fallen und kamen im Gleichschritt herunter – jetzt in Boxershorts, Socken und weißem Hemd mit Fliege. Sie zogen ihre Hosen an, die über den Armlehnen des Sessels lagen, banden die Schuhe zu und setzten sich aufs Sofa des Wohnraums zu beiden Seiten des Babysitters, den sie engagiert hatten. In ihr Kreuzworträtsel vertieft, schob Danièle die Brille auf die Nasenspitze und sah von einem zum anderen.

»Nicht länger als bis eins!«

Die beiden Männer sprangen auf und liefen zur Eingangstür. Als sie gerade das Haus verlassen wollten, warf

Danièle einen Blick auf die beiden Morgenmäntel und fragte, ob sie ein Wort mit neun Buchstaben wüssten für »Ordnung machen«.

Die Diskothek war völlig überfüllt. Mathias war an der Bar eingekeilt, die Antoine mühsam zu erreichen suchte. Ein Wesen, das gerade einem Hochglanzmagazin entsprungen schien, versuchte, die Aufmerksamkeit des Kellners durch ein Handzeichen zu erregen. Mathias und Antoine wechselten einen Blick, aber wozu sollte das gut sein? Hätte einer von beiden den Mut gefunden, sie anzusprechen, hätte die Lautstärke jedes Gespräch unmöglich gemacht. Schließlich fragte der Barkeeper die junge Frau, was sie trinken wolle.

»Egal was, Hauptsache, es steckt ein kleines Schirmchen im Glas«, antwortete sie.

»Gehen wir?«, brüllte Antoine Mathias ins Ohr.

»Wer als Letzter an der Garderobe ankommt, lädt den anderen zum Essen ein«, gab dieser zurück und versuchte, Puff Daddy zu übertönen.

Sie brauchten fast eine halbe Stunde, bis sie sich durch das Gedränge gearbeitet hatten. Als sie endlich auf der Straße standen, fragte sich Antoine, wie lange es wohl dauern würde, bis das Hämmern in seinem Kopf nachließe. Sie nahmen ein Taxi und fuhren zu einem Club, der gerade in Mayfair eröffnet hatte.

Eine endlos lange Schlange wartete vor der Tür. Die Londoner Jeunesse dorée drängte in das neue Lokal. Der Türsteher sah Antoine und machte ihm ein Zeichen, nach vorn zu kommen. Stolzgeschwellt bahnte der sich, Mathias im Schlepptau, seinen Weg durch die Menge.

Als sie die Tür erreicht hatten, fragte sie der Mann, welche der Jugendlichen zu ihnen gehörten. Man bevorzugte die, die in Begleitung ihrer Eltern kamen.

»Lass uns gehen!«, sagte Mathias.

Ein anderes Taxi brachte sie nach Soho, wo ab elf ein bekannter DJ House auflegte. Mathias hockte auf einer Balustrade, Antoine auf der Hälfte eines Klapphockers, die beiden wechselten einen Blick und strebten dem Ausgang zu. Diesmal fuhr das Taxi Richtung East End River, eines der In-Viertel.

»Ich habe Hunger«, sagte Mathias.

»Ich kenne ein japanisches Restaurant ganz in der Nähe.«

»Wir fahren, wohin immer du willst, vorausgesetzt, wir behalten das Taxi … Man kann ja nie wissen.«

Mathias fand das Lokal beeindruckend. Alle Gäste saßen an einer langen Theke, über die auf einem Rollband Sushi und Sashimi fuhren. Man bestellte nicht, sondern nahm sich einfach einen der kleinen vorbeigleitenden Teller. Nachdem er den rohen Thunfisch probiert hatte, fragte Mathias, ob er Brot und etwas Käse bekommen könnte. Die Antwort war dieselbe wie zuvor, als er nach einer Gabel gefragt hatte.

Er legte seine Serviette auf das Rollband und ging zurück zu dem Taxi, das in zweiter Reihe wartete.

»Ich dachte, du hättest Hunger?«, fragte Antoine, der ihm gefolgt war.

»Nicht genug, um rohen Seehecht mit den Fingern zu essen!«

Auf Anraten des Taxifahrers fuhren sie zu einem Lab-Dance-Club. Und bald saßen sie in bequemen Sesseln und schlürften leicht beschwipst ihren vierten Cocktail.

»Wir reden nicht genug miteinander«, meinte Antoine und stellte sein Glas ab. »Wir essen jeden Abend zusammen, aber wir haben uns nichts mehr zu sagen.«

»Wegen solcher Sätze habe ich meine Frau verlassen«, erwiderte Mathias.

»Sie hat dich verlassen.«

»Jetzt schaust du schon zum dritten Mal auf die Uhr, Antoine, du musst dich nicht verpflichtet fühlen zu bleiben, nur weil wir gesagt haben, wir wollen es noch einmal versuchen.«

»Denkst du noch an sie?«

»Siehst du, das ist typisch für dich, ich stelle dir eine Frage, und du antwortest mit einer Gegenfrage.«

»So gewinnen wir Zeit. Ich kenne dich seit dreißig Jahren, Mathias, und seit dreißig Jahren geht es bei jedem unserer Gespräche um dich. Warum sollte sich das heute Abend ändern?«

»Weil du dich nie öffnen willst. Also bitte, ich warte, vertrau mir irgendetwas Persönliches an, nur einmal.«

Vor ihnen schien eine Tänzerin unendlich verliebt in eine Metallstange, an der sie sich auf und ab bewegte. Antoine ließ einige Mandeln in der offenen Hand hin und her rollen und seufzte.

»Ich habe kein Verlangen mehr, Mathias.«

»Wenn du auf das anspielst, was auf der Bühne vor sich geht, mach dir keine Sorgen, ich auch nicht!«

»Gehen wir?«, drängte Antoine.

Mathias war schon aufgestanden und wartete an der Garderobe auf ihn.

Auf dem Heimweg im Taxi nahmen sie ihr Gespräch wieder auf.

»Ich glaube, die Vorstellung, ein Mädchen aufzureißen, hat mich schon immer gelangweilt.«

»Hast du dich auch mit Caroline Leblond gelangweilt?«

»Nein, mit Caroline Leblond habe ich dir eins ausgewischt.«

»Aber es gibt doch sicher etwas, was eine Frau im Bett tun könnte, um dich verrückt zu machen?«

»Ja, die Fernbedienung des Fernsehers verstecken.«

»Du bist einfach überarbeitet, das ist alles.«

»Dann muss ich aber schon verdammt lange überarbeitet sein. Ich habe vorhin die Typen in dem Nachtclub beobachtet – wie ausgehungerte Wölfe. Das macht mir keinen Spaß mehr, es hat mir nie Spaß gemacht. Wenn mich von der anderen Seite der Theke eine Frau anschaut, brauche ich sechs Monate, bis ich den Mut gefunden habe, zu ihr zu gehen. Und dann die Vorstellung, neben jemandem aufzuwachen, ohne dass es irgendwelche Gefühle gibt – das kann ich nicht mehr.«

»Ich beneide dich. Ist dir klar, was für ein Glück es ist zu wissen, dass jemand dich liebt, bevor er dich begehrt? Akzeptier dich, wie du bist, dein Problem hat nichts mit Verlangen zu tun.«

»Das ist rein mechanisch, Mathias, seit drei Monaten funktioniert es nicht mehr, nicht einmal am Morgen. Hör mir nur ein einziges Mal zu, ich habe kein Verlangen mehr!«

Mathias' Augen füllten sich mit Tränen. »Ist es meinetwegen?«, fragte er und schluchzte.

»Aber du bist ja völlig verrückt, was redest du dir da ein? Das hat nichts mit dir zu tun, ich sage dir doch, es kommt von mir.«

»Weil ich dich ersticke, ja?«

»Nun hör endlich auf, du bist ja verrückt!«

»Doch ich hindere dich daran, eine Erektion zu haben.«

»Siehst du, du fängst schon wieder an. Du sagst, ich soll von mir sprechen, und was auch immer ich tue oder sage, das Gespräch dreht sich um dich. Das ist eine unheilbare Krankheit. Also los, verlieren wir keine Zeit mehr, was quält dich?«, rief Antoine.

»Soll ich wirklich?«

»Du bezahlst das Taxi!«

»Glaubst du, bei Audrey hat es mir an Mut gefehlt?«, fragte Mathias.

»Gib mir deine Brieftasche!«

»Warum?«

»Wir haben doch gesagt, du bezahlst das Taxi, oder? Also gib mir deine Brieftasche!«

Mathias gehorchte, und Antoine nahm das kleine Foto heraus, auf dem Valentine lächelte.

»Nicht an Mut hat es dir gefehlt, sondern an Einsicht! Schließ das Kapitel ein für alle Mal ab«, sagte Antoine und bezahlte den Fahrer mit Mathias' Geld.

Er schob das Foto zurück und stieg aus.

Als Mathias und Antoine ins Haus traten, hörten sie ein gleichmäßiges Pfeifen. Antoine, der nicht umsonst zehn Jahre Architektur studiert hatte, identifizierte es sofort als ein undichtes Rohr, aus dem heiße Luft entwich. Seine Diagnose war eindeutig: Die Heizung gab den Geist auf. Mathias bemerkte, das Geräusch käme nicht aus dem Keller, sondern aus dem Wohnraum. Über die Sofakante ragten zwei Füße hinaus, die sich genau im Rhythmus des

Schnarchens bewegten. Danièle lag auf der Couch und schlief friedlich.

Sobald sie gegangen war, entkorkten die beiden Freunde eine Flasche Bordeaux und nahmen auf dem Sofa Platz.

»Wie schön, zu Hause zu sein«, schwärmte Mathias und streckte die Beine aus. Und als er Antoines Blick folgte, der auf seine auf dem Couchtisch ruhenden Füße gerichtet war«, erklärte er: »Regel 124, wir machen, was wir wollen!«

In der kommenden Woche unternahmen die beiden Freunde erhebliche Anstrengungen. Mathias war bemüht, sich, so gut er konnte, auf seine Arbeit und nur auf seine Arbeit zu konzentrieren. Als er in der Post einen Prospekt fand, der eine neue Ausgabe des Lagarde et Michard ankündigte, versetzte ihm das einen Stich ins Herz. Er warf den Katalog in den Papierkorb, zog ihn aber abends beim Ausleeren wieder heraus und legte ihn unter die Kasse.

Jeden Tag auf dem Weg zur Arbeit kam Antoine an Sophies Blumenladen vorbei. Warum nahm er nicht die andere Straßenseite, auf der sich sein Büro befand? Er wusste es nicht und hätte sogar geschworen, es gar nicht zu bemerken. Und wenn Sophie ihn wie versteinert vor ihrem Schaufenster stehen sah, wandte sie den Blick ab.

Die Bauarbeiten würden bald beginnen. Mit Enyas Hilfe schaffte Yvonne Ordnung im Restaurant, lief zwischen Bar und Vorratskeller hin und her. Eines Morgens nahm Enya eine Kiste Château-Labégorce-Zédé. Yvonne bat sie, sie zurückzustellen. Diese Flaschen waren etwas ganz Besonderes.

Eines Tages schrieb die Lehrerin die Geografie-Hausaufgabe an die Tafel. Seine Sitznachbarin übertrug sie in Louis' Heft, während der Junge, den Blick aus dem Fenster gerichtet, von Afrika träumte.

Eines Morgens auf dem Weg zur Bank glaubte Mathias, Antoine zu erkennen, der an der Kreuzung die Straße überquerte. Er ging schneller, um ihn einzuholen, verlangsamte dann aber den Schritt. Antoine war vor einer Auslage mit Babyartikeln stehen geblieben; er zögerte, sah sich nach rechts und links um und betrat eilig das Geschäft.

Hinter einem Laternenpfahl verborgen, beobachtete Mathias ihn durch das Schaufenster.

Er sah Antoine von Regal zu Regal gehen und mit der Hand über die Stapel von Babywäsche streichen. Die Verkäuferin sprach ihn an, doch er gab ihr zu verstehen, er wolle sich nur umsehen. Ein Paar kleine Babyschuhe hatte seine Aufmerksamkeit angezogen. Er nahm sie von dem Regal und betrachtete sie von allen Seiten, dann zog er einen auf den Zeige-, den anderen auf den Mittelfinger. Und inmitten der Plüschtiere ließ er sie auf dem Rücken seiner linken Hand den Brötchentanz vollführen. Als er den amüsierten Blick der Verkäuferin bemerkte, errötete er und stellte sie ins Regal zurück. Mathias trat hinter dem Laternenpfahl hervor und entfernte sich.

Zur Mittagszeit verließ McKenzie das Büro und eilte zur U-Bahnstation South Kensington. Dort nahm er ein Taxi und ließ sich in die St. James Street fahren. Er bezahlte, überzeugte sich, dass ihm niemand gefolgt war, und betrat gut gelaunt das Geschäft von Archibald Lexington, seines Zeichens Hofschneider. Nach einem kurzen Aufenthalt in der Umkleidekabine stieg er auf ein kleines, zu diesem Zweck vorgesehenes Podest, und ließ Sir Archibald die nötigen Änderungen an dem bestellten Anzug vornehmen. Als er sich in dem großen Spiegel betrachtete, sagte er sich, er habe gut daran getan. Wenn nächste Woche Yvonnes renoviertes Restaurant eingeweiht würde, wäre er noch verführerischer als sonst, das heißt unwiderstehlich.

Am Nachmittag verließ John Glover sein Anwesen, um sich ins Dorf zu begeben. Er lief über die Hauptstraße, trat in das Geschäft des Glasers und zeigte ihm seinen Abholschein. Seine Bestellung war fertig. Der Lehrling, der ihn bediente, verschwand für einen Augenblick und kehrte kurz darauf mit einem Paket zurück. John entfernte vorsichtig das Papier und enthüllte ein gerahmtes Foto. Als Widmung war darauf zu lesen: »Für meine liebe Yvonne, hochachtungsvoll Eric Cantona.« John bedankte sich bei den Angestellten der Werkstatt und kehrte mit seinem gerahmten Foto nach Hause zurück; heute Abend würde er es im großen Zimmer im ersten Stock aufhängen.

An diesem Abend sah Antoine mit den Kindern fern, während Mathias das Essen zubereitete. Emily nahm die Fernbedienung und fing an, durch die Sender zu zappen. Während er ein Glas abtrocknete, hörte Mathias die Stimme der Journalistin, die von der französischen Gemeinde in England sprach. Er blickte auf und sah, wie die Lautstärkenskala neben Audreys Gesicht schrumpfte. Antoine hatte Emily die Fernbedienung aus der Hand genommen.

In einem Fernsehstudio in Paris verließ der Nachrichtenchef eine Sitzung und unterhielt sich mit einer jungen Journalistin. Als er gegangen war, betrat ein Techniker den Raum.

»Und?«, fragte Nathan, »ist es jetzt offiziell, dass du deine eigene Sendung hast?«

Audrey nickte.

»Soll ich dich nach Hause bringen?«

Audrey nickte erneut.

Mitten in der Nacht, während Sophie allein im Hinterzimmer ihres Blumenladens Briefe las, vertraute Yvonne Enya, die an ihrem Bett saß, einige Geheimnisse ihres Lebens an – unter anderem das Rezept ihrer Crème caramel.

Kapitel 19

Den Blick in die Ferne gerichtet, rührte Mathias in seiner Kaffeetasse.

Antoine setzte sich neben ihn und nahm ihm den Löffel aus der Hand. »Hast du schlecht geschlafen?«, fragte er.

Louis kam herunter und nahm am Tisch Platz.

»Wo bleibt denn meine Tochter schon wieder? Wir kommen noch zu spät zur Schule.«

»Gleich«, antwortete Louis.

»Man sagt nicht ›gleich‹, sondern sie kommt gleich!«, korrigierte ihn Mathias, wobei er die Stimme hob.

Er blickte auf und entdeckte Emily, die das Treppengeländer herunterrutschte.

»Runter da!«, schrie Mathias und sprang auf.

Mit verdrießlicher Miene flüchtete die Kleine auf das Sofa.

»Jetzt reicht's mir aber mit dir!«, schrie ihr Vater. »Komm auf der Stelle an den Tisch!«

Mit bebenden Lippen gehorchte Emily und setzte sich auf einen Stuhl.

»Du bist völlig verzogen, alles muss man dir dreimal sagen. Kannst du nicht hören, bist du etwa taub?«, fuhr Mathias fort.

Verblüfft sah Louis seinen Vater an, der ihm bedeutete, sich so klein wie möglich zu machen.

»Und sieh mich nicht so an!«, fuhr Mathias unvermindert wütend fort. »Du kriegst deine Strafe! Heute Abend nach der Schule machst du deine Aufgaben, isst und gehst in dein Zimmer, kein Fernsehen, ist das klar?«

Emily antwortete nicht.

»Ist das klar?«, wiederholte Mathias lautstark.

»Ja, Papa«, stammelte Emily mit tränenerfüllten Augen.

Louis nahm seinen Ranzen, warf Mathias einen vernichtenden Blick zu und zog seine Freundin zur Tür. Antoine stand wortlos auf und nahm die Autoschlüssel aus der Schale im Eingang.

Nachdem er die Kinder abgesetzt hatte, parkte er den Austin vor der Buchhandlung. Als Mathias eintraf, fasste Antoine ihn beim Arm.

»Ich verstehe ja, dass es dir nicht gut geht, aber heute Morgen warst du ein bisschen heftig mit deiner Tochter.«

»Als ich sie auf dem Treppengeländer sah, habe ich Angst bekommen, furchtbare Angst, wenn du es genau wissen willst.«

»Du kannst sie doch nicht daran hindern, sich zu bewegen, nur weil du unter Schwindelanfällen leidest!«

»Das musst du gerade sagen, der du deinem Sohn drei Pullover anziehst, sobald du frierst … Habe ich wirklich geschrien?«

»Nein, du hast gebrüllt. Versprich mir eins, geh an die Luft, lauf heute Nachmittag im Park, du hast es nötig!«

Antoine klopfte ihm freundschaftlich auf die Schulter und ging zu seinem Büro.

ren um, die ihm schon weit voraus waren, und lief zu der Bank, bei der Mathias auf ihn wartete.

»Was machst du hier?«, fragte der Junge.

»Und Sophie, was macht sie hier?«

»Das kann ich dir nicht sagen, es ist ein Geheimnis.«

»Na hör mal, als ein gewisser Junge im Museum einem Dinosaurier eine Schuppe abgerissen hatte, habe ich nichts verraten!«

»Das ist nicht dasselbe, der Dinosaurier war ja tot.«

»Und warum ist es ein Geheimnis, dass Sophie hier ist?«, beharrte Mathias.

»Als du zu Anfang von Valentine getrennt warst und Emily heimlich im Jardin de Luxembourg getroffen hast, war das ja schließlich auch ein Geheimnis, oder?«

»Verstehe …«, murmelte Mathias.

»Du verstehst überhaupt nichts. Seit ihr euch mit Sophie gestritten habt, fehlen wir ihr, und mir fehlt sie auch.« Louis sprang auf. »Ich muss gehen, sie haben bestimmt gemerkt, dass ich nicht da bin.«

Der Junge entfernte sich ein paar Schritte, doch Mathias rief ihn zurück.

»Unser Gespräch ist auch ein Geheimnis, okay?«

Louis nickte und bekräftigte seinen Schwur mit einer feierlich aufs Herz gelegten Hand. Mathias lächelte und warf ihm die Tüte mit den Rosinenschnecken zu.

»Es sind noch zwei drin, gibst du eine meiner Tochter?«

Louis sah Mathias mitleidig an. »Und was soll ich Emily sagen? Vielleicht dass die Rosinenschnecken auf einem Baum gewachsen sind? Du kannst wirklich nicht lügen!« Er warf die Tüte zurück und lief kopfschüttelnd davon.

Als Mathias abends nach Hause kam, traf er Emily und Louis vor einem Zeichentrickfilm an. Antoine bereitete in der Küche das Essen vor. Mathias baute sich mit verschränkten Armen vor ihm auf.

»Das verstehe ich nicht!«, sagte er und deutete auf den Fernseher. »Was hatte ich noch gesagt?«

Verblüfft hob Antoine den Kopf.

»Kein Fern-se-hen! Ob ich also etwas sage oder nicht, das scheint ja völlig gleichgültig zu sein. Das ist doch nicht zu fassen!«, schrie er und hob die Arme zum Himmel.

Louis und Emily beobachteten die Szene vom Sofa aus.

»Ich möchte, dass meine Autorität in diesem Haus respektiert wird. Wenn ich eine Entscheidung bezüglich der Kinder treffe, möchte ich, dass du mich unterstützt – das ist etwas zu einfach, wenn immer derselbe bestraft und der andere belohnt!«

Antoine, der Mathias nicht aus den Augen gelassen hatte, hörte auf, in seiner Ratatouille zu rühren.

»Eine Frage des Familienzusammenhalts!«, sagte Mathias, tauchte einen Finger in den Topf und zwinkerte seinem Freund verschwörerisch zu.

Antoine versetzte ihm mit dem Löffel einen Klaps auf die Hand.

Nachdem sich die Wogen wieder geglättet hatten, setzten sich alle zu Tisch.

Nach dem Essen brachte Mathias Emily ins Bett. Neben ihr ausgestreckt, erzählte er ihr die längste Geschichte, die er kannte. Und als zum Schluss Théodore, der Zauberhase, am Himmel den Adler sah, der immer im Kreis flog – das arme Tier hatte von Geburt an einen Flügel, der um einige Federn kürzer war als der andere –, steckte

Emily den Daumen in den Mund und schmiegte sich an ihren Vater.

»Schläfst du, Prinzessin?«, fragte Mathias leise. Langsam ließ er sich vom Bett gleiten, kniete davor, streichelte das Haar seiner Tochter und betrachtete sie lange.

Emily hatte eine Hand auf die Stirn gelegt, die andere hielt noch die ihres Vaters. Von Zeit zu Zeit bebten ihre Lippen, als wolle sie etwas sagen.

»Wie sehr du ihr ähnelst«, flüsterte Mathias.

Er drückte ihr einen Kuss auf die Wange, sagte ihr, dass er sie mehr als alles auf der Welt liebte, und schlich lautlos aus dem Zimmer.

Antoine lag im Pyjama im Bett und las, als es klopfte.

»Ich habe vergessen, meinen Anzug aus der Reinigung abzuholen«, sagte Mathias, während er den Kopf durch die Tür steckte.

»Ich bin vorbeigegangen, er hängt in deinem Schrank«, antwortete Antoine und begann seine Seite von vorn zu lesen.

Mathias kam herein und streckte sich auf der Decke aus. Er griff nach der Fernbedienung und schaltete den Fernseher ein.

»Deine Matratze ist gut.«

»Du hast dieselbe«, erwiderte Antoine.

Mathias richtete sich auf und zog das Kissen zurecht, um bequemer zu liegen.

»Störe ich dich nicht?«

»Doch!«

»Siehst du, und dann beklagst du dich nachher, dass wir nicht miteinander reden.«

Antoine nahm ihm die Fernbedienung weg und schaltete den Apparat aus.

»Weißt du, ich habe noch mal über deine Schwindelanfälle nachgedacht, das ist kein Zufall. Du hast Angst, erwachsen zu werden, dich voranzubewegen, das lähmt dich, auch in deinen Beziehungen zu anderen. Bei deiner Frau hattest du Angst, ein Ehemann zu sein, und manchmal hast du sogar bei deiner Tochter Angst, ein Vater zu sein. Wann hast du zum letzten Mal etwas für jemand anderen als für dich selbst getan?«

Antoine schaltete die Nachttischlampe aus und drehte sich um. Mathias blieb eine Weile schweigend im Halbdunkel liegen. Schließlich stand er auf, den Blick auf seinen Freund gerichtet, ehe er das Zimmer verließ.

»Also, Ratschlag gegen Ratschlag, ich habe da auch einen für dich, Antoine: Jemanden in sein Leben zu lassen, bedeutet, die Mauern einzureißen, die man zu seinem Schutz errichtet hat, und nicht darauf zu warten, dass der andere sie zu Fall bringt.«

»Warum sagst du das? Habe ich die Wand etwa nicht herausgenommen?«, widersetzte Antoine.

»Nein, das war ich, aber davon habe ich auch gar nicht gesprochen! Welche Größe hatten die Babyschuhe, die du dir angesehen hast?«

Damit schloss er die Tür.

In dieser Nacht schlief Antoine nicht – oder kaum. Er schaltete das Licht wieder an, öffnete die Schublade seines Nachtkästchens, nahm ein Blatt heraus und begann zu schreiben. Erst in den frühen Morgenstunden, als der Brief fertig war, sank er in tiefen, wenn auch kurzen Schlaf.

Auch Mathias schlief in dieser Nacht nicht – oder kaum. Auch er schaltete das Licht wieder an, und wie Antoine sank er erst in den frühen Morgenstunden, nachdem er einige Vorsätze gefasst hatte, in tiefen, wenn auch kurzen Schlaf.

Kapitel 20

An diesem Freitag kamen Emily und Louis wirklich zu spät zur Schule. So sehr sie ihre Väter auch rüttelten und aus dem Bett zu ziehen versuchten, es nutzte nichts. Und während sie sich einen Zeichentrickfilm ansahen, den Ranzen auf dem Rücken, damit man ihnen nicht zu allem Überfluss noch Vorwürfe machen könnte, rasierte sich Mathias im Badezimmer, und Antoine rief McKenzie an, um ihm mitzuteilen, er wäre in einer halben Stunde im Büro.

Mathias betrat seine Buchhandlung, schrieb mit Filzstift auf ein Blatt Papier »Heute geschlossen«, klebte es an die Scheibe und verließ das Geschäft wieder. Er ging im Architekturbüro vorbei, störte Antoine in einer Besprechung und bestand darauf, sich seinen Wagen auszuleihen. Zuerst fuhr er an der Themse entlang. Er parkte am OXO-Tower und nahm gegenüber auf einer Bank Platz, um sich zu konzentrieren.

Yvonne überzeugte sich, dass sie nichts vergessen hatte, und warf einen Blick auf ihre Fahrkarte. Heute Abend um sechs würde sie an der Victoria Station den Zug nehmen. Fünfundfünfzig Minuten später käme sie in Chatham an.

Sie schloss den kleinen schwarzen Koffer, ließ ihn auf dem Bett liegen und verließ ihr Schlafzimmer.

Schweren Herzens stieg sie die Treppe hinab ins Restaurant; sie war mit Antoine verabredet. Eine gute Idee, übers Wochenende wegzufahren. Sie hätte es nicht ertragen, die große Veränderung in ihrem Restaurant mit anzusehen. Doch der eigentliche Grund für diese Reise war – auch wenn ihr Charakter ihr verbot, es zuzugeben – eine Herzensangelegenheit. Heute Nacht würde sie zum ersten Mal in Kent schlafen.

Als Antoines Besprechung beendet war, sah er auf die Uhr. Yvonne erwartete ihn schon seit einer guten Viertelstunde. Er tastete in seiner Jackentasche, überzeugte sich, dass der Brief da war, und lief los.

Sophie stand vor dem Spiegel in ihrem Hinterzimmer und betrachtete sich im Profil. Sie strich sich über den Bauch und lächelte.

Mathias blickte ein letztes Mal auf die Wellen des Flusses. Er atmete tief durch und erhob sich. Entschlossen ging er zum OXO-Tower, durchquerte die Halle und erklärte sich dem Liftführer. Der Mann hörte ihm aufmerksam zu und war angesichts des großzügigen Trinkgelds, das ihm Mathias anbot, bereit, ihm diesen eigenartigen Dienst zu erweisen. Er bat die Besucher, etwas Platz zu machen. Mathias betrat die Kabine, stellte sich vor die Schiebetüren und sagte, er sei fertig. Der Liftführer drückte auf den Knopf.

Enya versprach Yvonne, während der Arbeiten dazubleiben. Sie würde darüber wachen, dass ihre Registrierkasse nicht beschädigt würde. Die Vorstellung, bei ihrer Rückkehr nichts mehr so vorzufinden wie vorher, war schon schwer genug, aber wenn die alte Maschine nicht mehr funktionierte, hätte ihr Bistro seine Seele verloren.

Die letzten Zeichnungen von Antoine wollte sie nicht mehr sehen. Sie vertraute ihm. Sie trat hinter die Theke, öffnete eine Schublade und reichte ihm einen Umschlag.

»Was ist das?«

»Das wirst du sehen, wenn du ihn aufmachst«, erklärte Yvonne.

»Falls es ein Scheck ist, so werde ich ihn nicht einlösen.«

»Wenn du ihn nicht einlöst, nehme ich zwei Farbtöpfe und zerstöre deine ganze Arbeit, hast du mich verstanden?«

Antoine wollte mit Yvonne diskutieren, doch sie nahm ihm den Umschlag aus der Hand und schob ihn in seine Jackentasche.

»Willst du sie nun oder nicht?«, sagte sie und klirrte mit ihrem Schlüsselbund. »Ich bin einverstanden, mein Restaurant zu renovieren, aber meinen Stolz bewahre ich bis zum letzten Atemzug, ich bin von der alten Schule. Ich weiß genau, dass du deine Arbeit nicht bezahlt haben willst, aber ich bestehe darauf, meinen Umbau zu bezahlen.«

Antoine nahm die Schlüssel und erklärte, bis Sonntagabend gehöre das Bistro ihm. Sie dürfe es vor Montagmorgen nicht betreten.

»Mister? Sie müssen jetzt wirklich Ihren Fuß aus der Tür nehmen, die Leute werden ungeduldig«, drängte der Liftführer des OXO-Tower.

Die Aufzugkabine stand noch immer im Erdgeschoss, und obgleich der Mann versucht hatte, den Gästen die Situation zu erklären, gab es doch einige, die nicht länger warten, sondern zu ihrem Tisch in den obersten Stock wollten.

»Ich bin bereit«, sagte Mathias, »fast bereit ...« Er atmete tief durch und zog die Zehen in seinen Schuhen ein.

Die Geschäftsfrau, die neben ihm stand, versetzte ihm mit ihrem Regenschirm einen leichten Schlag auf die Wade, Mathias beugte das Knie, und endlich hob sich die Kabine in den Himmel von London.

Yvonne verließ ihr Restaurant. Sie hatte einen Termin beim Friseur, ihren Koffer würde sie später holen. Enya musste sie fast zur Tür hinausschieben, sie konnte sich auf sie verlassen. Yvonne schloss sie in die Arme und küsste sie, ehe sie ins Taxi stieg.

Antoine ging die Straße entlang; vor Sophies Geschäft blieb er stehen, klopfte und trat ein.

In der letzten Etage öffneten sich die Türen des Aufzugs. Die Leute drängten ins Restaurant. Mathias, der sich am Geländer der gläsernen Kabine festklammerte, öffnete die Augen. Begeistert entdeckte er eine Stadt, die er noch nie gesehen hatte. Der Liftführer klatschte einmal in die Hände, dann ein zweites Mal und applaudierte schließlich heftig.

»Drehen wir noch eine Runde, nur wir beide?«

Mathias sah ihn an und lächelte.

»Aber nur eine kleine, ich habe noch viel zu tun«, antwortete er. »Darf ich?«, fragte er dann, den Finger auf den Startknopf gelegt.

»You are welcome!«, rief der Liftführer stolz.

»Willst du Blumen kaufen?«, fragte Sophie, als sie Antoine auf sich zukommen sah.

Er zog den Umschlag aus der Tasche und reichte ihn ihr.

»Was ist das?«

»Weißt du, ich glaube der Idiot, dem ich an deiner Stelle schreibe … Ich glaube, er hat endlich mal geantwortet, und da wollte ich dir den Brief persönlich übergeben.«

Wortlos bückte Sophie sich, öffnete die Korkschachtel und legte ihn auf die anderen.

»Machst du ihn nicht auf?«

»Doch, vielleicht später, aber ich glaube, es wäre ihm nicht recht, wenn ich ihn in deiner Anwesenheit lesen würde.«

Antoine trat langsam auf sie zu, küsste sie auf die Wange und verließ das Geschäft.

Mit dem Austin preschte Mathias über die M25, beugte sich zum Handschuhfach und nahm eine Landkarte heraus. Noch zehn Meilen, dann müsste er auf die M2 abbiegen. An diesem Vormittag hatte er seinen ersten Vorsatz realisiert. Wenn er dieses Tempo beibehielt, würde er vielleicht in weniger als einer Stunde den zweiten in die Tat umsetzen können.

Den Rest des Tages verbrachte Antoine mit McKenzie in Yvonnes Bistro. Mit Enyas Hilfe stapelten sie die alten Tische in einer Ecke auf. Morgen würde der Lastwagen der Schreinerei sie mitnehmen. Dann zogen sie mit blauer Kreide die Linien, um für die Schreiner, die am Samstag hier arbeiten würden, die Begrenzung der Holzvertäfelung vorzugeben sowie die Felder für die Maler, die am Sonntag am Werk wären.

Am späten Nachmittag bekam Sophie einen Anruf von Mathias. Er wusste sehr wohl, dass sie nicht mehr mit ihm reden wollte, aber er bat sie inständig, ihn anzuhören.

Mitten im Gespräch legte Sophie den Hörer zur Seite, um die Tür des Geschäfts abzuschließen, damit sie niemand störte. Sie unterbrach ihn nicht ein einziges Mal. Als Mathias aufgelegt hatte, öffnete Sophie die Korkschachtel. Sie riss den letzten Umschlag auf und las die Worte, von denen sie geträumt hatte in all diesen Jahren der Freundschaft, die letztlich keine war.

Sophie,

ich war überzeugt, dass auch die nächste Liebe scheitern würde, wie hätte ich also das Risiko eingehen können, Dich zu verlieren, wo Du doch das Einzige warst, was ich hatte?
Und nun habe ich Dich, zu sehr von meinen Ängsten bestimmt, doch verloren.

All die Jahre habe ich diese Briefe für Dich geschrieben und insgeheim davon geträumt, derjenige zu sein, an den sie gerichtet waren. Und auch an jenem letzten Abend habe ich es Dir nicht sagen können…

Ich werde dieses Kind mehr lieben als ein Vater, weil es Deins ist, selbst wenn es von einem anderen ist.

Falls Du noch mit mir zusammen sein willst, werde ich Deine Einsamkeit vertreiben, Dich bei der Hand nehmen und auf einen Weg führen, den wir gemeinsam gehen werden.

Ich will unter Deinem Blick alt werden und bis zum Ende meiner Tage Deine Nächte füllen.
Diese Worte schreibe ich nur für Dich, mein Liebling.

Antoine

Mathias hielt an einer Tankstelle. Er tankte voll und fuhr zurück zur M25, die nach London führte. Kurz zuvor hatte er in einem kleinen Dorf in Kent seinen zweiten Vorsatz ausgeführt. Als er ihn zu seinem Wagen begleitete, hatte Mister Glover gestanden, er habe auf diesen Besuch gehofft, aber er hatte noch immer nicht sagen wollen, wer Popinot war.

Ehe er auf die Autobahn einbog, wählte er auf seinem Handy Antoines Nummer. Er hatte einen Babysitter organisiert und wollte seinen Freund heute Abend zum Essen einladen.

Antoine fragte ihn, was es zu feiern gäbe, Mathias antwortete ihm nicht, ließ ihm aber die Wahl des Restaurants.

»Yvonne ist nicht da, wir haben das Bistro für uns, ist dir das recht?«

Er fragte Enya, die sich sofort bereit erklärte, ihnen ein kleines Essen zu kochen. Sie würde alles in der Küche bereitstellen, sie müssten es nur noch aufwärmen.

»Perfekt«, erklärte Mathias. »Ich bringe den Wein mit, Punkt acht!«

Enya hatte den Tisch hübsch gedeckt. In der Mitte thronte ein Kerzenleuchter, den sie beim Aufräumen im Keller gefunden hatte. Das Essen stand im Ofen, sie brauchten es nur noch herauszunehmen.

Als Mathias und Antoine kamen, begrüßte sie sie und ging in ihr Zimmer.

Antoine entkorkte die Flasche, die Mathias mitgebracht hatte, und schenkte ihnen ein.

»Schön wird es hier. Sonntagabend erkennst du nichts mehr wieder. Wenn ich mich nicht getäuscht habe, wird der Charakter erhalten bleiben, es wird noch immer bei Yvonne sein, nur etwas moderner.« Und da Mathias nichts sagte, hob er sein Glas. »Nun, was gibt es zu feiern?«

»Uns«, entgegnete Mathias.

»Warum?«

»Alles, was wir füreinander getan haben, das heißt vor allem, du für mich. Unter Freunden geht man nicht zum Standesamt, also gibt es auch keinen richtigen Hochzeitstag, aber es kann doch ein ganzes Leben dauern, wenn man sich füreinander entschieden hat.«

»Erinnerst du dich an unsere erste Begegnung?«, fragte Antoine und prostete ihm zu.

»Auf Caroline Leblond«, antwortete Mathias.

Antoine wollte das Essen aus der Küche holen, doch Mathias hielt ihn zurück.

»Bleib sitzen, ich habe dir etwas Wichtiges zu sagen.«

»Ich höre.«

»Ich liebe dich.«

»Übst du für dein nächstes Rendezvous?«

»Nein, ich liebe dich wirklich.«

»Bist du jetzt völlig übergeschnappt? Hör sofort auf, du machst mir Sorgen!«

»Ich verlasse dich, Antoine.«

»Hast du jemand anderen?«

»Jetzt spinnst du.«

»Warum machst du das?«

»Für uns beide. Du hast mich gefragt, wann ich das letzte Mal etwas für jemand anderen als mich selbst getan hätte, jetzt könnte ich dir antworten.«

Antoine erhob sich. »Ich habe keinen Hunger mehr. Wollen wir ein Stück laufen?«

Mathias schob seinen Stuhl zurück. Sie ließen den Tisch, wie er war, und schlossen die Hoftür hinter sich ab.

Sie gingen am Ufer entlang, und jeder respektierte das Schweigen des anderen.

Auf das Geländer einer Brücke gestützt, die sich über die Themse spannte, zog Antoine seine letzte Zigarre heraus. Er rollte sie zwischen den Handflächen und riss ein Streichholz an.

»Ich wollte sowieso kein zweites Kind«, sagte Mathias und lächelte.

»Ich glaube, ich schon«, entgegnete Antoine und reichte ihm die Zigarre.

»Lass uns auf die andere Seite gehen, von dort ist der Blick viel schöner«, fuhr Mathias fort.

»Kommst du morgen?«

»Nein, ich glaube, es ist besser, wenn wir uns eine Weile nicht sehen. Aber ich rufe dich Sonntag an, um zu hören, wie die Arbeiten verlaufen sind.«

»Verstehe«, sagte Antoine.

»Ich werde mit Emily verreisen. Es macht nichts, wenn sie eine Woche in der Schule fehlt. Ich muss einige Zeit mit ihr zusammen sein und mit ihr reden.«

»Hast du Pläne?«

»Ja, genau darüber will ich ja mit ihr reden.«

»Und mit mir redest du nicht mehr?«

»Doch«, entgegnete Mathias, »aber zuerst mit ihr.«

Mathias winkte ein Taxi heran. Antoine stieg ein, Mathias schloss die Tür und beugte sich zum Fenster.

»Fahr nach Hause, ich gehe noch etwas spazieren.«

»Gut. Hast du gesehen, wie spät es ist?«, fragte Antoine, und blickte auf seine Uhr, der Babysitter wird mir eine Standpauke halten.«

»Mach dir keine Sorgen wegen Mrs. Doubtfire, ich habe alles mit ihr geregelt.«

Mathias wartete, bis das Taxi sich entfernt hatte. Dann vergrub er die Hände in den Taschen seines Regenmantels und ging weiter. Es war zwanzig nach zwei, und er hoffte inständig, dass auch sein dritter Vorsatz in die Tat umgesetzt würde.

Antoine betrat Haus. Sein Blick glitt über die Schale im Eingang. Der flimmernde Bildschirm des Fernsehers tauchte den Wohnraum in ein Halbdunkel.

Zwei Füße ragten über den Rand des Sofas hinaus, einer in einem rosa Strumpf, der andere in einem blauen. Er ging in die Küche zum Kühlschrank und öffnete die Tür. Die Getränkedosen waren, nach Farben sortiert, aufgereiht. Um die Ordnung zu stören, stellte er sie um. Dann schenkte er sich ein großes Glas Leitungswasser ein und trank es in einem Zug aus.

Als er in den Wohnraum zurückkehrte, entdeckte er Sophie. Sie schlief tief und fest. Antoine zog seine Jacke aus und deckte sie damit zu. Er beugte sich über sie, streichelte ihr Haar, drückte ihr einen Kuss auf die Stirn und ließ seine Lippen bis zu ihrem Mund gleiten. Anschließend schaltete er den Fernseher aus, hob vorsichtig Sophies Beine an, setzte sich lautlos und legte sie auf seine Knie. Dann lehnte er sich zurück und suchte nach einer bequemen Position, um einschlafen zu können. Als er endlich aufhörte, sich zu bewegen, öffnete Sophie ein Auge, lächelte und schloss es sogleich wieder.

Kapitel 21

Antoine war in den frühen Morgenstunden aufgebrochen. Er wollte da sein, wenn der Lastwagen der Schreinerwerkstatt ankäme. Sophie hatte Emilys Köfferchen gepackt und einige Sachen für ihren Vater in eine Reisetasche gesteckt. Mathias kam gegen neun. Sie würden nach Cornwall fahren und die Reise nutzen, um über die Zukunft zu reden. Emily umarmte Louis und versprach, ihm jeden Tag eine Postkarte zu schreiben. Sophie begleitete sie zur Haustür.

»Danke für die Tasche«, sagte Mathias.

»Ich danke dir.« Sophie umarmte ihn. »Ist alles in Ordnung?«, fragte sie.

»Natürlich, ich habe ja meinen kleinen Schutzengel bei mir.«

»Wann kommst du zurück?«

»In ein paar Tagen, ich weiß es nicht genau.«

Mathias fasste seine Tochter bei der Hand und ging die kleine Treppe hinunter, dann drehte er sich um und betrachtete die Fassade des Hauses. Die Glyzinie umrankte die beiden Eingangstüren. Sophie sah ihn an, und er lächelte gerührt.

»Kümmer dich gut um ihn«, murmelte Mathias.

»Du kannst dich auf mich verlassen.«

Mathias lief die Stufen wieder hinauf, hob Louis in die Luft und küsste ihn stürmisch.

»Und du, kümmer dich um Sophie; während meiner Abwesenheit bist du der Mann im Haus.«

»Und mein Vater?«, fragte Louis, als er wieder auf dem Boden stand.

Mathias zwinkerte ihm verschwörerisch zu und entfernte sich.

Antoine betrat das leere Restaurant. In der hinteren Ecke stand auf einem Tisch mit weißer Decke ein Kerzenleuchter. Die Gedecke waren unberührt, nur die Gläser mit Wein gefüllt. Er ging hin und ließ sich auf den Stuhl sinken, auf dem am Vorabend Mathias gesessen hatte.

»Lassen Sie, ich räume das ab«, sagte Enya, die am Fuß der Treppe stand.

»Ich habe Sie nicht kommen hören.«

»Ich Sie schon«, erklärte sie und näherte sich.

»Das war ein schöner Frühling, nicht wahr?«

»Mit einigen Gewitterstürmen, wie in jedem Jahr«, antwortete sie und blickte sich in dem leeren Bistro um.

»Ich glaube, ich höre den Lastwagen in die Straße einbiegen.«

Enya ging zum Fenster.

»Ich bin aufgeregt«, sagte Antoine.

»Yvonne wird es wunderbar finden.«

»Sagen Sie das, um mich zu beruhigen?«

»Nein, ich sage das, weil sie gestern, nachdem Sie weg waren, zurückgekommen ist und sich die Pläne angesehen hat, und glauben Sie mir, ihre Augen haben geleuchtet, wie ich es noch nie gesehen habe.«

»Hat sie nichts gesagt?«

»Doch, sie hat gesagt: ›Siehst du, Papa, wir haben es geschafft.‹ Jetzt koche ich Ihnen einen Kaffee. Husch, machen Sie Platz, ich muss den Tisch abräumen.«

Und schon kamen die Schreiner herein.

Am Sonntagmorgen hatte John Yvonne sein Dorf gezeigt. Sie war begeistert gewesen. Die Hauptstraße war gesäumt von Häusern, deren Fassaden in verschiedenen Farben gestrichen waren – rosa, blau, manche weiß, andere gar violett – und deren Balkone üppig mit Blumen bewachsen waren. Im Pub, eine Art örtliche Institution, aßen sie zu Mittag. Die Sonne strahlte am Himmel, und der Wirt bot ihnen einen Tisch im Freien an. Merkwürdigerweise schienen alle Bewohner des Ortes gerade zu dieser Zeit einkaufen gehen zu müssen, und so kamen sie immer wieder an der Terrasse vorbei und begrüßten John Glover und seine französische Freundin.

Die Schreiner hatten Wort gehalten. Am Samstagabend waren die Holzarbeiten abgeschlossen. McKenzie und Antoine standen an einer Seite der Theke und überprüften mit leicht geneigtem Kopf die Pfosten und Einfassungen. Sie waren perfekt, nicht ein Holzsplitter ragte heraus. Der Lack hatte in der Werkstatt sicher sechs Zwischenschliffe erfahren, um einen solchen Glanz zu haben. Unter tausend Vorsichtsmaßnahmen und Enyas wachsamem Blick wurde die alte Registrierkasse wieder an ihren Platz gestellt. Louis wienerte sie. Im Restaurant gaben die Maler den Wänden, die sie in der Nacht verputzt hatten, den letzten Schliff. Antoine sah auf seine Uhr. Jetzt mussten sie noch die Abdeckplanen wegräumen, putzen und die neuen Tische und Stühle an ihren Platz stellen. Die Elektriker würden bald die Wandlampen anschließen. Sophie kam mit einer großen Vase im Arm herein. Die Blüten der Pfingstrosen waren kaum geöffnet; morgen, wenn Yvonne zurückkäme, wären sie perfekt.

Im Süden von Falmouth führte ein Vater seine Tochter zu den Felsen. Als er an den Abgrund trat, um ihr in der Ferne die französische Küste zu zeigen, traute sie ihren Augen nicht; sie warf sich in seine Arme und sagte ihm, wie stolz sie auf ihn sei. Als sie zurück zum Wagen gingen, erkundigte Emily sich, ob sie jetzt, da er nicht mehr unter Schwindelanfällen leide, das Treppengeländer herunterrutschen dürfe, ohne geschimpft zu werden.

Es war fast 16 Uhr, und alles war fertig. Antoine, Sophie, Louis und Enya standen in der Tür und betrachteten die vollbrachte Arbeit.

»Ich kann es kaum glauben«, rief Sophie.

»Ich auch nicht«, erklärte Antoine und ergriff ihre Hand.

Sophie beugte sich zu Louis, um ihm etwas anzuvertrauen: »In zwei Sekunden fragt dein Vater mich, ob ich meine, dass es Yvonne gefallen wird«, flüsterte sie ihm ins Ohr.

Das Telefon klingelte. Enya hob ab und machte Antoine ein Zeichen; das Gespräch war für ihn.

»Das ist sie, sie will wissen, ob alles in Ordnung ist«, sagte er und ging zur Theke.

Er wandte sich um und fragte Sophie, ob sie glaube, das neue Restaurant würde Yvonne gefallen …

Er griff nach dem Hörer, und sein Gesichtsausdruck veränderte sich. Am Telefon war nicht Yvonne, sondern John Glover.

Am frühen Nachmittag hatte sie einen Schmerz gespürt. Sie hatte John nicht beunruhigen wollen. Er hatte sich so sehr auf diesen Augenblick gefreut. Die Landschaft war lichtdurchflutet, das Blattwerk der Bäume wiegte sich sanft im Wind. Wie köstlich diese Düfte des Frühsommers waren. Sie war so müde, die Tasse glitt ihr aus der Hand, warum sich anstrengen, um sie festzuhalten, schließlich war es nur Porzellan; John war in seinem Gewächshaus, er würde das Klirren nicht hören. Sie liebte die Art, wie er die Kletterrosen schnitt.

Merkwürdig, kaum dachte sie an ihn, taucht er schon am Ende der Straße auf. Wie er ihrem Vater ähnelt, dieselbe Sanftheit, Zurückhaltung und natürliche Eleganz. Wer ist das kleine Mädchen, das er da an der Hand hält? Es ist nicht Emily. Sie winkt mit jenem Schal, den Yvonne an dem Tag getragen hatte, als er mit ihr zum Riesenrad gegangen war. Sie macht ihr Zeichen, zu ihnen zu kommen.

Die Sonnenstrahlen sind warm, sie spürt sie auf ihrer Haut. Sie braucht keine Angst zu haben, das Wichtigste hat sie gesagt. Vielleicht einen letzten Schluck Kaffee? Die Kanne steht auf dem kleinen Tisch, gleich neben ihr und doch schon so weit entfernt. Ein Vogel gleitet am Himmel vorbei, heute Abend fliegt er über Frankreich.

John kam auf sie zu, er sollte lieber in den Wald gehen, es war besser, allein zu sein.

Plötzlich war ihr Kopf schwer. Sie ließ ihn auf die Schulter sinken. Ich muss die Augen noch ein wenig offen halten, mir alles einprägen, was es hier gibt, ich möchte die Magnolien sehen, mich über die Rosen beugen; das Licht lässt nach, die Sonne ist weniger warm, der Vogel ist davongeflogen; das kleine Mädchen winkt mich heran, mein Vater lächelt mir zu. Mein Gott, wie schön das Leben ist, wenn es einen verlässt … Und die Tasse rollte ins Gras.

Sie saß gerade auf ihrem Stuhl, den Kopf zur Seite geneigt, zu ihren Füßen ein paar Porzellanscherben. John warf sein Werkzeug hin und rannte über die Straße, rief ihren Namen …

Yvonne war in einem Garten in Kent gestorben.

Kapitel 22

Yvonne hätte dieser verschleierte Himmel über dem Friedhof Old Brompton wohl gefallen. John ging dem Zug voran. Danièle, Colette, Martine folgten in einer Reihe. Sophie, Antoine, Enya und Louis stützten den untröstlichen McKenzie, der seinen neuen Anzug trug. Hinter ihnen bildeten Händler, Kunden, ja, die halbe Bute Street, eine lange Kolonne. Als der Sarg zu Grabe gelassen wurde, erhob sich ein unvergleichlicher Lärm vom großen Stadion her. An diesem Mittwoch hatte Manchester United das Spiel gewonnen. Und wer könnte heute das Gegenteil behaupten – die Erscheinung, die durch die Straße kam und John zulächelte, war die eines großen Spielers. Es wurde keine Messe gelesen, Yvonne hatte es nicht gewollt, nur ein paar Worte, um zu bezeugen, dass sie stets gegenwärtig sein würde.

Die Zeremonie war kurz, so wie Yvonne es gewünscht hatte. Danach fanden sich alle bei ihr ein; das war Johns Wunsch gewesen.

Die Meinungen waren einhellig, und selbst wenn Antoine weinte, musste man sich doch freuen. Das Restaurant war noch schöner, als sie es sich vorgestellt hatten. Natürlich hätte es ihr gefallen! Nach und nach nahmen alle an den Tischen Platz, und die Gläser hoben sich zum Gedenken an Yvonne.

Mittags kam noch die Laufkundschaft hinzu. Enya war ratlos, was sollte sie tun? Danièle machte ihr ein Zeichen, sie zu bedienen. Als sie zahlen wollten, trat sie an die Registrierkasse und wusste nicht, ob sie diese Rechnung eingeben sollte oder nicht.

John trat zu ihr, drückte auf die Taste, und das Glöckchen der Kasse ertönte im Raum.

»Sehen Sie, sie ist unter uns«, sagte er.

Das Restaurant hatte soeben wieder geöffnet. Übrigens, flüsterte John ihr vertraulich zu, Yvonne habe ihm eines Tages gesagt, wenn das Restaurant schließen müsste, würde sie ein zweites Mal sterben. Enya brauche sich nicht zu fürchten, er hätte sie heute Morgen bei der Arbeit beobachtet, wie sie, ohne sich zu hetzen, zwischen den Tischen herumgelaufen sei. John hätte keinen Zweifel, dass sie es in den Griff bekommen würde.

Nichts hätte sie glücklicher machen können, doch Enya besaß nicht die Mittel, das Bistro zu übernehmen. John versicherte ihr, das wäre nicht nötig, sie würden zu einer Einigung kommen, einer Art Pachtvertrag. Ähnlich wie mit Mathias und seiner Buchhandlung, er würde ihr alles genau erklären. Und wenn sie Hilfe bräuchte, so wäre er nicht weit. John hatte nur eine Bitte. Er reichte ihr einen Holzrahmen und bat sie, ihn über der Bar anzubringen, und dass dieses Fotos für immer dort hängen bleiben solle. Bevor er ging – er hatte noch etwas zu erledigen –, zeigte John ihr seinen Mantel, der an der Garderobe hing, und er schenkte ihn ihr ein zweites Mal. Sie müsse ihn behalten, er bringe Glück, nicht wahr?

Sophie sah Antoine an, Mathias war eben eingetreten.

»Du bist gekommen?«, fragte Antoine und kam auf ihn zu.

»Wie du siehst – nein.«

»Ich hatte auf dem Friedhof mit dir gerechnet.«

»Ich habe die Nachricht erst heute Morgen erfahren, als ich Glover angerufen habe. Ich bin so schnell wie möglich gekommen, aber weißt du, bei all diesen englischen Autos, die auf der falschen Straßenseite fahren!«

»Bleibst du?«

»Nein, ich muss wieder weg.«

»Ich verstehe.«

»Kann Emily ein paar Tage bei dir bleiben?«

»Natürlich!«

»Und was das Haus betrifft, was hast du vor?«

Antoine sah Sophie an, die McKenzie einen Stapel Taschentücher brachte. »Ich hätte dein Zimmer ohnehin gebraucht«, sagte er, als er sah, wie sie sich den Bauch hielt.

Mathias trat auf die Tür zu, kam zurück und schloss seinen Freund fest in die Arme.

»Schwör mir etwas: Heute darfst du nicht auf die Kleinigkeiten schauen, die nicht ganz stimmen, sieh das Gesamtwerk, das du geschaffen hast, es ist großartig.«

»Versprochen«, sagte Antoine.

Mathias betrat die Buchhandlung, wo er von John Glover erwartet wurde. John unterzeichnete alle Papiere, über die sie in Kent schon verhandelt hatten. Bevor er wieder ging, kletterte Mathias auf die Leiter. Er nahm ein Buch von dem obersten Regalfach und ging damit zur Kasse.

Er hatte die Schublade repariert, jetzt machte sie beim Öffnen nicht mehr dieses kleine Geräusch.

Er dankte dem alten Buchhändler noch mal für alles, was er für ihn getan hatte, und überließ ihm wieder dieses einzigartige Bändchen über die Abenteuer von Jeeves.

Bevor er ging, musste Mathias ihm noch eine letzte Frage stellen: Wer war nun dieser Popinot?

Glover lächelte und forderte Mathias auf, die beiden Päckchen an sich zu nehmen, die er für ihn im Eingang deponiert hatte. Mathias öffnete das Geschenkpapier. Das erste enthielt ein Emailleschild, das zweite einen prächtigen Regenschirm mit einem aus Kirschbaumholz geschnitzten Knauf… Wo immer man sich aufhalte, wo immer man lebe, an gewissen Abenden könne es plötzlich regnen, sagte John zum Abschied.

Sobald Mathias die Buchhandlung verlassen hatte, glitt Johns Hand unter die Lade der Kasse und schob die Feder an die alte Stelle zurück.

Der Zug fuhr in den Bahnhof ein, Mathias rannte über den Bahnsteig, überholte die Schlange am Taxistand und sprang in den ersten Wagen. Er habe ein Rendezvous, von dem sein Leben abhänge, rief er durchs Fenster den Leuten zu, die ihn beschimpften; doch der Wagen fuhr bereits den Boulevard Magenta hinunter – der Verkehr war an diesem Abend ausnahmsweise flüssig.

In der Fußgängerzone legte er einen Sprint hin. Hinter der großen Fensterfront war schon der Szenenaufbau für die

Abend-Nachrichten zu sehen. Ein Sicherheitsbeamter bat ihn, sich auszuweisen und den Namen der Person zu nennen, die er aufsuchen wolle.

Der Wärter rief in der Bildregie an.

Sie sei für mehrere Tage abwesend, und laut Vorschriften dürfe er ihm ihren Aufenthaltsort nicht nennen.

Ob sie sich denn wenigstens in Frankreich befände?, hatte Mathias mit bebender Stimme gefragt. – Man könnte nichts sagen … er wisse schon, die Vorschriften, hatte der Wärter wiederholt; übrigens wäre der Ort nicht mal schriftlich vermerkt, hatte er mit einem Blick auf sein großes Notizbuch hinzugefügt; sie würde nächste Woche zurückkommen, das wäre alles, was er wüsste. – Könnte man ihr wenigstens ausrichten, dass Mathias sie hätte aufsuchen wollen?

Ein Techniker trat durch Tür und horchte auf, als er den ihm vertrauten Namen hörte.

Ja, er heiße Mathias, warum? Woher kannte er seinen Vornamen? … Er habe ihn erkannt, sie hätte ihn so ausführlich beschrieben, so viel von ihm gesprochen, erwiderte der junge Mann. Er hätte ihr zuhören, sie trösten müssen, als sie aus London zurückgekehrt wäre. Und Vorschriften hin oder her, hatte Nathan gesagt und ihn mit sich gezogen; sie sei eine gute Freundin; Regeln seien schon in Ordnung, vorausgesetzt, man könne sie, wenn es die Situation erfordere, auch mal übertreten … Wenn Mathias sich beeile, würde er sie auf dem Champ-de-Mars antreffen, dort würde sie gerade drehen.

Die Reifen des Taxis quietschten, als es auf den Quai Voltaire einbog.

Von der Uferstraße aus bot sich ein fantastischer Blick über die Kette von Brücken; rechts die bläuliche Glaskuppel des Grand Palais, die eben erleuchtet wurde, vor ihm der angestrahlte Eiffelturm. Paris war wirklich die schönste Stadt der Welt, noch schöner, wenn man sich einmal von ihr entfernt hatte.

Es war kurz nach 20 Uhr, eine letzte Kehrtwendung auf Höhe des Pont de l'Alma, und das Taxi hielt am Straßenrand.

Mathias zog sein Jackett zurecht, prüfte im Rückspiegel, ob sein Haar nicht zu zerzaust war. Als er das Trinkgeld einsteckte, versicherte ihm der Fahrer, sein Äußeres sei perfekt.

Kapitel 23

Sie hatte eben ihre Reportage abgeschlossen und unterhielt sich mit einem Kollegen. Als sie ihn auf der Esplanade erblickte, erstarrte ihre Miene … und sie rannte ihm entgegen.

Er trug einen eleganten Anzug. Audrey betrachtete seine Hände, sie zitterten leicht. Sie bemerkte, dass er vergessen hatte, seine Manschettenknöpfe anzulegen.

»Ich weiß nie, wo ich sie hingelegt habe«, sagte er mit einem Blick auf seine Handgelenke.

»Ich habe deine Teetasse mitgebracht, aber nicht deine Manschettenknöpfe.«

»Weißt du, mir wird gar nicht mehr schwindelig.«

»Was willst du, Mathias?«

Er sah ihr geradewegs in die Augen.

»Ich bin erwachsen geworden, gib uns eine zweite Chance.«

»Solche zweiten Chancen funktionieren nicht immer.«

»Ja, ich weiß, aber wir haben zusammen geschlafen.«

»Ich erinnere mich.«

»Glaubst du immer noch, dass du meine Tochter lieben könntest, wenn sie in Paris leben würde?«

Sie sah ihn lange an, nahm seine Hand und lächelte.

»Komm«, sagte sie, »ich möchte etwas überprüfen.«

Und Audrey zog ihn zum Aufzug des Eiffelturms.

Epilog

Im folgenden Frühjahr erhielt eine Rose den Großen Preis der Gartenschau von Chelsea. Sie trug den Namen Yvonne. Auf dem Friedhof Old Brompton blühte sie schon auf ihrem Grab.

Jahre später trafen sich ein junger Mann und seine beste Freundin, wie immer, sobald es ihr Zeitplan erlaubte.

»Entschuldige, mein Zug hatte Verspätung. Bist du schon lange hier?«, fragte Emily und setzte sich auf die Bank.

»Nein, ich bin gerade erst gekommen; ich habe Maman vom Flughafen abgeholt – sie ist gerade von einer Mission zurück. Wir verbringen das Wochenende zusammen. Und wie war es in Oxford? Wie sind deine Prüfungen gelaufen?«

»Papa wird zufrieden sein – ein kleines Podest ist mir sicher …«

Ganz in der Nähe eines Karussells auf einer Parkbank sitzend, beobachteten sie einen Mann im blauen Anzug, der ihnen gegenüber Platz nahm. Er stellte eine große Tasche neben einem Stuhl ab und brachte seine kleine Tochter zum Karussell.

»Sechs Monate«, sagte Louis.

»Drei Monate, nicht mehr!«, entgegnete Emily.
Sie streckte die Hand aus, und Louis schlug ein.
»Die Wette gilt!«

… und Mathias weiß bis heute nicht, wer Popinot ist.

Mein Dank gilt

Nicole Lattès, Leonello Brandolini, Brigitte Lannaud, Emmanuelle Hardouin, Antoine Caro, Rose Lantheaume, Kerry Glencorse, Claudine Guérin, Katrin Hodapp, Mark Kessler, Anne-Marie Lenfant, Élisabeth Villeneuve, Sylvie Bardeau, Tine Gerber, Marie Dubois, Brigitte Strauss, Serge Bovet, Lydie Leroy, Aude de Margerie, Joël Renaudat, Arié Sberro und dem ganzen Team der Éditions Robert Laffont,

Pauline Normand, Marie-Ève Provost,

Dominique Farrugia, Vincent Lindon und Patrick Timsit,

Pauline,

Raymond und Danièle Levy, Lorraine Levy,

Philippe Guez, ohne den diese Geschichte gar nicht existieren würde,

und

Susanna Lea und Antoine Audouard

Leseprobe

aus

»Er & Sie«

von Marc Levy

Erschienen im Mai 2017
im Blanvalet Verlag

Eines Tages werde ich in der Theorie leben,
denn dort geht immer alles gut…

1

Der Regen troff von den Dächern und Fassaden, den Autos und Bussen, den Bürgersteigen und Fußgängern. Seit Beginn des Frühlings fiel er nahezu unablässig.

Mia kam von einem Treffen mit ihrem Agenten. Creston war ein Gentleman alter Schule, er sagte stets die Wahrheit, tat dies jedoch mit Takt. Elegant bis in die Ausdrucksweise, war er überall respektiert, und seine scharfen, aber nie verletzenden Bemerkungen wurden bei Dinnerpartys oft zitiert. Mia war sein Schützling, was im grausamen und oft rücksichtslosen Filmbusiness als unschätzbares Privileg gelten konnte.

An diesem Tag hatte er sich in einer Privatvorführung Mias neuen Film angesehen, und da sie ihn zu solchen Anlässen nie begleiten durfte, hatte sie in seinem Büro auf ihn gewartet.

Nachdem er seinen Regenmantel abgelegt hatte, hatte Creston es sich in seinem Sessel bequem gemacht und Mia nicht länger auf die Folter gespannt.

»Etwas Action, eine Prise Romantik, die Szenen geschickt um einen zu dünnen Plot konstruiert, aber wen schert das heute noch? … Das wird ein Riesenerfolg!«

Mia kannte Creston gut genug, um zu wissen, dass er nicht mehr dazu sagen würde.

Sie selbst sei wundervoll, fuhr er fort, ein wenig zu oft nackt, darauf müsse man das nächste Mal besser achten und nicht alle naselang ihren Hintern zeigen. Er werde ein Auge darauf haben, im Interesse ihrer Karriere, man würde als Schauspielerin ja so schnell in eine Schublade gesteckt.

»Sagen Sie mir frei heraus, was Sie von dem Film halten, Creston.«

»Du spielst fantastisch, und das ist schon eine Herausforderung angesichts dieser Rolle. Sicher kann man nicht immer nur Filme drehen, in denen die Leute den Herbst zwischen drei Seitensprüngen, zwei Ehebrüchen und einer Tasse Tee verbringen. Das hier ist ein Actionfilm, die Kamera bewegt sich viel, die Figuren ebenfalls… mehr gibt es dazu nicht zu sagen.«

»Die Wahrheit, Creston!«

»Es ist ein Scheißfilm, meine Liebe, ein schöner Scheißfilm, der die Kinokassen füllen wird, weil du und dein Mann die Hauptrollen spielen. Das allein ist es schon wert – und nur das, übrigens. Die Presse wird es lieben, euch gemeinsam auf der Leinwand zu sehen, und noch mehr wird sie es lieben, dass du ihn dabei in den Schatten stellst. Glaube mir, ich sage das nicht, um dir zu schmeicheln, sondern weil es offensichtlich ist.«

»Im Alltag gibt er den Ton an«, gab Mia mit einem matten Lächeln zurück.

Creston strich sich nachdenklich über den Bart. »Wie geht es euch als Paar?«

»Falls wir noch eins sind …«

»Vorsicht, Mia, keine Dummheiten.«

»Was für Dummheiten?«

»Du hast mich genau verstanden. Ist es denn so schlimm?«

»Der Dreh hat uns einander nicht gerade nähergebracht.«

»Das ist genau das, was ich jetzt nicht hören möchte, zumindest bis zum Filmstart. Der Erfolg dieses Meisterwerks basiert allein auf eurem Zusammenspiel, im Kino wie im Leben.«

»Haben Sie neue Drehbücher für mich?«

»Einige.«

»Creston, ich würde gern ins Ausland gehen, weit weg von London und seinem ewigen Grau. Ich möchte eine intelligente, sensible Rolle spielen, Dinge hören, die mich berühren, mich zum Lachen bringen, Gefühle teilen, und wenn es nur in einem ganz kleinen Film ist.«

»Und ich hätte gern, dass mein alter Jaguar niemals kaputtgeht, aber in Wahrheit nennt mich mein Automechaniker schon längst beim Vornamen. Ich habe alles darangesetzt, dir eine Karriere aufzubauen, du hast in England ein Riesenpublikum, Fans, die dafür bezahlen würden, dich das Telefonbuch vorlesen zu hören, und langsam beginnt man, dich überall auf dem Kontinent zu schätzen. In Anbetracht der Marktlage sind deine Gagen unverschämt hoch, und wenn dieser Film so erfolgreich wird, wie ich erwarte, wirst du bald die am besten dotierte Schauspielerin deiner Generation sein. Also, hab ein wenig Geduld, bitte. Sind wir uns einig? In ein paar Wochen rauschen die amerikanischen Angebote herein wie dieser Londoner Dauerregen. Du wirst bei den ganz Großen mitspielen.«

»Den großen Närrinnen, die lachen, obwohl sie traurig sind?«

Creston richtete sich in seinem Sessel auf und hüstelte. »Diesen und anderen, die glücklich sind. Und nun möchte ich diese Trauermiene nicht mehr sehen, Mia«, fügte er strenger hinzu. »Nach den Interviews wird es euch wieder besser gehen. Ihr werdet so viel lächeln müssen während der Promotiontour, dass es am Ende abfärbt.«

Mia trat ans Bücherregal, öffnete das Zigarettenkästchen, das dort stand, und nahm sich eine heraus.

»Du weißt, dass ich es nicht leiden kann, wenn man in meinem Büro raucht.«

»Warum haben Sie dann Zigaretten hier?«

»Für Notfälle.«

Mia sah Creston an und setzte sich wieder, die unangezündete Zigarette zwischen den Lippen. »Ich glaube, er betrügt mich«, sagte sie.

»Wer wird heutzutage nicht auf die eine oder andere Weise betrogen?«, gab er zurück, während er seine Post durchsah.

»Das ist überhaupt nicht komisch.«

Creston unterbrach seine Lektüre. »Tut er es gelegentlich oder die ganze Zeit?«

»Ändert das etwas?«

»Und du, bist du ihm nie untreu geworden?«

»Nein. Na ja, ein Mal, ein Kuss. Mein Filmpartner küsste wunderbar, und ich konnte es in dem Moment gut gebrauchen. Außerdem wirkte die Szene dadurch echter, das ist nicht wirklich untreu, oder?«

»Die Intention zählt. In welchem Film war das?«, fragte Creston mit hochgezogener Augenbraue.

Mia sah aus dem Fenster, und ihr Agent seufzte.

»Gut, nehmen wir an, dass er dich betrügt. Welche Bedeutung hat das schon, wenn ihr euch nicht mehr liebt?«

»Er ist es, der mich nicht mehr liebt. Ich liebe ihn noch.«

Creston öffnete seine große Schreibtischschublade, holte einen Aschenbecher heraus und riss ein Streichholz an. Mia nahm einen tiefen Zug, und er fragte sich, ob sie blinzelte, weil ihr der Rauch in die Augen stieg, hütete sich aber, ihr diese Frage zu stellen.

»Er war der Star und du eine Anfängerin. Er hat sich als der große Pygmalion gefühlt, doch dann hat seine Schülerin den Meister überholt. Ein herber Schlag für sein Ego. Vorsicht mit der Asche, ich hänge sehr an meinem Teppich.«

»Sagen Sie das nicht, das ist nicht wahr.«

»Und ob es wahr ist. Ich behaupte ja nicht, er sei ein schlechter Schauspieler, aber …«

»Aber was?«

»Jetzt ist nicht der richtige Zeitpunkt, wir reden später darüber. Ich habe noch Termine.«

Creston umrundete den Schreibtisch, nahm Mia behutsam die Zigarette aus der Hand und drückte sie im Aschenbecher aus. Dann legte er ihr einen Arm um die Schultern und schob sie zur Tür. »Bald wirst du spielen, wo es dir gefällt, New York, Los Angeles, Rom. Bis dahin mach keine Dummheiten! Einen Monat, das ist alles, worum ich dich bitte, deine Zukunft hängt davon ab. Versprichst du es mir?«

Vor Crestons Büro hatte Mia ein Taxi zur Oxford Street genommen. Immer wenn sie niedergeschlagen war, und das war in den letzten Wochen mehr als einmal vorgekommen, ging sie auf dieser pulsierenden Geschäftsstraße spazieren.

In den Gängen eines Kaufhauses hatte sie versucht, David zu erreichen, war jedoch nur an die Mailbox geraten.

Was trieb er an diesem Nachmittag? Wo steckte er seit zwei Tagen? Zwei Tage und zwei Nächte ohne ein einziges Lebenszeichen, abgesehen von der lakonischen Nachricht auf dem Anrufbeantworter zu Hause: Er wolle auf dem Land etwas ausspannen, sie solle sich keine Sorgen machen. Sie tat genau das Gegenteil.

Zurück in ihrer Wohnung hatte Mia beschlossen, sich am Riemen zu reißen. David sollte nichts von ihrem Kummer mitbekommen. Sie würde Haltung bewahren, ihn nicht einmal erahnen lassen, welch trostlose Gedanken sie während seiner Abwesenheit geplagt hatten, und vor allem würde sie keinerlei Fragen stellen.

Eine Freundin hatte Mia gebeten, sie zur Eröffnung eines Restaurants zu begleiten. Also beschloss sie, sich richtig in Schale zu werfen. Warum sollte sie David nicht auch ein bisschen eifersüchtig machen? Außerdem war es immer noch besser, von Unbekannten umgeben zu sein, als allein zu Hause Trübsal zu blasen.

Das Lokal war riesig, die Musik zu laut, der Saal brechend voll. Es war unmöglich, sich zu unterhalten oder auch nur einen Schritt zu tun, ohne jemanden zu berühren. *Wer kann nur Gefallen an so einer Veranstaltung finden?*, dachte sie, ehe sie sich ins Getümmel stürzte.

Am Eingang empfing sie ein Blitzlichtgewitter. Darum also war ihre Freundin so erpicht darauf gewesen, dass sie sie begleitete. Sie wollte sich auf den Celebrity-Seiten der Hochglanzmagazine wiederfinden. *Mein Gott, David, warum lässt du mich an so einem Ort alleine rumstehen? Das werde ich dir hundertfach heimzahlen, Monsieur Ich-muss-mal-ausspannen.*

Ihr Telefon klingelte, eine unterdrückte Nummer – um diese Zeit, das konnte nur er sein. Wie sollte sie ihn in diesem Tohuwabohu verstehen? *Wenn ich Scharfschütze wäre, würde ich den DJ umlegen*, dachte sie.

Sie sah sich suchend um: Sie befand sich genau zwischen Eingang und Küche. Die Menge schob sie langsam in Richtung Küche, doch sie beschloss, sich gegen den Strom durchzukämpfen. Sie nahm das Gespräch an und schrie: »Leg nicht auf!« *Na bravo, meine Liebe, ich dachte, du wolltest ganz cool bleiben.*

Sich eine Bresche schlagen, die Schnepfe auf ihren High Heels und den Tollpatsch zu ihren Füßen beiseiteschieben. Der skelettösen Bohnenstange, die sich rekelt wie ein Aal, auf den Zeh treten und um den Schönling herumdribbeln, der sie ins Visier genommen hat, *viel Spaß, mein Junge, die sieht wirklich äußerst unterhaltsam aus*. Nur noch zehn Schritte bis zur Tür.

»Bleib dran, David!« *Halt die Klappe, dumme Kuh.*

Den Türsteher mit Blicken anflehen, dass er ihr hilft, hier herauszukommen.

Endlich draußen, auf der vergleichsweise ruhigen Straße, an der frischen Luft. Nur weg von diesen Menschentrauben, die warten, um in die Hölle eingelassen zu werden.

»David?«

»Wo bist du?«

»Auf einer Veranstaltung…« *Wie kann er es wagen, diese Frage zu stellen?*

»Amüsierst du dich, Liebling?«

Heuchler! »Ja, es ist ganz lustig…« *Wo hast du den Unsinn her!*

»Und du«, *Blödmann*, »wo bist du…« *Seit zwei Tagen?*

»Auf dem Weg nach Hause. Kommst du bald?«

»Ich bin im Taxi…« *Ein Taxi finden, schnell ein Taxi.*

»Ich dachte, du bist auf einer Veranstaltung?«

»Ich war gerade am Gehen, als du angerufen hast.«

»Dann kommst du wahrscheinlich vor mir an. Wenn du müde bist, warte nicht auf mich, es ist überall Stau, selbst um diese Uhrzeit. London ist wirklich unmöglich geworden.«

Du bist unmöglich geworden! Wie kannst du mir sagen, dass ich nicht auf dich warten soll? Seit zwei Tagen tue ich nichts anderes, als auf dich zu warten.

»Ich lass das Licht an.«

»Wunderbar, ich küss dich, bis gleich.«

Ein schillernder Gehweg, Pärchen unter Regenschirmen …

… *und ich, einsam wie der letzte Trottel. Film oder nicht, morgen ändere ich mein Leben. Nein, nicht morgen, gleich heute Abend!*

2

PARIS, ZWEI TAGE SPÄTER.

»Warum passt grundsätzlich immer erst der letzte Schlüssel ins Schloss?«, schimpfte Mia.

»Weil im Leben einfach nichts passt, sonst wäre es hier im Treppenhaus ja auch nicht stockfinster«, gab Daisy zurück, während sie versuchte, das Schlüsselloch so gut es ging mit ihrem Handy zu beleuchten.

»Ich will mich nie wieder in die Idealvorstellung eines Menschen verlieben, ich möchte eine Realität, die mir entspricht. Ich möchte Gegenwart, nur noch Gegenwart.«

»Und ich möchte eine etwas weniger unsichere Zukunft.« Daisy seufzte. »Bis dahin, gib mir die Schlüssel, wenn du es nicht hinkriegst, mein Akku ist fast leer.«

Der letzte Schlüssel passte tatsächlich. In der Wohnung betätigte Daisy den Lichtschalter, doch alles blieb dunkel.

»Es scheint im ganzen Gebäude kein Licht zu geben.«

»Genau wie in meinem Leben«, bekräftigte Mia.

»Wir wollen mal nicht übertreiben.«

»Ich kann mir und anderen einfach nichts vormachen«, begann Mia wieder in einem Mitleid heischenden Ton, doch Daisy kannte sie zu gut, um darauf hereinzufallen.

»Erzähl keinen Quatsch, du bist eine talentierte Schauspielerin, es ist dein Job, anderen etwas vorzumachen … Ich hatte doch irgendwo Kerzen, warte mal, wenn jetzt nur mein Handy nicht …«

Der Bildschirm des Telefons erlosch.

»Und wenn ich einfach allen sage, sie können mich mal?«, flüsterte Mia.

»Schon mal darüber nachgedacht, mir zu helfen?«

»Sicher, aber man sieht wirklich überhaupt nichts.«

»Es beruhigt mich, dass dir das auffällt!«

Daisy tastete sich vorwärts, erfühlte den Tisch, umrundete ihn, stieß dabei einen Stuhl um und erreichte endlich schimpfend den Küchentresen. Immer noch tastend fand sie den Herd, nahm die Streichhölzer vom Regal und entzündete eine der Gasflammen.

Ein bläulicher Schimmer erhellte schwach die nähere Umgebung.

Mia setzte sich, während Daisy jedes einzelne Schubfach durchwühlte. Duftkerzen waren bei ihr tabu – eine Folge ihrer gastronomischen Leidenschaft: Nichts durfte das Aroma eines Gerichts stören. Da, wo bei manchen Lokalen das Schild »Keine Zahlung mit Kreditkarte« an der Ladentür hing, hätte sie gerne die Aufschrift »Kein Zutritt für zu stark parfümierte Leute« angebracht.

Endlich fand sie die Kerzen und zündete sie an. Der

Schein der Flammen ließ den Raum aus der Dunkelheit treten.

Daisys Wohnung bestand im Wesentlichen aus ihrer Küche. Sie war der eigentliche Wohnraum und alleine größer als die beiden angrenzenden Schlafzimmer und das dazwischenliegende Bad zusammen. Auf der Arbeitsfläche drängten sich dicht an dicht in Terrakottatöpfen Thymian-, Lorbeer-, Rosmarinpflanzen, Dill, Oregano, Melisse und ein kleiner Gorria-Strauch. Diese Küche war Daisys Labor, in dem sie sich austobte und entspannte. Hier kreierte sie ihre Gerichte, ehe sie die Gäste ihres kleinen, zwei Schritte von ihrer Wohnung entfernt auf dem Montmartre gelegenen Restaurants damit beglückte.

Daisy war zu keinem großen Koch in die Lehre gegangen, sie hatte ihr Metier von ihrer Familie und von ihrer Heimat, der Provence, gelernt. Als Kind hatte sie, während ihre Altersgenossen im Schatten der Pinien und Olivenbäume spielten, ihrer Mutter zugesehen und sich jeden ihrer Handgriffe angeeignet.

Im Garten, der ihr Haus umgab, lernte sie, Kräuter auszulesen, und am Herd, sie zu kombinieren. Kochen war ihr Leben.

»Hast du Hunger?«, fragte sie Mia.

»Ja, vielleicht. Na ja, ich weiß nicht.«

Daisy nahm einen Teller mit Pfifferlingen und einen Bund glatte Petersilie aus dem Kühlschrank und erleichterte den Knoblauchzopf, der zu ihrer Rechten hing, um eine Knolle.

»Muss da Knoblauch ran?«, fragte Mia.

»Hast du heute Abend noch vor, jemanden zu küssen?«, gab Daisy zurück und begann, die Petersilie mit dem Messer fein zu hacken. »Erzählst du mir, was passiert ist, während ich koche?«

Mia holte tief Luft. »Es ist nichts passiert«, sagte sie dann.

»Du tauchst kurz vor Feierabend in meinem Bistro auf, mit einer Reisetasche unterm Arm und einem Gesicht, als wäre gerade die Welt untergegangen, und hast seitdem nicht einen Moment aufgehört zu jammern. Ich schließe daraus, dass du nicht hergekommen bist, weil du so große Sehnsucht nach mir hattest.«

»Irgendwie ist wirklich gerade die Welt untergegangen.«

Daisy hielt in ihren Vorbereitungen inne. »Ich bitte dich, Mia! Du kannst mir gern alles erzählen, aber ohne Seufzer und Theater, hier sind weit und breit keine Kameras.«

»Du würdest einen exzellenten Regisseur abgeben.«

»Kann schon sein. Ich höre.«

Und während Daisy in der Küche zugange war, berichtete Mia ihr, was sie hergeführt hatte.

Als plötzlich das Licht wieder anging, zuckten die beiden Freundinnen erschrocken zusammen. Daisy betätigte den Dimmer, um die grelle Beleuchtung etwas zu dämpfen, dann ließ sie die elektrischen Jalousien hochfahren, die einen herrlichen Blick über Paris freigaben.

Mia trat ans Fenster und fragte: »Hast du Zigaretten?«

»Auf dem kleinen Tisch da, keine Ahnung, wer die hier vergessen hat.«

»An Liebhabern scheint es dir ja nicht zu mangeln, wenn du nicht mal weißt, wer seine Zigaretten bei dir liegen lässt.«

»Wenn du rauchen möchtest, geh auf die Terrasse!«

»Kommst du mit raus?«

»Habe ich eine Wahl, wenn ich die Fortsetzung hören möchte?«

»Du hast also das Licht im Schlafzimmer angelassen?«, fragte Daisy und schenkte ihnen Wein nach.

»Ja, aber nicht im Ankleideraum. Da habe ich einen Hocker in den Weg gestellt, damit er sich daran stößt.«

»Ihr habt einen Ankleideraum?«, fragte Daisy. »Und dann?«

»Ich habe so getan, als schliefe ich. Er hat sich im Bad ausgezogen und lange geduscht, ehe er ins Bett kam und das Licht ausgemacht hat. Ich habe gewartet, dass er mir einen Kuss gibt und irgendetwas sagt. Aber er hatte wohl nicht genug ausgespannt: Er ist sofort eingeschlafen.«

»Gut, möchtest du meine Meinung hören? Egal, ich sage sie dir sowieso. Du bist mit einem Mistkerl verheiratet. Die simple, aber entscheidende Frage ist, ob seine Qualitäten ausreichen, um seine Fehler liebenswert erscheinen zu lassen. Nein, die eigentliche Frage ist, warum du in ihn verliebt bist, wenn er dich doch so unglücklich macht. Es sei denn, du bist genau deshalb in ihn verliebt, weil er dich unglücklich macht.«

»Ich war sehr glücklich mit ihm, am Anfang.«

»Das hoffe ich! Wenn es nicht mal mehr am Anfang schön wäre, würden die Traumprinzen aus der Literatur verschwinden und romantische Komödien kämen ins Regal für die Horrorfilme. Sieh mich nicht so an, Mia! Falls du wissen möchtest, ob er dich betrügt, musst du ihn das fragen, nicht mich. Und leg die Zigarette weg, du rauchst zu viel. Das ist Tabak, keine Liebe.«

Tränen rannen über Mias Wangen.

Daisy setzte sich neben sie, um sie in die Arme zu nehmen. »Wein dich ruhig aus, weine, wenn dich das erleichtert. Liebeskummer tut schrecklich weh, aber das wahre Unglück ist, wenn das Leben sich in eine Wüste verwandelt.«

Mia hatte sich geschworen, auf jeden Fall Haltung zu bewahren, aber Daisy gegenüber war es etwas anderes. Eine so lange, innige Freundschaft wie ihre, das war schon eher eine Wahlverwandtschaft. »Was meinst du mit Wüste?«, fragte sie und fuhr sich mit den Händen über die Wangen.

»Ist das deine Art, mich endlich zu fragen, wie es mir geht?«

»Fühlst du dich auch einsam? Meinst du, wir werden jemals glücklich sein?«

»Mir scheint, du warst es die letzten Jahre, und nicht zu knapp. Du bist eine bekannte und anerkannte Schauspielerin, ein Film bringt dir mehr ein, als ich in meinem ganzen Leben verdienen werde, und du bist … verheiratet. Hast du die Abendnachrichten gesehen? Wir haben wirklich kein Recht, uns zu beklagen.«

»Wieso, was ist passiert?«

»Keine Ahnung, aber wenn es eine gute Nachricht gäbe, wären die Leute auf der Straße, um sie zu feiern. Wie waren meine Pfifferlinge?«

»Deine Küche ist das beste Antidepressivum der Welt.«

»Was meinst du, warum ich Köchin werden wollte? Und jetzt ab ins Bett! Morgen rufe ich deinen Idioten von einem Ehemann an, sage ihm, dass du über alles im Bilde bist, dass er die tollste Frau überhaupt betrogen hat und dass du ihn verlässt, nicht für einen anderen, sondern wegen seiner eigenen Dummheit. Wenn ich erst aufgelegt habe, wird er derjenige sein, der unglücklich ist.«

»Das willst du nicht wirklich tun?«

»Nein, du wirst es tun.«

»Obwohl ich große Lust dazu hätte, ich kann nicht.«

»Warum? Willst du lieber weiter in diesem billigen Melodram mitspielen?«

»Weil wir die Stars in einem Film sind, der viel Geld gekostet hat und der in einem Monat in die Kinos kommt. Ich muss auch auf der Straße meine Schauspielkunst beweisen, in der wunderbaren Rolle der erfüllten Ehefrau – das perfekte Glück. Wenn die Leute die Wahrheit über David und mich erführen, wer würde uns das glückliche Paar auf der Leinwand dann noch abnehmen? Das würde mir der Produzent niemals verzeihen, ebenso wenig wie mein Agent. Und außerdem: Ich bin bereit, der Tatsache ins Gesicht zu sehen, dass ich betrogen wurde, aber auf die öffentliche Demütigung kann ich gern verzichten.«

»Sicher, man muss ganz schön abgebrüht sein, um diese Rolle erfolgreich durchzuziehen.«

»Was glaubst du, warum ich hier bin? Ich wäre niemals in der Lage, das länger durchzuhalten. Du musst mich bei dir verstecken.«

»Wie lange?«

»Solange du mich erträgst.«

Wenn Sie wissen möchten,
wie es weitergeht, lesen Sie

Marc Levy

»Er & Sie«

ISBN 978-3-7645-0594-3
ISBN 978-3-641-19614-1 (E-Book)

Blanvalet Verlag

»Ein begnadeter Geschichtenerzähler. Ein mitreißender Roman.«

Le Figaro

368 Seiten. ISBN 978-3-7645-0530-1

Im Wrack eines Flugzeugs, das im ewigen Eis des Mont-Blancs gefangen ist, findet Suzie Backer den Beweis dafür, dass ihre Familie zu Unrecht des Hochverrats beschuldigt wurde. Als der Reporter Andrew Stilman ihr begegnet, wittert er nicht nur eine einzigartige Geschichte, sondern er ist auch von dieser geheimnisvollen Frau fasziniert. Gemeinsam machen sie sich auf die Suche nach der Wahrheit, doch dabei wecken sie schlafende Hunde und bringen sich in tödliche Gefahr. Denn ihre Nachforschungen führen sie auf die Spur einer unmöglichen Liebe und eines Mannes, der für ein gewisses »Schneemädchen« sein Land und alles, woran er glaubte, verriet …

Lesen Sie mehr unter: **www.blanvalet.de**